국어 특수조사의 통사·의미 연구

국어 특수조사의 통사·의미 연구

— '-은 / -는'을 중심으로

김 진 호

도서출판 **역락**

서 문

우리말에 대한 본격적인 의미의 문법연구가 이루어진 것은 100여 년에 불과하다. 비록 짧은 기간이기는 하지만 그 간에 많은 성과를 이룩한 것은 우리국어학계 자체로도 경사스러운 일이다.

우리말 연구의 여러 분야 가운데서도 조사에 관한 연구는 우리말의 통사체계와 의미문제를 해결하는 주요한 열쇠 구실을 하는 것은 주지의 사실이다. 그런 의미에서 어느 분야보다도 많은 관심과 연구의 대상이 되어 왔던 것이 국어 조사에 관한 연구이고, 이 가운데도 특수조사 '-은/-는' 문제는 쉽게 해결되지 않는 통사적 의미적인 특성을 가진 연구과제였다.

저자는 이러한 중요하고도 어려운 과제를 학위논문의 주제로 삼아 석사과정에서도 박사과정에서도 온전히 이 문제의 해결에 심혈을 기울여 왔다. 이제 그 결과를 공간하여 학계에 내 놓게 되었으니, 저자 자신은 물론이겠거니와 오랜 학연을 이어온 필자에게도 큰 기쁨이 됨을 감출 길 없다.

이 논문이 가지는 주요한 의미는 여러 가지가 있겠으나, 우선적으로 '-은/-는'의 문제를 '통사적, 의미적, 담화적'인 면에서 종합적으로 규명하려 한 점이다. 그 간의 연구는 대부분 통사나 의미의 일면에 편중되었던 데 반하여, 담화적인 측면까지 부가시킨 본 연구는 새로운 저자의 견해와 함께 여러 가지 문제의 해결의 실마리를 준다고 생각한다. 특히 담화적으로 '-은/-는'의 주제 및 주제화와 관련하여 논항구조와 의미역 기준에 따라 국어문장의 주제 유형을 통사적 주제화와 담화적 주제로 구분하여 설명하고 있는 것은 저자만의 새로운 견해라고 본다.

아무쪼록 이 연구를 바탕으로 삼아 국어문법 연구의 더 많은 업적을 쌓아줄 것을 고대하며, 그간의 긴 시간 동안 기울여온 노고에 깊은 치하를 하는 바이다.

2000. 7.

이 광 정.

머리말

국어 특수조사의 통사·의미 연구

이 책은 본인의 박사학위논문 내용을 수정·보완하고, 이와 관련하여 旣 발표된 소 논문 3편을 부록으로 첨가한 것이다.

먼저 1999년 8월에 제출한 박사학위논문의 제목은 '특수조사 '-은/-는'의 통사·의미 연구'이다. 이 주제는 지금까지 수많은 선학자들에 의해 한번쯤 언급이 되었을 정도로 우리 국어문법학사에서 중요한 부분을 차지함에 틀림이 없다.

국어에서 주격조사 '-이/-가'와 함께 가장 활발히 연구되어온 한 분야로서 주제문제를 들 수 있고, 그 가운데 국어의 문장구조를 인구어와는 다른 주제구문으로 보려는 시도는 전통문법 시기부터 있어 왔다. 최근 들어 변형생성이론의 기본 바탕 위에서도 이러한 방향의 연구들이 나오게 되었고, 주제적 기능을 지니고 있는 특수조사 '-은/-는'의 다양한 통사·의미 기능을 밝히는 일이 시급한 과제로 제기되었다. 이러한 상황을 염두에 두고 특수조사 '-은/-는'의 담화적 특징과 통사적 특징 및 의미적 특징에 대해 전반적인 고찰을 시도하였다.

부록에 실린 소 논문들은 특수조사 '-은/-는'의 주제 및 주제화와 관련하여 이미 타 논문집에 발표한 것들이다. 이를 본 책의 구성에 알맞게 나름대로 손질하여 실었다.

한 권의 저서를 냄에 있어, 어려운 여건 가운데서도 곁눈질 않고 학문연구에 매진할 수 있게 도와주신 많은 분들께 감사의 말씀을 드리지 않을 수 없다. 학부 때부터 관심을 가져 주시고 석사, 박사과정까지 인도해주신 지도교수 이광정 대학원장님, 이석규, 박상규 교수님과 학위 논문 심사를 맡아주셨던 김민수 교수님, 이철수, 최호철 교수님의 지도와 격려가 없었다면 이 책의 출판은 요원했을 것이다. 또한 본교의 은사님, 선·후배님들과 양가 부모님을 비롯해 아내와 예원에게도 깊은 감사의 마음을 전한다.

끝으로, 이 책이 나오기까지 수고를 아끼지 않으신 많은 분들과 여러 모로 미흡한 원고의 출판을 제의하신 역락출판사 이대현 사장님 및 본사 편집진의 노고에 감사드린다.

2000. 7.
김 진 호 씀.

목 차

제3장 특수조사 '-은/-는'의 統辭的 特徵 / 87

제1장 서 론

1. 연구의 목적

본 연구는 국어의 特殊助詞[1] '-은/-는'에 대한 종합적 고찰을 목적으로, 여러 문맥적 환경에 나타나는 '-은/-는'의 談話的 特徵 및 統辭的 特徵 그리고 意味的 特徵에 대해 살필 것이다.

국어에는 의존형식[2]으로서 문장 안에서 다른 성분과의 관계를 나타내주는 조사와 어미가 있다. 그래서 屈折語인 인도-유럽어의 諸언어들과 달리 국어는 체언의 曲用과 용언의 活用에 의해 다양한 문장구조를 띤다.

따라서 국어의 문장구조에 대한 연구는 바로 조사와 어미의 기능

---

1) 국어의 '特殊助詞'는 그간 문법이론의 변화에 따라서 '도움토씨(補助詞), 후치사(postposition), 한정조사(delimiter)' 등 여러 가지 명칭으로 불려왔다. 후치사라는 용어는 Ramstedt(1939) 이후 주로 학계에 널리 사용된 것으로 영어의 前置詞에 상대되는 개념이다. 한정조사는 Yang(1973) 이후로 널리 쓰이게 된 용어로 문법적인 기능을 표시한다기보다는 선행어의 의미를 한정한다는 뜻이 강하다. 이 가운데 오늘날 '特殊助詞'와 '補助詞'라는 용어가 일반적으로 쓰이고 있다. 이들 용어의 개념에 대한 것은 연구사 개관에서 다루기로 한다.
2) 국어에서의 조사는 印歐語의 격어미와 달리 체언과 조사가 서로 분리하기 어려운 融合的인 관계를 지니지 않고, 서로 분리가능한 관계를 지니고 있다.

적 성질을 밝히는 데에 그 출발점을 둘 수밖에 없었다. 그리하여 조
사와 어미에 대한 연구는 傳統主義文法, 構造主義文法, 變形生成主
義文法 이론에 의해 다른 문법성분들과 함께 꾸준히 국어학자들의
관심이 되어 왔다.3)

　국어에는 이와 같이 성분들 사이의 문법적 관계를 표현해주는 조
사뿐만 아니라, 다만 附加的인 意味만 첨가해주는 조사도 있다. 전
자의 격조사와 구별하여 후자를 특수조사라고 부른다.

　특수조사 가운데 '-은/-는'은 서구의 傳統主義文法論, 構造主義文
法論, 變形生成主義文法論 등의 이론에 따라 의미 분석과 문법적 기
능에 대한 다양한 연구가 진행되었음에도 불구하고, 이의 통사적 특
징은 물론이고 특히 의미적 특징에 있어서는 각각의 연구자마다 차
이를 드러내면서 일치된 기술점을 찾지 못하고 있는 실정이다. 이러
한 원인은 '-은/-는'이 의존형태로서 그 분포환경이 매우 다양하기도
하며, 또한 연구자들이 統辭的 및 談話的 層位라는 문장의 층위를
구별하지 않았음에 기인한다고 할 것이다.

　따라서 본고는 국어의 '-은/-는' 문장에 대한 연구방법의 흐름을
견지하면서 이의 談話的 특징과 統辭的 특징에 대해 살피고, '-은/-
는'의 다양한 상황적 · 문맥적 의미들의 상관관계를 통해 이의 意味
的 특징을 밝히는 것을 궁극적인 목적으로 한다.

2. 연구 방법 및 범위

　본고는 국어 문장에서 특수조사 '-은/-는'이 통합되어 나타나는 다
양한 문장구조와 의미를 합리적으로 해석하려는 데 초점을 두었다.
본고의 논의 전개는 다음과 같다.

　제 2장에서는 변형생성문법 이후, 가장 활발히 논의되어 온 '-은

---

3) 해방 이후 1992년까지 조사와 관련된 연구사는 서태길(1993)을 참조하기
　　바란다.

'/-는'의 談話的 特徵에 대해 고찰하고자 한다.

국어뿐 아니라 모든 언어의 문장은 談話的인 측면에서 무엇에 대하여 무엇을 말하는 '主題-評言'의 구조를 갖추고 있다. 주제는 화자와 청자가 주고받는 정보에서 가장 기본적이고 중요한 정보요소로서, '話題對象'(to say something about something의 후자 something)이 된다.

국어의 주제는 '-은/-는'을 취하지 않고 독립적으로 나타날 수도 있고, 구의 짜임으로 나타나는 등 그 실현방법이 매우 다양하다. 그러나 여기서는 특수조사 '-은/-는'에 의한 주제로 한정한다. 이러한 관점에서 볼 때, 국어의 문장은 주어 중심의 문장과 함께 '-은/-는'에 의해 이끌리는 주제 중심의 문장을 기본으로 한다.

따라서 국어의 주제에 대한 연구는 문맥의 핵심적인 요소를 밝혀내는 일인만큼 그 의의가 크다 할 것이다. 또한 이에 대한 명확한 해결은 특수조사 '-은/-는'의 종합적인 연구뿐만 아니라 주어 및 주제의 개념 규정에도 커다란 도움이 될 것으로 생각한다. 문두에서 '-은/-는'은 주격조사 '-이/-가'와 결합하는 명사구와도 결합함으로써 매우 복잡한 양태를 나타내어 왔기 때문이다.

본고에서는 국어의 주제를 論項構造와 意味域을 통해 문장구성상 다른 통사 자격을 가진 요소가 주제화로 자리바꿈을 하는 統辭的 主題化와 문장 밖의 위치에서 화자의 의도에 따라 도입되는 談話的 主題로 구별하여 고찰한다. 또한 담화적 주제 문장과 변형생성이론의 도입으로 주어문제와 관련하여 가장 주목을 받은 이중주어 문장구조의 차이점에 대해서도 고찰할 것이다.

제 3장에서는 다양한 문장성분들에 결합되는 특수조사 '-은/-는'의 統辭的 特徵을 밝히고, 이를 바탕으로 하여 '-은/-는'의 결합에 따르는 제약을 規則化하는 데 목적을 둔다.

최근까지 '-은/-는'에 대한 대다수의 연구들은 주로 체언 뒤에 결합된 경우만을 다루어 왔다. 그리하여 국어의 격 성분들, 즉 주격,

목적격 등이 쓰일 수 있는 위치에 '-은/-는'이 자연스럽게 결합된다는 점을 들어 마치 '-은/-는'이 그러한 격 기능을 수행하는 것처럼 인식4)되는 문제점이 발생하게 되었다. 그러나 '-은/-는'은 다른 특수조사와 마찬가지로 여러 가지의 문장성분과 결합하여 특별한 의미를 나타낼 뿐이다. 아래의 예문들을 살펴보자.

> 1) ㄱ. 철수는 학생이다.
>   ㄴ. 철수가 그림을 잘은 그린다.
>   ㄷ. 철수는 공부를 열심히 하려고는 한다.5)

1ㄱ)의 특수조사 '-은/-는'은 '철수'라는 체언의 뒤에, 1ㄴ)에서는 부사 '잘'의 뒤에 결합되었다. 그리고 1ㄷ)에서는 용언 '하려고'와 결합하였다. 여러 환경에 나타나는 특정한 문법요소의 용법을 완벽하게 정의하는 일이 쉽지 않듯, 다양한 문장성분과 결합하는 '-은/-는'의 통사적 규칙의 정의도 쉽지 않다.

먼저 체언과의 결합에 있어서는 명사, 대명사, 수사와의 결합양상에 대해 살핀다. 명사는 일반명사와 고유명사 그리고 의존명사로 나누어 이들과 '-은/-는'의 결합양상을 고찰하고, 대명사에서는 人稱代名詞, 不定·未知稱 代名詞와 '-은/-는' 통합에 나타나는 특징을 알아 본다. 마지막으로 수사와 결합하는 특수성에 대해서도 살필 것이다.

부사와의 결합에서는 시간 및 장소부사, 양태부사, 정도부사, 서

---

4) 최현배(1994:639)에서는 아래의 예를 들어 '-은/-는'이 주격조사와 보조사의 두 가지 기능을 가진다고 하였다. 즉, 예문 ㄱ)과 ㄴ)의 '-은/-는'이 선행 체언으로 하여금 주어의 명사구임을 표시하는 주격조사의 역할을 보임에 비해, ㄷ)은 '서로 다름'이라는 의미적 기능을 부여하는 보조사의 역할을 한다고 하였다.
> ㄱ. <u>국기는</u> 그 나라의 상징이다.
> ㄴ. <u>사람은</u> 양심을 가져야 한다.
> ㄷ. <u>낮말은</u> 새가 물어 가고, <u>밤말은</u> 쥐가 물어 간다.

5) 예시된 문장들은 蔡琬(1976)에서 인용하였다.

법부사, 상징부사 및 부정부사와 '-은/-는'의 결합양상 및 제약을 중심으로 살필 것이다.

다음은 격조사와 '-은/-는'의 결합양상 그리고 특수조사 전체 체계에서의 결합양상에 대해서도 살피려 한다. 특히 이는 '-은/-는'의 명확한 統辭的 特徵, 意味的 特徵을 밝히는 데 있어 중요한 작업이 될 것이다.

마지막으로 어미와의 결합에서는 종결어미, 전성어미, 연결어미와의 결합양상을 살피기로 한다.

제 4장에서는 앞선 3장에서 밝힌 특수조사 '-은/-는'의 통사적 특징을 바탕으로 하여 이들의 의미구조를 밝힐 것이다.

'-은/-는'의 의미에 관한 연구들은 매우 다양하게 이루어졌다. 전통적으로 이의 고유한 의미는 여러 동류 가운데 하나를 들어내어 話題를 삼는 대조라고 하였고, 談話的 側面에서는 전체 내용의 관련 속에서 중심 화제의 명사구에 '-은/-는'이 결합할 때, 이를 주제로 보았다. 즉, '-은/-는'의 기본 의미는 對照라 할 수 있고, 그 대조 대상의 범위가 막연하거나 넓어지면 그 對照性이 잘 감지되지 않게 되는데, 이 경우를 非對照性, 普遍性 등으로 해석하여 主題라 하였다. 그러나 특수조사 '-은/-는'이 여러 문맥상황에서 보여주는 '對照, 主題, 指定, 指示' 등의 의미를 '-은/-는'의 기본적 의미라고 할 수 없다.

본 장에서는 여러 연구자들에 의해 이루어진 '-은/-는'의 의미적 상호관계에 초점을 두고, 이의 의미특성을 파악할 것이다. 그리하여 '-은/-는'의 여러 문맥적 의미들을 기본의미의 하위 항목으로 묶고자 한다.

3. 연구사 개관

특수조사 '-은/-는'의 統辭 및 意味的 特徵 그리고 談話的 特徵에

대한 선행연구를 살피기에 앞서 먼저 '-은/-는'을 지칭하는 명칭을 통해 그 개념부터 정리하기로 하자.

지금까지 '-은/-는'의 명칭은 격표지(case marker), 보조사, 후치사(postposition), 한정사(delimiter), 첨사6), 특수조사로 다양하다. 이들에 대해 구체적으로 알아보기로 한다.

(1) 격표지로 처리하는 경우

'-은/-는'을 격표지로 처리하는 경우는 oppositive case로 보는 Underwood(1890), 主格後詞의 兪吉濬(1905), 主語格의 朴相埈 (1932), 朴鍾禹(1946), 補助格語尾의 최태호(1957), 主題格의 李崇寧(1961) 등이 있다. 또 '-은/-는'이 모든 격의 자리에 자유롭게 나타난다는 점을 중시해 通格으로 보기도 하였다. 이에는 李常春 (1925), 장하일(1947), 金敏洙(1955, 1960), Kim(1967)7), Lee (1969), 이기백(1972) 등이 있다.

兪吉濬(1905)에서는 명사 뒤에 결합하여 그 명사의 자격을 결정하는 것을 '後詞'라 정의하였다. 그 가운데 '이, 가, 은, 는'을 主格添詞라고 설명하였다. 이숭녕(1956:75-76)에서는 '-은, -는(께서는)'을 絕對格이라 하였다. 그리고 주격, 목적격과 같은 구실 외에 사물을 제시하여 문제를 전개시키기도 하는 등의 자세한 예8)를 李崇寧

---

6) 형태론적 측면에서 특수조사 '-은/-는'을 다룬 연구 가운데 柳龜相(1983:3) 에서는 이를 格, 添辭, 限定辭, 助詞, 助辭, 後置詞 그리고 아무것으로도 處理하지 않는 7가지로 구분하고 있다.
7) 그는 변형생성문법 이론에 의해 특수조사 '-은/-는'을 日本語의 wa와 비교하여 主格의 기능뿐 아니라 6개의 격기능을 나타낸다고 하였다.
8) 그는 다음과 같은 예를 들고 있다.
  1. 주격의 구실
    너는 누구냐? (~네가 누구냐?)
    나는 사람이다. (~내가 사람이다.)
    말은 천 리를 달린다. (~말이 천 리를 달린다.)
  2. 목적격의 구실
    밥은 먹었냐? (~밥을 먹었냐?)
    공부는 하지 않고 놀고만 있구나. (~공부를 하지 않고…)

(1960:64)에서 보이고 있다. 朴相埈(1932)과 朴鍾禹(1946)에서는 '-은/-는'이 지정적 의미를 지닌 主語格이라 하였다. 洪起文(1947:327-329)에서는 이를 添格으로 처리하였다. 최태호(1957:18-19)에서는 '-은, -는'을 체언뿐만 아니라 아무 품사나 토에까지 붙어 그 뜻을 도와 준다는 의미에서 '보조격어미'(補助格語尾)로 처리하였다.

15세기 語를 중심으로 다룬 李崇寧(1961:101)에서는 '-는, -는, -온, -은, -ㄴ'이 主題格을 표시한다고 하였다. 한편 "쓰이는 자리에 따라 여러 가지 格을 표시하게 된다"(金敏洙, 1955:167)라고 하여 통(용)격으로도 보았다.

Lee(1969)에서는 주격조사 '-가'와 달리 '-은/-는'이 첨가되는 체언은 동사와의 통사적 관계가 약화되는 경향이 있다고 하였다. 또한 '-은/-는'은 중성격조사로 한 문장 안에서 주격조사가 겹칠 때에 그 하나를 대치하여 문장을 자연스럽게 한다고 보았다. 그리고 다음과 같은 예를 제시하였다.

1) ㄱ. 내가 머리가 아프다.
   ㄴ. 나는 머리가 아프다.

한편, 일반적으로 '-은/-는'은 복잡한 통사구조에서 덜 중요한 요소에 나타남으로써 상대적으로 딴 요소를 强調하는 구실을 한다고 하였다.

2) ㄱ. 내가 사과를 먹는다.
   ㄴ. 나는 사과를 먹는다.
   ㄷ. 사과는 내가 먹는다.
   ㄹ. 나는 사과는 먹는다.

---

3. 사물을 제시하여 문제를 전개시키는 구실
   사람은 양심이 있어야 한다.
   얼굴은 양심이 나타나는 곳이다.
   세계는 지금 긴장을 풀려고 하나 아득한 노릇이다.

ㅁ. 내가 사과는 먹는다.

이러한 Lee(1969)의 주장은 특수조사 '-은/-는'이 주격조사와 완전히 구별되지 않는다는 문제를 가지고 있다.

이상의 연구들은 특수조사 '-은/-는'이 어느 특정한 격을 나타내는 것으로 한정하지 않았지만 모두 격을 표시한다는 점에서 공통점을 보인다. 그러나 격(case)은 용언의 특성, 즉 용언의 격구조 자질에 따라 결정된다.

따라서 문장에 나타나는 모든 격은 서술어의 특성에 따라 선택되는 공존관계에 있는 것이다. 이러한 관점에서 국어의 특수조사 '-은/-는'이 비록 표면상으로 主格, 目的格, 與格, 呼格, 補格, 處所格, 道具格, 共同格 등에 결합된다고 하더라도 이를 격표지라고 할 수는 없다. 특수조사 '-은/-는'이 이들과 결합이 가능한 것은 격자질과 관계없이 의미기능에 의한 것으로 설명된다. 이 경우 '-은/-는'이 결합됨으로써 본래 있던 격조사가 생략된 것으로 보아야 할 것이다.

(2) 보조조사로 처리하는 경우

周時經(1910), 李奎榮(1920), 최현배(1937), 김윤경(1948), 정인승(1949, 1956), 姜馥樹(1968) 등은 意味補助 機能을 중시하여 '-은/-는'을 補助助詞로 보았다.

이와 같은 입장으로는 이 외에도 申昌淳(1975b), 李翊燮·任洪彬(1983), 金元燮(1984), 李奎浩(1993), 李周行(1992), 이석규(1987), 李喆洙(1993), 김승곤(1996) 등이 있다.[9]

그러나 '-은/-는'을 특수조사와 함께 보조조사라는 명칭으로 많이 불러왔지만 '보조'라는 의미의 모호성에 문제가 있다.

---

9) 용어에 있어 '돕음 겻'(周時經, 김두봉, 李奎榮, 김윤경), '도움토씨'(최현배, 정인승, 김승곤), '특수조사'(李奎浩, 金元燮, 李周行, 이석규, 李翊燮·임홍彬), '보조사'(姜馥樹, 李喆洙) 등의 차이가 보인다.

(3) 후치사로 처리하는 경우

李承旭(1957), 李崇寧(1961), 洪思滿(1975, 1976) 등은 '-은/-는'을 後置詞(postposition)로 본다. 李承旭(1957:497)에서는 後置詞를 體言(名詞·代名詞·數詞)에 後行하여 印歐語의 prepostion과 거의 같은 機能을 가진 것으로 정의 내리고, 그 기능을 5가지로 설명하고 있다.

> 3) 첫째, prepostion 自體로서 體言(名詞·代名詞·數詞)에 後續한다.
> 둘째, 先行하는 格要素를 支配한다.
> 셋째, 基本的인 形(minimal form)을 認定할 수 있다.
> 넷째, 그 自體(minimal form)로 動詞의 主語나 目的語로 쓰이지 못하나 語節(Phrase)로서는 쓰일 수 있다.
> 다섯째, 大槪의 것은 Possessive-reflexive suffix에 後續할 수 있다.

최동주(1997)에서도 국어 조사류를 격조사와 후치사, 그리고 특수조사로 나누었다. 이에 따르면 특수조사는 통사적 핵이 아니며 구(XP)에 부가된다는 점에서 후치사와 다르며, 문법 기능과 무관하게 쓰인다는 점에서 격조사와 구별된다 하였다.

後置詞(postposition)는 어원적인 면에서 實質形態素에서 전성·파생된 것이며 전치사와 비교될 수 있는 문법적 의미로 현대국어 조사와 그 기능면에서 동일함을 나타내고 있다. 따라서 현대국어에서 조사와 별개로 後置詞를 설정할 하등의 이유가 없기 때문에 국어문법의 기술에 아무런 도움이 되지 못함을 인식할 필요가 있다.

柳龜相(1983)에서도 후치사 설정에 대해 여러 면에서 반론을 제기하면서 형태소 결합면에서나 의미면에서 국어의 조사 체계를 格助詞, 後置詞, 特殊助詞로 구별할 아무런 근거가 없다고 하고, 後置詞를 인정하지 않고 있다.

(4) 한정사로 처리하는 경우

Oh(1971), Yang(1973), 金宗澤(1982), 박승윤(1986), 白恩璟(1990) 등에서는 특수조사 '-은/-는'이 일정한 어휘적, 문맥적 의미를 지녀 그 의미에 의해 선행하는 체언의 의미가 한정된다고 하여 이를 意味限定語로 보았다. 즉 격조사에는 어휘적인 의미를 찾을 수 없으나, 한정조사에는 어휘적인 의미와 문맥적인 의미가 내포되어 있다는 것이다.

본고도 '-은/-는'에 의미의 限定性이 있다는 점을 인정하고, 이를 話者의 意圖, 評價, 感情, 態度 등 화자와 청자 사이의 발화 외적인 언어 상황을 드러내어 문장에 더함으로써 話用的 의미를 더 풍부하게 하는 기능을 지닌 것으로 이해한다. 그러나 한정사 역시 문장의 층위 가운데 談話論的인 면에 치중한 느낌이 있어, '-은/-는'의 모든 기능을 포괄하지는 못한다.

(5) 첨사로 처리하는 경우

국어의 添加語的인 특성에 따라 특수조사 '-은/-는'을 添辭로 분류하는 任洪彬(1972)과 申昌淳(1975b)의 연구가 있다.

먼저 任洪彬(1972)에서는 국어가 '主題-解釋'의 구조라는 전제하에, '-은/-는'은 格機能과 관계없이 다만 主題添詞로서의 기능을 가진다고 하였다. 그러나 이에 내포되어 있는 형태들의 다양한 분포와 유동성 및 그 본질 파악에 어려움이 따른다는 문제가 있다. 또한 申昌淳(1975b:5)에서 지적된 것처럼 添辭를 同定(identify)하는데 있어 어떤 기계적인 방법은 없으며, 확실한 添辭의 본질파악 위에 서서 국어의 형태적 구조를 널리 내다보며, 판단해 갈 수밖에 없다는 난점이 있다.

이상과 같이 '-은/-는'의 용어에 대한 선행연구를 살펴보았다. 그러나 모두 '-은/-는'의 부분적인 특성을 지적했을 뿐만 아니라, 필요에 따라 임의적으로 분류해 왔다는 문제가 제기된다. 따라서 새로운 용어를 주장하는 것도 한가지 연구방법이 되겠지만, 본고에서는 기존의 개념들을 포괄하는 '特殊助詞'라는 용어를 사용하고자 한다.

최현배(1937:862)에서는 "도움토씨(補助詞)는 생각씨 아래에 붙어서 그것들에 월의 成分으로의 一定한 자리(地位, 格)를 주는 것이 아니요, 다만 그 成分의 뜻을 여러 가지로 돕는(補助하는) 구실(職務,「役目」)을 하는 토를 이름이니라."고 하여, 특수조사는 어떤 의미를 더해 주는 것이라고 정의하였다.

한편, 국어문법학사에서 '특수조사'라는 용어는 이희승(1949:51-52)에서 처음 쓰였는데, 오늘날과는 그 개념이 다소 거리가 있다. 즉 그는 "조사 중에는 체언으로 하여금 일정한 한가지 격만을 가지게 하지 않고, 때를 따라서 주격, 호격, 목적격, 여격들에 두루 쓰이는 것이 있다."라고 설명하였다.

따라서 본고에서는 앞으로 선행 연구자들이 사용한 용어를 제외하고 이희승의 '특수조사'를 사용하되 그 개념은 어디까지나 최현배에 가까운 것임을 밝혀 둔다.

국어의 특수조사에 대한 연구는 용어, 문법범주, 범위10) 등 대부분 형태론적 측면에서 다루어져 왔다. 이와 함께 의미론적 측면의 연구도 활발히 진행되었다. 이러한 특수조사 연구의 커다란 방향과 맞물려 '-은/-는'의 연구도 이 범위를 크게 벗어나지 않았다.

---

10) 특수조사의 범위에 대해서는 논자에 따라 그 의견이 다양하다. 채완(1993)에 의하면 최현배(1946)에서는 '-는, 도, 만, 마다, 부터, 까지, 야, 야말로, 인들, 라도, 나, 커녕, 로, 로서, 치고, 밖에, 안으로, 가운데, 서껸'을 포함시켰다. 신창순(1975)에서는 '-부터, 까지, 뿐, 조차, 마저, 만, 는, 도, 라도, 야, 야말로'를, 성광수(1979)에서는 '-는, 도, 야, 라도, 부터, 까지, 만, 조차, 마저, 나마, 서, 써, 다가'를, 홍사만(1983)에서는 '-는, 도, 만, 뿐, 밖에, 조차, 까지, 마저, 야, 나, 든지, 라도, 나마, 부터, 마다, 인들' 그리고 김승곤(1989)에서는 '-는, 마다, 만, 까지, 도, 마저, 조차, 나, 든지, 인들, 라도, 나마, 야, 야말로, 밖에, 뿐, 더러, 썩, 서, 대로, 부터, 에서부터, 이라면'을 특수조사의 범주에 넣고 있다. 그러나 이석규(1996)에서는 각각의 연구들이 공통적으로 포함하고 있는 것들을 중심으로 '-는, -만, -야, -나, -라도, -나마, -도, -까지, -조차, -마저'를 특수조사로 설정하였다.

국어의 '-은/-는'은 국어문법 연구의 역사를 통해 연구자들마다 한 번쯤 언급을 했을 정도로 활발하게 논의되었던 문법요소 가운데 하나이다. 전통문법에서는 의미론적 측면에서 이를 '다름(差異)'으로 처리하였고, 그 이후, 현대언어학 이론이 도입 · 적용되면서 통사론적인 차원에서의 연구가 이루어졌다. 특히 1960년대 후반, 국내에 소개된 변형생성문법의 기술에 바탕을 두고 국어의 주격조사 '-이/-가'와 관련된 '-은/-는'의 구조적 특징을 밝히려고 하였다. 그러한 흐름 가운데 특수조사 '-은/-는'이 주제와 관련하여 활발한 논의와 연구의 대상이 되었다.

'-은/-는'에 관한 연구는 19세기 말 H. G. Underwood(1890:73-86)에 의해 Oppositive Case[11]로 다루어진 이후, 현재에 이르기까지 많은 문법 학자들의 관심이 되었다. 그리고 다른 문법요소와 마찬가지로 특수조사 '-은/-는'의 연구도 연구방법론의 발전에 큰 영향을 받아왔다.

그러나 특수조사 '-은/-는'에 대한 논의는 연구방법론에 따라 어느 특정한 분야에만 치우친 것이 아니라, 대부분의 연구가 形態的, 意味的, 談話的 측면에서 병행되어 왔다. 그 가운데 '-은/-는'에 대한 통사적 제약을 다룬 연구는 그리 많지 않을뿐더러 거의 모든 연구들이 의미적 기능을 밝히기 위한 보조적인 관점에서 '-은/-는'의 통사적 결합관계를 다루었다는 문제점이 있다.

또한 지금까지 이의 의미를 파악한 기존의 많은 연구들은 그들의 시각 차이에 따라 '-은/-는'의 의미 특징을 상당히 세분화시켰다. 물론 그러한 의미들은 나름대로의 타당성을 획득하고 있지만 '-은/-는'의 본질적인 의미특성을 파악하지는 못했다. 따라서 '-은/-는'이 나

---

11) "This postposition has been generally classified as the sign of the oppositive case ; because of its constant use in contrasts. It has the effect of emphasizing the word to which it is joined, and may be translated into English by the words - as far, as far as, with regard to." Underwood(1890:80-81) 참조.

타나는 문맥상황에만 의존해 그에 따른 의미들을 나열하는데 그쳤다는 문제를 안고 있다.

따라서 본고는 이러한 기존의 문제점을 해결하기 위해 '-은/-는' 결합에 따르는 제약을 나름대로 규칙화하였고, 이의 기본적인 의미 특성을 밝혔다는 점에 그 의의를 둘 수 있다.

제2장 특수조사 '-은/-는'과 主題化

　국어에서는 주제의 의미를 나타내는 특수조사 '-은/-는'이 결합한 명사구와 주격조사 '-이/-가'가 결합한 명사구가 서로 복잡한 양태를 드러냄으로써 문법기술에 어려움이 많았다.[12] 그리하여 여러 문법 현상을 설명하기 위해 주제 개념이 도입되었으며, 이는 특히 국어의 문장에 독특하게 등장하는 이중주어 문장을 설명하는데 도움이 되기도 하였다. 따라서 본 장에서는 주제화에 관련된 '-은/-는'의 문제를 고찰할 것이다.

　먼저, 1에서 '-은/-는' 주제화의 연구에 앞서 이에 대한 선행연구들을 살피고, 2에서는 '주제'의 일반적 개념에 대해 살피고자 한다. 즉 그 개념의 연원 및 주제가 연구자들에 따라 어떠한 발전양상을 거쳤으며, 어떤 언어층위를 자리매김하고 있는지에 대해 살필 것이다. 3에서는 意味域 기준과 論項構造를 통해 국어의 주제 유형을 統辭的 主題化와 談話的 主題로 구분하였다.

　統辭的 主題化란 문장의 기저 구조에서 의미역을 받고 이동한 성분의 주제화이다. 주제화란 용어는 원래 기저의 문장구조에서 주제가 아닌 다른 통사상의 자리를 차지하고 있던 요소들이 어떤 필요에

---

12) 1983년까지의 주격조사 '-이/-가'와 특수조사 '-은/-는'에 대한 연구사는 서정수(1991:85-118)를 참조 바란다.

의해 주제의 위치로 자리바꿈을 했다는 것이다. 따라서 주어, 목적
어, 부사 등의 주제화에 대해 살필 것이다.

談話的 主題는 의미역 할당의 대상이 아니기 때문에 의미역을 가
지지 않는다. 이는 통사적으로 문장성분이 아닌 요소가 문두에서 '-
은/-는'과 결합하여 주제성을 획득한 경우이다. 그리고 담화적 주제
문장과 이중주어 문장의 명사구들이 지니는 차이와 더불어 문장구조
의 차이에 대해서도 살필 것이다.

1. 문제제기

주제에 대한 연구는 서구의 프라그(prague) 학파에 의해 시작된
이후, 많은 학자들의 관심의 대상이 되어 왔다. 그 가운데 가장 대
표적인 것으로 Jesperson(1924)과 Li & Thompson(1976)을 들
수 있다.13)

Jesperson(1924)에서는 주제와 주어를 동일한 것으로 파악하였
다. 즉 그는 "印歐語에서 주어가 주제의 성격까지 겸하여 갖는 것으
로 인하여 주어의 정의에 주제로서의 성격이 가미된 것으로 생각된
다."고 하였다.

Firbas(1964)에서는 의사소통역량(communicative dynamism:CD)14)
의 정도에 따라 주제와 평언을 설명하였다. 주제는 의사소통역량이
낮고, 평언은 의사소통역량이 높은 것으로, 화자는 효율적인 정보전
달을 위해서 이미 알고 있는 것으로부터 새로운 요소들을 배열한다
고 하였다. Danes(1964)에서는 언어를 세 가지 측면에서 설명하
고, 그 가운데 언술적(utterance)측면에서 주제를 정의하여, 알려진
정보(known information)와 새로운 정보(new information)라는

---

13) 주제에 대한 또 다른 서구 諸 이론들에 대해서는 蔡琬(1979)을 참조하였
다.
14) 의사소통역량(CD)은 문장의 각 요소가 의사소통에 기여하는 정도를 가리
킨다.

특성을 밝히고, 주제를 '언술의 시발점'이라고 정의하였다. Dahl (1970)에서는 限定性(definiteness)과 總稱性(genericness)을 주제의 의미 특성으로 규정하였다. Segall et al(1973)에서는 주제를 '文脈에 묶인 요소'라고 하였다. 이는 문맥이나 상황, 혹은 주어진 언술의 일반적 조건에 의해 청자가 알고 있는 요소로서 문맥에 묶이지 않은 요소보다 어두에 있어 선행하며 通報機能量이 가장 낮다고 하였다. Kuno(1976)에서는 주제를 문장의 첫 요소 및 알려진 정보를 나타내는 것으로 정의하고, 화자의 감정 이입과도 긴밀한 관계에 있다고 하였다. 화자의 감정 이입은 담화 대상에 대한 확인의 정도에 따라 정해지며 정도가 높은 것이 주제로 선택된다고 하였다.

이상과 같이 주제에 대한 개념은 주로 담화적 측면에서 설명되고 있다. 그러나 국어의 주제는 연구자에 따라 각기 다른 이론적 배경에서 다루어져 왔다.15) 그리하여 논자에 따라, 언어에 따른 주제의 성격에 차이를 띠게 되었다. 이런 여러 관점의 차이에도 불구하고 주제의 공통적인 특성들이 의미적, 형태적인 면에서 지적되었다. 국내에서도 국어의 문법에 주제 개념이 도입되면서 '-은/-는'을 주제와 관련시킨 연구가 일찍부터 나타났다.

특수조사 '-은/-는'의 주제적 성격에 대해서는 이미 전통문법의 시기에서부터 언급되었다. 金奎植(1909:90-92)은 그의 문장법에서 '제목어-설명어'의 문장구조에 대해 설명하고 있는데 다음과 같다.

> 1) 一. 題目語
> 題目語라흠은言論되는人이나物을頭호는바를云흠이니假令「호랑이 가운다」호면「호랑이」는卽此句語에言論되는바를表호는詞이니此 句語에題目語니라

---

15) 류구상(1995:25-26)에서는 이에 대한 어려움을 다음과 같이 표현하였다. "주제에 관해 여러 각도의 많은 연구가 있으나, 주장 중에는 부분적인 예외가 있고 모순이 있어 어느 누구도 많은 문장을 놓고 주제를 분명히 가려낼 수 없다는 데에 문제가 있다."

二. 說明語

說明語라홈은言論되는人이나物에대ᄒ야如何事情을發表ᄒ는바를云
홈이니假令上例를用ᄒ야「호랑이가운다」ᄒ면「운다」는即言論되
는「호랑이」의게對ᄒ야如何事情을發表ᄒ는詞이니此句語의說明語
니라

2) 野蠻은(題目語) 鬼神을(目的語) 爲ᄒᄂ니라(說明語)
   愚者는(題目語) 時期를(目的語) 失ᄒᄂ니라(說明語)

이러한 그의 태도는 국어의 문장구조를 '主語-敍述語' 구조가 아닌
'主題語-說明語'의 구조로 파악하는 오늘날의 연구 업적들을 생각할
때 의의가 크다 할 것이다. 兪吉濬(1909:91-93)에서도 '가을은 달
이 밝소'의 '가을은'은 주어의 상위 개념인 總主語로 뒤의 '달이 밝소'
라는 문장을 지배한다고 하였다.

朴勝彬(1935:380)에서는 '코끼리는(文主) 코가(主語) 길다, 장사
는(文主) 머리털이(主語) 관을 찌른다.'의 예문을 들고, 주어 앞에 '-
은/-는'과 결합한 성분을 '文主'라고 설명하고 있는데, 이 개념 역시
오늘날의 주제 개념과 유사함을 짐작할 수 있다.

Yang(1975)에서는 주제 표지 '-은/-는'이 그 자리에 따라 주제
표지와 대조 조사로서의 기능을 하므로 양자는 일종의 相補的 分布
관계에 있다고 보았다. 그는 Yang(1973)과는 달리 주제의 성격을
문두성과 함께 '-은/-는'의 결합으로 파악하고 있다. 이 외에 다음과
같은 연구들이 있다.

Sohn(1980)에서는 '-이/-가'와 '-은/-는'이 서로 교체16)되면서
주제 표지와 관련될 수 있음을 보이고, 아울러 '-만, -도, -까지' 등
도 그 자리에 나타날 수 있음으로써 주제 표지와 관련된다고 보았
다.

---

16) 그는 '-이/-가'와 '-은/-는'은 주제표지 기능을 나타낸다는 점에서만 일치하
   고, 다른 특질은 서로 상반된다고 하였다.

3) ㄱ. 내가 밥이 잘 먹힌다.
   ㄴ. 나는 밥이 잘 먹힌다.
   ㄷ. 한국이 가을이 제일 좋다.
   ㄹ. 한국은 가을이 제일 좋다.

예문 3)에서 보듯 '-은/-는'과 '-이/-가'는 통사적 또는 담화적 기능의 성격을 나타낸다는 점에서 동일하다. 그러나 3ㄱ)과 3ㄷ)은 문장의 유형을 달리한다. 즉 3ㄱ)과 달리 3ㄷ)의 문장구조는 'NP₁-이 NP₂-이'의 형식에서 두개의 명사구가 각각 독립된 의미역을 갖지 못한다. 즉 '한국'과 '가을'이 하나의 묶임 속에서 서술어 '좋다'에 의한 의미역을 받고 있다. 따라서 이들은 주제적 기능을 나타내는데 있어 동일하지 않다.

박승윤(1981)에서는 일반적으로 문두의 명사구에 결합하는 '-은/-는'을 주제 표지로 인정한다. 그리고 다음의 '-은/-는'은 無標의 주제를 나타낸다고 규정하였다.

4) ㄱ. 철수는 성격이 명랑하다.
   ㄴ. 그 학생은 공부를 잘 한다.

이 경우, 명사구 '철수, 그 학생'은 주제의 3요건17)을 완벽하게 갖추고 있기 때문에 주제 표지로 인정된다고 보았다.

	'-이/-가'	'-은/-는'
주제 관련성(theme relevance)	+	+
격 기 능(case sensitivity)	+	-
대 조 성(contrastiveness)	-	+
배 타 성(exclusiveness)	+	-

17) 주제의 3요건으로 첫째가 '상위 명사구 위치', 즉 주제 명사구는 구조적으로 보다 높은 명사구 자리에 있다. 둘째는 '조사 '-은/-는'의 대하여성 표시'로 주제 명사구는 형태론적으로 '-은/-는'으로 표지된다. 셋째, '명사구의 한정성'으로 주제 명사구는 의미론적으로 한정(definite) 명사구로 해석된다는 것이다.

성기철(1985)에서는 주제에 대한 그 동안의 연구 결과를 종합하여 주제의 특성을 4가지[18]로 정리하여 놓았다. 그런 가운데 '-은/-는'의 기본 의미를 '對照性'이라 하고, 그것을 바탕으로 여러 경우를 설명하는 것이 바람직하다고 결론을 내리고 있다. 즉 특수조사 '-은/-는'은 어느 경우나 대조성을 보이고 있는데, 그 대조 대상의 범위가 막연하거나 넓어지면 그 대조성이 잘 감지되지 않게 된다. 이 경우 주제적 기능을 나타낸다고 하였다. 이러한 그의 설명은 [표별]을 드러내지 않는 '-은/-는'을 주제로 파악하려는 본고의 논의와 일치한다.

그러나 국내에서의 '-은/-는'과 관련한 주제의 연구에서는 문장의 층위를 구별하지 않아 혼동을 일으킬 소지가 있는 등 문제점을 가지고 있는데, 주제의 개념을 언어 층위 문제로 파악한 Halliday(1976: 24)에서는 언어의 기능을 몇 가지로 보든, 대체로 자연 언어의 문장들은 두 가지 이상의 기능을 복합적으로 수행한다고 하였다. 그는 觀念化 機能(ideational function), 交流的 機能(interpersoal function), 文脈的 機能(textual function)이라는 언어의 기능들이 실제로는 다음과 같이 서로 복합되어 나타난다고 하였다.

---

18) 주제의 특성으로 들고 있는 것은 다음과 같다. (1)대하여성(aboutness)-주제란 '언급하고 있는 것'(what one is talking about) 또는 '언급되고 있는 것'(what is talking about), 곧 '언급의 대상'을 가리킨다. (2)문두성-주제는 문장의 첫머리에 오는 특성이 있다. 주어도 문두에 나타나지만, 주제의 경우가 훨씬 두드러진다. (3)기존정보성-주제는 이미 알고 있거나 알려진 사항을 가리킨다는 것이다. 곧 주제란 말듣는 이의 의식 속에 이미 존재한다고 생각되는 기존 정보 또는 구정보를 전제로 언급되는 대상이다. (4)한정성-구정보성과 일맥상통한 것으로 주제는 화자와 청자 사이에 이미 이해되고 있는 정보이다.

5)

// the sun	was shining	on the sea //

IDEATIONAL :	Affected	Process	Locative
INTERPERSONAL :	Modal	Proposition	
	Theme	Rheme	
TEXTUAL :	New		
	Subject	Predicate	Adjunct

그의 분석에 따르면, 전통적으로 주어라고 한 'the sun'은 관념화 기능으로서 피영향자(affected)이면서, 동시에 교류적 기능으로서는 양상(model)이며, 문맥적 기능으로서는 주제와 새정보(new information)의 기능을 표시하고 있다.

이와 같이 Halliday는 언어의 층위를 세 부분으로 설정하였다. 제 1층위는 문장의 意味構造 층위이고, 제 2층위는 문장의 文法構造 층위이고, 제 3층위는 발화의 組織 층위이다. 김영희(1978)에서도 언어 층위의 구별을 다음과 같이 제시하고 있다.

6) 언어층위

	그 책은	영수가	나에게	주었다
의미층위	이행격 (patient)	행위격 (agent)	수혜격 (benefactive)	서술소 (predicator)
사용층위	주제 (topic)	설명 (comment)		
통사층위	목적어 (object)	주어 (subject)	보어 (complement)	서술어 (predicate)

결국 위의 두 예를 통해서 알 수 있듯이 문장 안에서의 주제는 통사적 개념보다는 담화적 개념으로 다루는 것이 타당하다.[19]

---

19) 주제는 문주제(sentence topic)와 담화주제(discourse topic)로 구분된다. 전자는 하나의 문장 내에서 위치의 변화에 의해 주제로 기능하는 것을 의미하며, 후자는 담화를 이룰 때 담화속에서 나타나는 담화의 주된 내용 혹은 중심 흐름을 말한다. 즉 통사적 주제화와 담화적 주제이다. 담화를 이루는 문장은 구성요소들의 기능 관계에 따라 의미구조(semantic structure),

그러나 주제가 담화적 개념임에도 불구하고 이로는 해결이 어려운 주제가 있는데 그것을 통사적 주제화라 하기로 한다.

2. 국어 주제의 성격

다음은 국어의 주제가 形態的, 意味的, 談話的 측면에서 어떠한 특성을 나타내는지 알아보기로 한다.

1) 形態的 측면의 특성

주제의 형태적 표지는 개별 언어에 따라 다르게 나타난다. 국어의 주제 표지에 대해서도 연구자마다 다양한 주장을 보이고 있다.[20] 지금까지 주제 연구에 대한 대부분의 연구들에서 공통적으로 지적하고 있는 주제의 형태적 특성은 다음과 같다.

> ※ 주제 : 강세가 놓이지 않은 문두의 '-은/-는'

위에서 주제의 형태적 특징으로 들고 있는 것은 크게 3가지이다. 첫째, 특수조사 '-은/-는'의 결합을 들고, 둘째는 '-은/-는'과 결합한 성분이 문두에 와야 하고, 마지막으로 주제에는 강세가 놓이지 않는다는 것이다. 이를 중심으로 주제의 형태적 특징을 살펴보자.

국어에서 주제임을 나타내는 형태적 표지는 '-이/-가', '-을/-를',

통사구조(syntactic structure), 담화구조(discourse structure)로 구분된다. 의미구조는 개념적으로 파악되는 기저 구조의 격(행위자격, 피행위자격)과 서술소(predicator)로, 통사구조는 문법적 구조와 서술어로, 담화구조는 주제와 평언으로 구성되어 있다. 이들의 관계에서 담화구조가 의미구조와 통사구조를 지배하는 관계를 형성하고 있다.

20) 지금까지 국어의 주제 표지에 관한 연구는 크게 네 부류로 나눌 수 있다. 첫째, '-은/-는'만을 주제 표지로 보는 경우, 둘째, '-은/-는'과 함께 주격조사 '-이/-가'를 포함하는 경우, 셋째, '-은/-는', '-이/-가'에 '-을/-를'도 주제 표지로 보는 경우, 마지막으로 국어에는 이상과 같이 주제를 나타내는 특별한 표지 없이 격조사나 한정사들이 주제를 나타낸다는 주장이 있다.

'-에게', '-에', '-(으)로', '-에서' 등이 있다. 일반적으로 언어에 나타나는 다양한 현상들을 하나의 문법범주로 묶기 위해서 반드시 전제되어야 할 것은 의미나 기능면에서 일치하는 점이 있어야 한다는 것이다.

그러나 이들 표지들이 지니고 있는 의미나 기능이 같다고 볼 수 있는지는 의문이다. 국어문법 기술에서 주격조사 '-이/-가'와 목적격조사 '-을/-를' 그리고 기타 조사들의 의미나 기능이 같다고 보기는 어렵다. 특히 任洪彬(1974)에서 언급된 바와 같이 排他的 關係에 있는 '-이/-가', '-을/-를'과 對照的 關係에 있는 '-은/-는'은 서로 統辭的 측면과 談話的 측면에서 해결이 가능한 다른 차원의 문제이기 때문이다. 다음 예문을 보자.

> 1) ㄱ. 철수가 사과를 먹었다.
> ㄴ. 철수는 사과를 먹었다.
> ㄷ. 철수가 사과는 먹었다.

1ㄱ)의 '철수가'는 '철수'와 대립되는 다른 행위자, 즉 '영희, 순이, 영호…'와 같이 여러 대상 가운데 '철수'가 排他的[21]으로 선택되었음을 나타낸다. '사과를'도 排他的 관계를 형성하고 있다. 그러나 1ㄴ)과 1ㄷ)의 경우 조사 '-은/-는'이 결합한 명사 '철수'와 '사과'는 다른 행위자 및 대상들과 대조적 관계에 있다. 이 경우에도 1ㄴ)과 1ㄷ)의 '-은/-는'의 성격에는 차이가 있다. 즉 전자는 문두에 '-은/-는'이

---

21) 조사 '-이/-가'는 새로운 정보를 도입하는 성분에 일반적으로 붙는다. 즉 질문의 대상이 되는 성분에는 '-은/-는'보다 '-이/-가'의 결합이 자연스럽다.
   ㄱ. (이 중에) 누가 영어를 잘 하느냐?
   ㄴ. 철수가 영어를 잘 한다.
   ㄷ. (?)영호는 영어를 잘 한다.
   ㄱ)에서처럼 여럿 가운데 영어를 잘 하는 사람이 누구인지 의문의 대상이 될 경우, 그 성분은 조사 '-이/-가'에 의해 배타적으로 선택된다.

위치한 것으로 특별한 사항이 아닌 한 대조의 의미보다는 단순히 화
자의 전달 의도가 반영된 '主題'의 성격이 짙고, 후자는 '對照 焦點'의
기능만 보인다. 따라서 주제의 범위를 확대 해석해서 모든 성분을
주제로 본다면 주제 설정의 의의가 사라질 우려가 있기 때문에 '-은
/-는'만을 주제 표지로 보고자 한다.

다음은 주제의 文頭性에 대해 살피기로 한다.

국어의 주제를 문장에서의 위치와 관련하여 설명하려는 시도가 있
어 왔다. 그 가운데 주제의 필수적 위치로 문두성을 들었다. 그러나
주제의 한 특성으로 문두성은 단순히 문장의 맨 앞자리만을 의미하
는 것은 아니다.

> 2) ㄱ. 선생님은 돌이에게 상을 주었다.
> ㄴ. 돌이에게 선생님은 상을 주었다.
> ㄷ. 상을 선생님은 돌이에게 주었다.

柳龜相(1983:96-98)에서는 국어가 자유어순인 점을 들어 주제의
문두성을 비판하고 있다. 즉 문두성을 주제의 특성으로 볼 때, 예문
2)의 첫 번째 명사구인 '선생님, 돌이, 상'도 주제가 된다. 그러나
이들은 '돌이에게 다른 사람은 상을 주지 않았지만'이 전제되었을 때
그 대답으로 나올 수 있는 문장들로, 아무런 의미 차이를 발견할 수
없다. 따라서 문두에 놓였다는 이유만으로 주제의 기능을 부여한다
는 것은 문제가 있다고 하였다. 이는 주제의 문두성을 표면적인 현
상으로 파악하려는 오류를 잘 지적하고 있다.

모든 문장들은 화자가 전달하고자 하는 의도를 적절하고 효율적으
로 실현시키려 한다. 그러한 전달의도의 실현 가운데 하나로 나타나
는 문법현상이 바로 주제이다. 인간의 의사소통을 위한 수단으로서
의 기능이 언어의 본질적 기능이라면, 언어가 발신자의 의사, 또는
의도를 수신자에게 보다 명확하게 능률적이고 효과적으로, 동시에
합리적이며 신속하게 전할 수 있는 구조로 되어 있을 것이라고 보는

것은 자연스럽다. 언어를 통한 의사소통의 주체는 인간이고, 의사소통을 자신의 의도대로 수행하려는 욕구에 의해 언어의 형식이 짜여지게 때문이다.

따라서 주제의 文頭性이라는 특성을 살피기 위해서는 그러한 문장이 생성되는 과정을 동시에 고려해야만 한다. 위의 예문에서 그 문장이 담고 있는 전제에 대한 문법적인 문장은 2ㄱ)이다. 2ㄴ)과 2ㄷ)은 2ㄱ)의 문장에서 그 때의 담화 상황에 알맞게 쓰인 문장이라 할 수 있다. 그리고 화자에 의해 전달되는 의도의 실현과정에 대해 어떤 논리적인 순서를 매길 수 있을 것이다.

최규수(1990:93)에서도 이 논리적 순서 매김에서 맨 처음에 실현되는 것이 주제라고 설명22)하고, 다음의 예문들은 모두 주제가 사용된 문장이 아니라 하였다.

> 3) ㄱ. 학교에는 간다.
> ㄴ. 다행스럽게도 우리는 배를 탈 수 있었다.
> ㄷ. 결혼, 그것은 문제가 아니다.
> ㄹ. 이긴다, 우리는.

먼저 그는 3)의 예문들에 해당하는 기저 문장구조를 4)로 보았고, 이들이 다시 5)와 같은 주제화 문장구조를 이루고 있다고 보았다.

> 4) ㄱ. 영이가 학교에 간다.
> ㄴ. 우리가 다행스럽게 배를 탈 수 있었다.

---

22) 그는 "모든 쓰인월은 주제월 아니면 비주제월 가운데 하나인데, 주제화가 적용되고 안되고에 따라 적절한 담화상황에 놓여 쓰인다는 것이다. 그리고 주제월이 월의 엮음에서 가장 많이 되풀이되어 쓰인다. 따라서 주제어는 담화에서 가장 기본이 되는 전달의도의 실현이라 할 수 있다. 이러한 사실로 미루어 생각하면, 주제화는 다른 어떠한 전달의도의 실현과정보다도 앞서는 것으로 생각된다. 이렇게 쓰인월의 생성과정에서의 '순서매김'을 고려한다면, '주제어는 월머리에 내세워지는 것'이라 할 수 있게 된다."고 하여 주제의 문두성을 설명하고 있다.

ㄷ. 결혼이 문제가 아니다.

ㄹ. 우리가 이긴다.

5) ㄱ. 영이는 학교에 간다.

ㄴ. 우리는 다행스럽게 배를 탈 수 있었다.

ㄷ. 결혼은 문제가 아니다.

ㄹ. 우리는 이긴다.

결국 3)의 문장들의 첫 번째 명사구는 주제의 기능을 지니고 있는 것이 아니다. 3ㄱ)은 '대조 초점화'와 '주제생략'의 결과로, 3ㄴ)은 상황말이 문두로 옮겨간 결과로, 3ㄷ)은 주제와 동일한 지시대상을 가리키는 어휘의 되풀이(강조)로, 3ㄹ)은 주제가 문미로 옮겨간 것으로 볼 수 있다.

그러나 3ㄴ)과 같은 예문은 문두에 주제가 나타난 형태라고도 볼 수 있다. 왜냐하면 문장부사 '다행스럽게'는 문장의 論項構造에 구속되기보다는 독립적이기 때문에 이를 제외하고 생각해 보면 주제의 의미적 기능을 보이는 '우리는'이 문두에 실현되었다고 할 수 있다.

주제의 마지막 형태적 특성으로 強勢가 놓이지 않는다는 주장이 있다. '-은/-는'이라는 형태적 표지와 결합한 성분에 강세가 놓이지 않으면 주제의 역할을 하고, 강세가 부여되면 대조 초점이 된다는 것이다.

주제의 이러한 특성은 이미 주제가 가지는 정보의 가치에 의해 설명될 수 있다. 즉 담화에서의 강세는 화자의 의도를 두드러지게 나타내는 상황 정보의 하나로 강세의 정도에 따라 情報負擔量이 달라지는데, 강세가 강하면 강할수록 그 정보는 청자에게 더욱 중요한 정보임을 나타내고, 약할수록 그 정보는 덜 중요한 정보임을 나타내는 有標的 기능을 한다.

이와 같이 문장 내에서 정보전달의 중요성이 낮은 주제에는 강한 강세가 실현되지 않는 것이다. 반면에 주제에 대한 설명말에는 새로운 정보로서 화자의 중심의도가 담기기 때문에 강한 강세가 놓인다.

한편, 주제의 표지에서 강세의 역할은 그렇게 크지 않고, 우리말에서 정보구조의 해석은 형태적 표지나 어순으로서 대체로 드러나지만, 이것만으로 분명하게 드러나지 않는 경우에 강세로서 구별된다는 주장(최규수, 1990)이 있다. 즉 강세는 정보구조의 해석에서 형태적 표지나 어순의 모자라는 부분을 메꾸어주는 역할을 한다는 주장이다. 또 주제에 강세가 놓이지 않는다는 주장에 대해 任洪彬(1987)에서는 화자가 새로운 주제를 설정하여 청자에게 그것을 받아줄 것을 요청하는 경우에는 강세가 부여되지 않지만 특수한 경우 강세가 부여될 수도 있다고 하였다.23) 그 경우 주제적 의미로 기능하는 성분은 '强調'로 해석되며 아주 특수하게 '對照 焦點'으로 볼 수 있다고 하였다. 그러나 이 경우에도 그 쓰임이 어색하다고 하였다. 이처럼 두 주장에서도 주제의 非强勢를 전적으로 부정하지는 않고 있다. 아래의 예를 보자.

6) ㄱ. 철수는 대학에 합격했어.
　 ㄴ. 한국은 날씨가 좋아.
　 ㄷ. 너는 그 일을 못할 걸.

예문 6)에서 문두의 성분들이 주제적 기능을 드러내기 위해서 필요한 조건은 강세가 놓이지 않아야 한다는 것이다. 비록 문두의 체언일지라도 강세를 받는 경우는 '대조'의 기능을 나타낸다. 즉 '철수', '한국', '너'는 강조됨으로써 다른 사람(ㄱ, ㄷ), 다른 나라(ㄴ)와의 대조를 부각시키고 있다.

앞서도 살핀 것처럼 문두의 '-은/-는'이 강세 초점으로 해석되는 경우는 아주 드물다. 경우에 따라 이들 요소에 강세가 놓인다 할지

---

23) 주제에 강세가 놓인다는 주장은 이 외에도 일찍이 Kim(1967), 朴舜咸(1970)에서 지적되었고, 任洪彬(1972), 蔡琬(1976)에서는 주제를 비강조로 보았다.

라도 주제로서의 기능이 없어진다거나 대조 초점으로 해석되는 경우는 아주 드물다. 만약 대조 초점으로 해석되는 경우가 있다 하더라도 그러한 경우는 아주 특별한 용법으로 일반적인 언어현상이라 할 수 없다.

따라서 非强勢의 이들은 각각 '대학에 합격했어, 날씨가 좋아, 그 일을 못할걸'이라는 설명에 새로운 정보로서의 초점이 놓여지므로 문두의 성분들은 모두 주제로 기능하고 있다.

이상으로 주제의 형태적 특성에 대해 알아보았다. 결국 국어의 주제에는 이들 세 가지 주제의 형태적 특성들이 적용된다고 할 것이다.

2.7 意味的 측면의 특성

다음은 주제의 특성 중 의미적인 면을 살펴보기로 하자. 성기철 (1985)에서 지적한 주제의 의미적 특성들은 그 타당성 면에서 순위가 있다고 여겨진다. 어떤 특성은 어느 언어에서나 적용될 수 있고, 공통적으로 인정되는가 하면, 그 적용 범위가 일부에 한정되기도 한다.

주제가 언어적인 상황에 따라 유동적이기 때문에 주제와 관련된 언어의 중요한 의미적 조건은 대체로 總稱性(generisity)과 舊情報性, 限定性(definiteness)24) 그리고 特定性(specificity)25)으로,

---

24) 한정성의 언어적 보편성에 대한 논의는 柳亨善(1995:89-102)을 참조 바란다. 그는 문두명사는 구정보이기 때문에 한정적(definite)이어야 하고, 반면에 문미정보는 신정보이기 때문에 한정(definite)과 비한정(indefinite) 지시체(referents)가 모두 허용된다고 하였다. 또한 관사가 있는 언어를 관사가 없는 언어로 번역했을 때, 관사 언어의 한정성이 무관사 언어에서도 무시되지 않고 표현되기 때문에, 그 한정성 표현이 어떤 방식으로 나타나든 한정성은 언어보편적인 것이라고 하였다.

25) '총칭성'은 어떤 특정한 상황(때, 장소, 대상)에서만 나타나는 의미가 아니라, 모든 상황에서 해당되는 의미로 그 개체가 속하는 모든 범주를 지칭한다. 즉 '고래는 포유동물이다.'에서처럼 '고래'는 고래라는 부류 전체를 가리키는 경우로 'NP+은/는-(이)다.'의 문장짜임을 보인다. '확정성'은 어떤

지금까지 이들 의미적 속성과 관련하여 국어의 주제가 다루어져 왔
다. 따라서 이러한 연구들을 바탕으로 하여 국어 주제의 의미적 특
성을 알아보기로 한다.

일반적으로 주제를 나타내는 의미 특성 가운데 가장 가능성이 높
은 것이 總稱性이라고 알려져 왔다. 이에는 類概念으로 쓰이는 일반
명사가 대표적이다.

> 1) ㄱ. 사람이 사회적 동물이다.
> ㄴ. 사람은 사회적 동물이다.

1) 예문에서 문두의 '사람은'은 사람에 대한 일반적 속성 따위를
나타내는 경우이며, 특정한 사람을 나타내는 '사람이'는 많이 쓰이지
않지만, 만일 어떤 특정한 대상인 사람을 가리킨다면 '사람이'가 더
적절할 것이다. 이는 주제적 의미를 나타내는 '-은/-는'이 주격조사
'-이/-가'로 전환되면 어색한 문장이 된다는 점에서 이해할 수 있다.
이렇게 '-은/-는'은 어떤 특정한 상황(때, 장소, 대상)을 나타내는
것이 아니고, 그 개체가 속하는 범주 전체를 나타내면서 총체적 대
상을 가리킬 때에도 사용된다. 이 때 문장에서는 주제의 역할을 하
게 된다.

> 2) ㄱ. 고래는 포유동물이다.
> ㄴ. 고래가 포유동물이다.

2ㄱ)은 고래의 일반적인 속성을 진술하는 문장으로, 이 경우 '고
래'는 그 類의 전체를 가리키고 있다. 반면 2ㄴ)은 의문사로 유도되
는 의문문, 즉 '무엇이 포유동물이냐?' 등의 대답으로서는 적당하겠

사항을 청자가 이미 알고 있다고 화자가 믿는 경우를 가리킨다. 즉 화자와
청자가 공유한다고 여겨지는 화제 대상이다. '특정성'은 화자가 특정한 지
시대상을 한정하여 표현한 것이다.

지만, 문법적인 문장임에도 불구하고 그 자체만으로는 잘 쓰이지 않는다.

'무엇, 누가' 따위의 질문에 대해 대답을 하는 경우에는 일반적 사항이 아니고 특정한 사항을 지정하기 때문이다. 이 경우 '고래'는 초점요소가 되어 비록 總稱性의 의미를 띠고 있지만 주제의 기능을 드러내지 못한다.

> 3) ㄱ.＊누구는 걸어간다.
>   ㄴ. 누가 걸어간다.

예문 3)과 같은 경우도 특정한 사람이 걸어가는 상황이므로, 특수조사 '-은/-는'이 결합한 3ㄱ)은 비문인 반면, 주격조사 '-이/-가'가 결합한 3ㄴ)은 문법적인 문장을 이룬다. 따라서 주제에는 2ㄱ)에서처럼 형태적 표지인 '-은/-는'이 결합되어야 한다.

蔡琬(1976)에서는 어떤 사실을 일반화해서 표현하는 명제, 일반적 속성을 나타내는 표현, 속담26), 금언 등도 총칭성 개념에 포함되므로 '-은/-는'이 첨가되어 쓰일 수 있다고 하였다.

그러나 일반명사가 총칭성을 띠는 경우는 명사 자체의 의미적 특성보다는 뒤에 결합하는 서술어의 특징에서 비롯되고 있음을 간과해서는 안 된다. 따라서 총칭성이 주제의 의미적인 한 특성은 될 수 있을지언정 모든 주제 문장을 포괄하는 특성은 될 수 없다.

다음은 주제의 舊情報性에 대해 살펴보자.

> 4) ㄱ. 누가 밥을 먹느냐?
>   ㄴ. 철수는 무엇을 하느냐?

예문 4ㄱ)은 서술 내용이 알려진 반면, 4ㄴ)은 서술 대상이 이미 알려진 경우로, 4ㄱ)의 물음에 대한 문제의 초점은 밥을 먹는 '행위

---

26) 속담문에 나타난 '-은/-는'의 연구는 白恩璟(1990) 참조.

자'에 놓이고, 4ㄴ)은 서술 내용에 초점이 놓여 있다. 따라서 그 대
답으로 다음 문장이 가능하다.

5) ㄱ. 철수가 밥을 먹는다.
   ㄴ. 철수는 책을 읽는다.

5ㄱ)에서 '철수'는 舊情報(밥을 먹는)에 대한 대상으로 신정보의
역할을 한다.27) 5ㄴ)에서는 '책을 읽는' 행위가 新情報로서 기능하
고, '철수'는 舊情報의 역할을 한다.

일반적으로 특수조사 '-은/-는'이 결합한 명사구는 이미 알려진 구
정보, 즉 한정성을 나타내고, '-이/-가'가 결합하는 명사구는 새로운
정보를 가리킨다. 따라서 담화에서 주제가 복원 가능하거나 예측 가
능한 경우에 이의 생략이 가능한 점도 주제의 이러한 성질에 기인한
다고 할 것이다. 이런 점에서 주제의 구정보성을 주장하기도 한다.

그러나 구정보 역시 주제의 필수적 조건이 될 수는 없다. 여기에
는 두 가지 조건이 더 필요하다. 먼저 구성요소간 상대적인 중요성
이 낮아야 한다. 다음의 예를 보기로 하자.

6) 누가 밥을 먹느냐?

7) ㄱ.*철수는 밥을 먹는다.
   ㄴ. 밥은 철수가 먹는다.

6)의 질문에 대한 초점은 행위자이고 상대적으로 '밥'은 화자와 청

---

27) 주격조사 '-이/-가'의 의미를 다룸에 있어 '신정보' 자질을 넣기도 한다. 아
래에서 새로운 정보를 나타내는 명사구에는 '-은/-는'(ㄴ)보다 '-이/-가'
(ㄱ)가 더 자연스럽다. 반면, 앞서서 언급된 명사구일 경우에 '-은/-는'
(ㄷ)의 결합이 자연스러움을 나타낸다.
   ㄱ. 어느 시골에 한 구두쇠가 살고 있었다.
   ㄴ.*어느 시골에 한 구두쇠는 살고 있었다.
   ㄷ. 그 구두쇠는 반찬으로 천장에 굴비를 매달아 놓고 먹었다.

자 사이에 이미 알고 있는 존재로 주목을 받지 못한다. 이 경우, 행위자의 성분이 주제로 쓰인 7ㄱ)은 비문이 되지만, 7ㄴ)처럼 초점의 대상이 아닌 목적어는 '-은/-는'의 결합과 함께 주제로 쓰일 수 있다.

8) 철수는 무엇을 하느냐?

9) ㄱ. 철수는 공부를 한다.
ㄴ.*공부는 철수가 한다.

8)의 예문은 목적어 '무엇'에 초점이 놓이는 질문으로 '공부'라는 대상이 '철수'라는 행위자보다 상대적인 위치에서 중요한 성분이다. 따라서 '공부'가 주제어로 쓰인 9ㄴ)은 질문에 대한 부적격한 문장이 되고 마는 것이다. 다음의 예도 이와 일맥상통하다.

10) ㄱ. 누가 어디에서 무엇을 했나?
ㄴ. 누가 어디에서 공부를 했나?
ㄷ. 철수가 어디에서 공부를 했나?
ㄹ. 철수가 학교에서 무엇을 했나?

예문 10)의 각각의 물음에 대한 대답으로 적당한 것은 다음과 같다.

11) ㄱ. <u>철수가 학교에서 공부를 했다</u>.
　　　신정보　　　　　구정보
　　　(초점)　　　　　(전제)
ㄴ. <u>철수가 학교에서 공부를 했다</u>.
　　　신정보　　　　　구정보
　　　(초점)　　　　　(전제)

ㄷ. <u>철수는</u>　<u>학교에서</u>　<u>공부를</u>　<u>했다</u>.
　　구정보　　　신정보　　구정보　구정보
　　(전제)　　　(초점)　　(전제)　(전제)
ㄹ. <u>철수는</u>　<u>학교에서</u>　<u>공부를</u>　<u>했다</u>.
　　　구정보　　　신정보　　구정보
　　　(전제)　　　(초점)　　(전제)

이와 같이 구정보를 가진 명사구를 주제로 본다면, 주제의 역할을
할 수 있는 문장의 성분은 서술어 '했다', 주어인 '철수', 목적어 '공
부', 부사 '학교' 등도 주제로 쓰일 수 있다는 것이다. 주어, 목적어,
부사 성분은 통사상의 자리의 변동으로 주제의 성질을 획득할 수 있
지만 서술어의 경우 구정보임에도 불구하고 주제성을 가지지 못한
다. 따라서 단순히 구정보라는 이유 때문에 주제가 되는 것은 아니
다.

Sohn(1980)에서도 같은 주장을 하고 있다.

　12) ㄱ. 원숭이가 사람의 조상이니?
　　　ㄴ. 어떤 사람은 그렇게 생각해.
　　　ㄷ. 우리 형은 그렇게 생각해.

12ㄱ)의 질문에 12ㄴ)과 12ㄷ)이 자연스럽다고 할 때, 특수조사
'-은/-는'의 구정보성을 설명할 수 없다는 것이다.

주제의 구정보성과 관련해 한 가지 더 언급되어야 할 성질로 '限
定性'을 들 수 있다. 주제의 한정성은 화자와 청자가 어떤 개념에 대
하여 동일한 정보를 가지고 있는지의 여부를 의미한다. 즉 선행하는
문맥 중에 이미 나왔거나 발화의 장면, 또는 일반적 경험으로 화자
와 청자가 공통적으로 이해할 수 있는 旣知 知識을 의미하는 것으로
구정보성과 긴밀한 관계를 지닌다. 이는 화자가 효율적인 주제의 표
현을 위해 非限定的인 명사구보다는 한정적인 명사구를 선호하는 것
과 같다. 한정명사구가 주제로 사용될 경우 청자의 확인이 용이한

반면, 비한정성 명사구가 주제일 경우는 청자의 주제확인이 어려워 지기 때문이다.28)

그러나 주제가 한정성을 띤다고 해서 모든 한정명사구가 주제의 역할을 하는 것은 아니다.29) 반드시 앞의 담화에서 언급이 된 요소 일 경우에만 가능하다.30) 다음은 이러한 명사의 情報性과 限定性의 관계에 대해 구체적으로 살펴보자.

명사의 정보성이 화자가 발화하는 순간 청자의 의식 내에 같은 명 사가 있는가 없는가를 점검하는 것이라면, 명사의 한정성은 화자가 발화한 명사의 指示體를 청자가 알고 있는가 하는 점을 점검하는 것

---

28) 국어의 주제 논의에서 한정성을 주제화의 가장 중요한 요인으로 생각하는 견해는 상당히 많다. 그 가운데 蔡琬(1976)에서는 한정성을 가진 대상과 그렇지 않은 대상을 다음과 같이 분류하고 있다.
    1. 한정성을 가지는 대상
     i.해, 달, 불변의 진리 등을 가리키는 말
     ii.총칭적(generic) 유개념(類槪念)으로 쓰이는 일반명사
     iii.고유명사, 대명사 및 특정 대상을 가리키는 수사
     iv.앞서의 대화나 문맥에서 언급된 사항
    2. 한정성을 가지지 못하는 대상
     i.의문사나 부정사
     ii.화자가 모르는 것으로 여겨지는 대상
     iii.서술어가 "있다"일 경우
     iv.일시적 존재 상태 등을 나타내는 표현
     v.불완전 용언, 보어 등
     vi.내포문의 주어
29) 만약 모든 한정적 명사구가 주제어로 기능할 수 있다면, 이들 뒤에는 반드 시 주제를 나타내는 '-은/-는'만이 결합되어야 할 것이다. 다음을 보자.
    ㄱ. 방금 전에 <u>인혜가</u> 널 찾았어.
    ㄴ. 나는 <u>전에 같이 공부를 했던 친구를</u> 서점에서 만났어.
    ㄱ)의 '인혜'는 화자와 청자가 서로 알고 있는 정보이고, ㄴ)의 '친구' 역시 한정적인 용법의 명사구이지만 이들에는 각각 '-가'와 '-를'이 결합되어 있 다.
30) 정주리(1992:140-143)에서는 주제를 한정된 기존정보와 일치시키는데 문제를 제기하고, 발화할 때 택할 수 있는 주제는 이미 습득된 지식이나 오래된 정보, 기존의 지식일 수도 있고, 새로이 도입되는 지식 또는 신정 보일 수도 있다고 보았다. 그리고 주제의 특성으로는 '대하여성'만을 지적 하였다.

이다.

Chafe(1976)에서는 "화자가 자신의 마음에 있는 특별한 항목을 청자가 알고 있고 또 확인할 수 있다"고 생각하는 것, 즉 '정체확인 가능성(identyfiable)'을 한정성이라고 보았다. 이와 같이 명사의 정보성과 한정성의 배합방식에 따라 다음과 같은 네 가지 유형을 생각할 수 있다.

> 13) 명사의 정보성과 한정성의 배열 유형
> ㄱ. 구정보성 : 한 정 성
> ㄴ. 구정보성 : 비한정성
> ㄷ. 신정보성 : 한 정 성
> ㄹ. 신정보성 : 비한정성

이들 4유형 가운데 13ㄴ), 13ㄷ), 13ㄹ)의 유형들은 모두 청자에게 알려지지 않은 요소로서 주제로 기능할 수 있는 자격을 얻지 못한다. 따라서 13ㄱ)의 유형만이 주제로 기능함을 알 수 있다. 몇 가지 예를 더 들어보기로 하자.

일반적으로 고유명사는 한정성을 나타낸다는 이유로 쉽게 주제가 될 수 있다고 생각할 수 있다. 그러나 다음의 예에서 보듯 고유명사는 주제의 역할을 하지 못한다.

> 14) ㄱ. 철수는 어제 미국에 갔다.
> ㄴ. 철수가 누군데?
> ㄷ. 철수는 내 친구야.

14ㄱ)에서 문두의 '철수'는 고유명사로서 한정적인 요소이다. 그러나 처음 언급된 요소로 청자에게는 주제의 指示體에 대한 확인이 되지 않고 있다. 따라서 주제가 되기 위해서는 앞선 문맥에서 '철수'에 대한 언급이 있어야 할 것이다. 즉 '철수'라는 성분이 구정보성을 띠

고 있어야 한다.

이정민(1992:399)에서도 처음부터 한정성을 지닌 것으로 취급되는 고유명사도 그것이 듣는 이에게 친숙한 이름이라는 가정이 화자에게 없으면 곧바로 화제로 등장하기가 어렵고 그 가정이 없을 때에는 그 고유명사를 화역(domain of discourse)에 새롭게 도입하는 발화가 선행되어야 한다고 하였다.

다음으로 非限定性을 띠는 것으로 의문사 '누구'가 있다. 이 외에도 부정사 '아무, 무엇, 어디, 어떤, 언제' 등이 이에 속한다. 일반적으로 이들 비한정 명사구들은 주제의 특성상 주제성분이 될 수 없다. 화자가 알고 있는 요소가 주제로 나타난다고 했을 때, 이들 의문사와 부정사 등이 지니는 의미 속성상 화자가 동일지시화 할 수 없는 특징들을 가지고 있기 때문이다. 그러나 다음과 같이 주제로 기능하고 있는 예도 찾아볼 수 있다.

15) ㄱ. 누구는 학교에 공부하러 가더라.
　　 ㄴ. 어떤 사람은 그렇게 믿지.

15)에서 문두에 쓰인 '누구, 어떤'의 의문사와 부정사는 형태상으로는 분명 非限定性을 나타내고 있다. 김영선(1988)에서는 '어떤'과 '누구'가 非限定的임에도 불구하고 주제가 가능한 이유는 주제의 의미적 속성이 特定的임을 말해 주는 것이라고 보았다. 그는 '-은/-는'의 고유의미가 주어진 정보 또는 한정성과 관련이 있다고 볼 수 없음을 지적하고 있다.

결국 위의 문장들은 화자가 담화상황 속에서 '누구'와 '어떤 사람'으로 대체된 지시 대상을 청자도 이해할 수 있다고 생각하여 어떠한 특정적인 명사구를 대신 가리키고 있다고 보아야 할 것이다.

任洪彬(1987:21-22)에서는 주제의 의미론적 특징을 다음과 같이 설명하고 있다. 첫째, 주제는 문장의 나머지 부분 혹은 화자의 의도와 관련하여 '언급대상성(aboutness)'이라는 의미론적 특징을 가진다. 둘째, 주제는 옛 정보나 한정적인 성격을 가지는 성분만이 될 수 있는 것이 아니다. 話者의 의도와 관련하여, 새정보나 비한정적인 성분이라고 하더라도 特定性(specificity)을 가지는 성분이면 주제가 될 수 있다고 하였다. 본고에서도 주제의 중요한 의미적 특징으로 특정성을 지적하고자 한다.

이상으로 주제를 나타내는 명사구의 의미자질인 總稱性, 舊情報性, 限定性, 特定性에 대하여 살펴보았다. 그 결과 이들 의미적인 성질들이 각각 나름대로의 타당성을 지닌다고는 할지라도 이 자체만으로는 국어 주제의 성격을 완벽하게 정의내릴 수 없다. 다만 주제의 구정보성과 한정성이 서로 보완적인 관계를 형성하거나 특정성을 드러낼 경우에 이들 명사구의 주제성31)에 대해서는 의심의 여지가 없다.

3) 談話的 측면의 특성

국어에서 주제라는 개념은 사실상 명확히 밝혀져 있지 않다. 각 언어에 따라 주제의 기능이 달리 나타나는가 하면, 연구자에 따라서도 각기 다른 개념 규정이 드러나고 있는 실정이다. 주제라는 개념은 본시 談話分析과 관련하여 도입된 개념이었다. 그 후, 이 주제가 의미론적 관점이나 통사론적 관점에서도 다루어짐으로써 오늘날 문법 연구의 한 과제로 여겨지게 되었다. 그래서 어떤 이는 이를 談話論的 관점에서 다루기도 하며, 어떤 이는 基底的인 의미 표시와 관

---

31) 임규홍(1993:53-54)에서는 총칭적 의미를 확정적과 특정적 의미와는 다른 층위의 것으로 주제어의 가능성이 제일 높다고 하고, 주제의 총칭적, 확정적, 특정적 의미 특성에 따라 다음과 같은 차례로 주제어 순위가 매겨진다고 보았다.
ㄱ. 총칭적 〉비총칭적
ㄴ. 확정적 〉비확정적
ㄷ. 특정적 〉비특정적
ㄹ. 확정적, 특정적 〉확정적, 비특정적 〉비확정적, 특정적 〉비확정적, 비특정적

련된 것으로도 보고 있다.

본고에서는 담화구조 속에서 주제의 개념을 정리해보고, 주제는 주로 '-은/-는'을 통해 드러남을 밝히기로 하겠다.

첫째, 주제는 담화에서 화자만이 결정할 수 있고, 화자의 의도에 따라 달라질 수 있다. 즉 화자는 자신의 담화목적에 따라 주제를 결정한다.

> 1) ㄱ. 나는 어제 책장을 만들었다.
>   ㄴ. 책장은 어제 내가 만들었다.

1ㄱ-ㄴ)은 동일한 명제를 나타내고 있다. 그러나 1ㄱ)이 행위자를 주제 성분으로 선택한 반면, 1ㄴ)에서는 피행위자를 선택하였다.

둘째, 주제는 정보의 전달구조와 의사소통역량과 관련되어 있다. 그러나 주제의 의사소통역량은 규정되어 있는 절대적인 것이 아니라 정도의 개념으로 이해된다. 주제는 화역 설정 이외에 별다른 정보를 전하지 못하는, 의사소통역량이 낮은 주제 및 화역 설정과 '指定, 對照' 등의 의미를 전하는 의사소통역량이 보다 높아지는 주제가 있다. 따라서 주제가 담화에서 전달하는 정보량은 동일할 수 없다.

> 2) ㄱ. 서울은 한국의 수도이다.
>   ㄴ. 서울은 복잡한 도시이다.

2ㄱ)에서 '서울은' 단지 評言의 내용, 즉 '한국의 수도'가 어느 곳인가를 나타내는 화역을 설정하는 무표 주제이다. 그러나 2ㄴ)의 '서울은'에는 강세가 주어지고 짧은 쉼(pause)이 따르며, 다른 도시가 아닌 '서울'이라는 '지정, 대조' 등의 의미가 나타난다. 따라서 국어는 전형적인 무표의 주제 표지로 '-은/-는'을 가진 것으로 볼 수 있다.

셋째, 주제의 표현은 생략되기도 한다. 표현이 생략되는 주제는 담화상황이나 선행 문맥으로부터 주제를 예측할 수 있거나 회복이 용이해서 청자의 주제 확인에 어려움이 없는 경우에만 허용된다. 이것은 주제의 구정보성과도 관련이 있다. 곧 주제란 말 듣는 이의 의식 속에 이미 존재한다고 생각되는 기존 정보 또는 구정보를 전제로, 언급되는 대상이다.

> 3) ㄱ. 어떤 가수가 노래를 부른다.
> ㄴ. 그 가수는 한국에서 제일 유명하지.

3ㄴ)의 '그 가수'는 3ㄱ)의 '어떤 가수'처럼 처음 등장하는 사항, 곧 新情報의 대상과 구별되는 이미 알려진 舊情報에 속한다. 이 때 'NP은'의 '-은/-는'은 前述的 指稱의 의미를 지니고 있다.

이와 같이 주제는 말하는 이와 듣는 이 사이에 이미 이해되고 있는 구정보에 속한다. 결국 주제는 화자와 청자가 공유한다고 여겨지는 화제의 대상으로 '-은/-는'에 의해 표시된다는 점을 확인할 수 있다.

> 4) ㄱ. (너는) 어디에 가니?
> ㄴ. (나는) 은행에 가는 중이야.
> ㄷ. 동생은 어디 갔니?
> ㄹ. (동생은) 친구집에 갔어.

넷째, 주제는 서술어에 대한 통사적 제약이나 의미적 선택제약을 받지 않는다.

다섯째, 주제는 한 문장 안에서만 결정되는 것이 아니라, 그 문장을 둘러싸고 있는 담화구조에 따라 결정된다.

> 5) ㄱ. 철수는 강아지를 어떻게 했니?
> ㄴ. (철수는) 강아지를 팔았어.

6) ㄱ. 강아지를 누가 때렸니?
　 ㄴ. 강아지는 철수가 때렸어.

5ㄱ)의 주제는 '철수'이고, 6ㄴ)의 주제는 '강아지'이다. 이들 주제
의 선정은 선행하는 문장의 구조에 따라 정해지는 것이다.

이상으로 談話的 측면에서 주제의 특성을 살펴보았다. 그리고 그
러한 주제의 성분이 특수조사 '-은/-는'에 의해 드러나고 있음을 확
인할 수 있다.

3. 국어의 주제 유형

Li & Thompson(1976)에 의해 국어가 언어 구조상 주제성이
강한 언어임이 지적된 이후, 국내 대부분의 연구자들도 기존의 '주어
-서술어' 구조만이 아닌 '주제-설명어' 구조에 관심을 가지게 되었다.
그리하여 주어와 주제가 공존한다는 견해를 보이기도 하였다. 더구
나 Sohn(1980)에서는 주제가 주어보다 훨씬 우세한 자리를 차지한
다고 보았다. 그는 주제가 기저구조에서 생성되며 다음과 같은 구절
구조 규칙(S→NP+ { S, NP })으로 나타난다고 하였다.

지금까지 국어의 주제에 대한 연구는 크게 3가지 방향에서 정리할
수 있다. 첫째, 변형에 의한 주제, 둘째, 기저에서의 주제, 셋째, 이
둘을 아우르는, 즉 변형과 기저의 주제로 보아 왔다. 본 절에서는
이들 연구방법들과 그에 따른 문제점을 밝히고 국어의 주제를 기저
구조로 설정할 것이다.[32]

---

32) 柳亨善(1995:37-38)에서는 지금까지 주제화 연구의 방법을 단일하게 처
　 리하거나 두 가지 그리고 세 가지로 보았다 하고, 그 예를 들고 있다. 그
　 는 의미역의 유무에 따라 삽입주제와 기저주제로 구분하였다.
　 ㄱ. wh나 null 운용소 이동 : Chomsky(1977, 1981), Huang(1984),
　 　 문귀순(1989)
　 ㄴ. 기저생성 : 강영세(1986), Yoshimura(1987)
　 ㄷ. 뒤 섞 기 : 윤정미(1991)

먼저, 변형에 의한 주제부터 살피기로 한다. 이 주장은 기저에서의 주제를 인정하지 않는다. 다만, 기저구조에서 다른 격을 지니고 있던 일정한 요소가 표면구조로 변형되어 나타날 때, 주제로 기능함을 의미한다.

    1) ㄱ. 책은 선생님이 주셨다.
       ㄴ. 영희는 철수가 사랑한다.
       ㄷ. 낮말을 새가 듣는다.

예문 1)의 첫 번째 명사구 '책, 영희, 낮말'은 후행하는 특수조사 '-은/-는'의 결합과 의미적 특성으로 볼 때, 주어의 기능보다는 주제화 변형에 의한 주제임을 쉽게 알 수 있다. 즉 이들은 기저구조에서 각각 다음과 같이 목적어로 기능하고 있다.

    2) ㄱ. 선생님이 책을 주셨다.
       ㄴ. 철수가 영희를 사랑한다.
       ㄷ. 새가 낮말을 듣는다.

기저구조에서 목적어였던 명사구들이 표면구조로의 변형시 주제의 자리인 문두로 이동함으로써 주제의 기능을 획득하게 되었다.33) 柳東碩(1986:67-71)에서도 주제화를 주제가 아닌 어떤 문장성분이 주제 구실을 하게 되는 것이라 하였다. 그는 목적어의 이동을 주제

    ㄹ. 기저생성과 뒤섞기 : Saito(1985), Kuroda(1988)
    ㅁ. 기저생성, 운용소 이동, 삽입 : 김양순(1988), 김인수(1992)
33) 申昌淳(1975b)에서는 특수조사 '-은/-는'의 경우 서술어에 직접적으로 결합될 수 없기 때문에 주어의 기능을 하지 않는다고 하였다.
    ㄱ. 순이는 눈이 예쁘다. (*순이는 예쁘다)
    ㄴ. 서울은 공기가 나쁘다.(*서울은 나쁘다)
   그에 의하면 주어란 통사론적으로 동사(용언)를 지배하는 것으로, 서술어의 특성과 긴밀한 관계를 갖고 있다. 만약에 서술어와 어떤 관계를 갖지 못하는 명사가 있다면 그것은 주어가 아니라 하고, 이 점이 주어와 주제를 구분하는 중요한 기반이 된다고 하였다.

화라고 하면서 주제 구실을 하지 않던 목적어가 주제 자리인 문두로 이동함으로써 주제 구실을 하게 된다고 하였다.

이처럼 국어의 주제를 기저에서의 변형설로 주장한 연구자들은 주로 초기 변형문법가에 의해서였다. 그 가운데 成光秀(1974)에서는 이러한 변형을 주어화와 주제화 변형의 양자로 구분하고 있는 점이 특이하다.

3) ㄱ. 서울이 사람이 많다.
   ㄴ. 서울은 사람이 많다.
   ㄷ. 서울에는 사람이 많다.

예문 3)의 기저문장으로 생각해 볼 수 있는 것은 "사람이 서울에 많다"이다. 이러한 기저문장에서 3ㄱ)은 처격인 '서울에'의 주어화 표현이고, 3ㄴ-ㄷ)은 주제화로 표현된 문장이라 하였다.

이상 대표적인 주제의 변형설에 대해서 살펴보았다. 이러한 주제화 변형의 과정에서의 핵심적인 사항은 기저구조의 어떠한 성분들도 문두에서 '-은/-는'의 결합으로 인해 주제가 될 수 있다는 점이다. 여기에 변형설이 안고 있는 문제점이 노출된다. 항상 모든 기저의 성분이 주제가 될 수는 없기 때문이다. 다음을 보자.

4) ㄱ. 철수가 나무로 책상을 만들었다.
   ㄴ. *나무는 철수가 책상을 만들었다.
   ㄷ. *나무로는 철수가 책상을 만들었다.

표면구조 4ㄱ)의 표현에서 '나무로'는 道具格을 나타낸다. 그러나 4ㄴ-ㄷ)에서 보듯이 주제화 변형이 허용되지 않는다. 한편 소유격의 주제화 변형에서도 그들이 지배하고 있는 의미 영역이 서로 상당한 차이를 보이고 있다. 'NP-의 NP-V'에서 'NP-의'가 지배하는 의미 영역은 뒤에 오는 명사구에 한정되는 반면, 'NP-은/-는 NP-V'에서의 'NP-은/-는'의 경우 그 명사구의 뒷문장 전체를 지배한다.

결국 이러한 차이는 주제가 담화적 요소로 통사적인 성분들보다 그 의미 영역이 넓다는 것을 의미한다. 박승윤(1986)에서도 격조사와 한정사가 문중에 나타날 때와는 달리 문두에 나타날 때 지배 영역이라는 점에서 차이가 난다고 보았다.

    5) ㄱ. 한국의 가을이 제일 좋다.
       ㄴ. 한국은 가을이 제일 좋다.

5ㄱ)의 소유격 명사구 '한국의'는 후행하는 명사 '가을'을 수식함으로써 그의 지배 영역이 '한국의 가을' 범위를 벗어나지 못한다.

그러나 5ㄴ)의 '한국은'의 경우, 이 명사구를 벗어나 그 뒤에 오는 '가을이 제일 좋다'라는 문장 전체를 지배한다고 보았다.34) 이러한 설명은 주제 문장의 통사적 구조를 이해하는 데에 많은 이점이 따를 것으로 생각된다.

다음으로 주제를 이와 같이 변형의 과정으로 볼 수 없는 가장 큰 문제점으로 지적될 수 있는 것이 변형의 기본적인 원리에 어긋난다는 점이다. 즉 변형은 의미변화를 가져오지 않아야 하는데 실제로는 의미 차이가 드러나고 있다.

    6) ㄱ. 철수가 밥을 먹는다.
       ㄴ. 밥은 철수가 먹는다.

---

34) 그는 그러한 문장 구조를 다음과 같이 나타내고 있다.

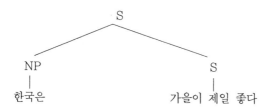

주제의 변형설에 의한다면, 6ㄱ)의 목적어 명사구인 '밥'이 조사 '-은/-는'과 결합해 문두로 이동하여 주제화를 이룬 문장이 6ㄴ)이다. 그러나 이들을 서로 변형의 관계로 보기 위해서는 두 문장의 의미를 동일하다고 볼 수 있어야 하는데, 그렇지 않다는 것이다. 즉 6ㄱ)의 의미인 "밥을 먹는 사람은 다른 사람이 아닌 철수이다"를 6ㄴ)에서는 찾아볼 수 없다. 남기심(1987:5)에서도 이러한 문제점을 지적하고 있다.

    7) ㄱ. 이광수가 소설이 더 유명하다.
       ㄴ. 이광수의 소설이 더 유명하다.

위의 7ㄱ)의 기저문장 구조를 7ㄴ)과 같이 속격의 관계로 볼 때, 의미적인 문제를 일으킨다. 즉 7ㄱ)은 이광수가 시나 희곡 등을 썼으나, 그 중에서 소설이 더욱 유명하다는 뜻임에 반해 7ㄴ)의 의미는 다른 인물의 소설보다도 이광수가 쓴 소설이 더 유명하다는 것이다. 이 경우, 예문 7ㄱ)은 첫 번째 명사구 '이광수가'의 뒤에 쉼(pause)이 발생하는 것으로 보인다. 문장에서의 '쉼'(pause)은 또한 주제를 이루는 하나의 구성 요소가 된다는 주장도 있다.[35] 따라서 7ㄱ)의 의미의 경우, 주격조사 '-이/-가'가 결합하는 것보다는 특수조사 '-은/-는'이 결합한 다음의 문장이 더 자연스럽다.

    8) 이광수는 소설이 더 유명하다.

이상과 같은 주장을 검토해 볼 때, 국어의 모든 주제 문장을 통사

---

35) 주제의 형태론적 표지인 '-은/-는'과 더불어 주제를 표시하는 음운론적 표지로 '쉼'을 설정한 연구는 임규홍(1993:10-20)에서이다. 그는 '쉼'을 담화에 있어서 의미 덩이를 갈라주는 기능을 하며 말할이의 표현의도가 반영된 현상이라 정의내렸다. 또한 주제말의 형태적 표지가 없는 경우에도 이 '쉼'에 의해 주제말이 실현된다는 사실은 '쉼'이 주제말 표지에서 필수적인 기제라는 것을 의미한다고 하였다.

적인 이동, 변형에 의해 생성되는 것으로 보기에는 여러 가지 무리
가 따름을 알 수 있다.

둘째, 주제를 기저구조에서부터 설정하여야 한다는 주장이다. 이
러한 주장은 앞서 살폈던 변형설의 여러 문제점에 대한 지적으로 생
겨난 것으로 보인다.

주제의 기저구조에 대해 柳龜相(1983)에서는 주제가 표층구조에
서의 문제임을 밝히고 있다.

> 9) ㄱ. 나 물개 보다(深層構造)
>   ㄴ. 나는 물개를 보았다.(表層構造)

9ㄱ)에서는 '나'가 주어인지, 주제인지 또는 목적어인지가 구별이
안 되는 반면, 9ㄴ)에서는 주제라는 것이 명확해진다. 특히 국어는
西歐語와는 달리 표층구조에서 조사가 결합되어 나타난다. 따라서
국어의 주제는 표층구조와 관련된 문제라고 하였다.

> 10) ㄱ. 꽃은 장미가 예쁘다.
>   ㄴ. 생선은 도미가 제일 맛있다.

鄭仁祥(1980)에서는 이들 유형의 문장을 기저적으로 '主題-說明'
의 구조로 보았다. 그는 문장 내에서 주어, 목적어 등의 성분들은
관계화 변형에서 표제명사(head noun)가 되는데 비하여 예문 10)
의 명사구 '꽃, 생선'은 그렇지 못하다고 하였다.

> 11) ㄱ.*장미가 예쁜 꽃
>   ㄴ.*도미가 제일 맛있는 생선

10)의 첫 번째 명사구인 '꽃'과 '생선'의 경우, 주제화 변형설에 의
한다면 이들 명사구는 기저구조에서부터 문장의 일부분이 되어야 한

다. 그러나 이들은 기저의 어떤 문장에서도 존재할 수 없다. 따라서 명사구 '꽃'과 '생선'은 통사적인 문장요소가 변형에 의하여 이동한 것이 결코 아니다. 이들 주제화의 생성과정에서는 통사적인 현상을 넘어서는 기능적 해석이 필요하다.

앞서도 관계화의 과정을 통해 주제화 변형의 문제점에 대해 살펴보았다. 기저구조에서의 주제 설정문제를 주제와 서술어의 관계, 주어와 서술어의 관계에 따른 차이를 중심으로 살피기로 한다.

12) ㄱ. 내일 날씨는 비가 온다.
ㄴ. 사과는 능금이 맛있다.

12ㄱ)에서 서술어 '온다'와 직접적인 문법적 관계를 맺고 있는 명사구는 주어인 '비'이다. 그러나 명사구 '날씨'의 경우 서술어와 직접적인 관계를 맺지 못한다. 즉 주어와 주제를 직접 분리하는 관계는 서술어와의 의미 관계이다. 게다가 서술어와 직접적으로 문법적인 관계를 맺는 각각의 명사구들은 통사구조상 순수한 문법요소로서 기능하고 있다. 그러나 예문 12)의 첫째 명사구 '내일 날씨'와 '사과'의 경우는 그러한 관계를 나타내지 않는다.

따라서 이들은 기저에서부터 설정되는 주제라고 할 수 있다.[36) 보통 하나의 문장은 하나의 서술어와 몇 개의 다른 성분요소들의 짜임으로 구성된다. 그리고 각각의 문장 성분들은 서술어와의 의미적인 관계에 놓이게 된다. 문장에서 주어는 서술어와 더불어 가장 으뜸이 되는 필수성분[37)이다. 특히 서술어의 경우는 의미구조 층위에

---

36) 국어의 주제화의 유형을 세 가지로 설정한 김양순(1980)과 김인수(1992) 에서는 무의미역 주제 구성을 이루는 '삽입'의 유형을 설정하고 있다. 이 외에 Move-α 와 기저생성의 유형을 들고 있다.(柳亨善, 1995) 재인용.

37) "임자말(主語)은 월의 임자(主體, 主題)되는 조각을 이름이요, 풀이말(說明語)은 그 임자말 된 일몬(事物)의 움직임과 바탈(성질)이 어떠함과 또 리개념(類槪念)의 무엇임과를 풀이하는 조각이니 : 이 두 가지 조각은 월의 으뜸되는 조각이니라.…임자말과 풀이말과는 월의 가장 으뜸되는 조각

서 그것이 요구하는 최소한의 논항(argument)38)과 함께 문장의 기본 구조를 형성한다.

이와 같이 서술어에 의해 선택제약을 받는다는 것은 어떤 항목과 동일한 의미역 관계를 형성한다는 것으로, 선택제약이 의미역 구조와 상관되는 것으로 여겨진다. 따라서 성분구조와 구별되는 의미역 관계에 의해 여러 가지 언어현상이 보다 원리적인 방법으로 설명될 수 있다는 장점이 있다. 이러한 기준은 국어의 주제 유형을 나누고 이중주어 문장과 담화적 주제 문장을 분석하는 데에 커다란 도움을 줄 것이다.39)

김영선(1988:50)에서도 "기저구조는 풀이말과 논항(argument) 간의 의미적 격관계를 바탕으로 한 구조이므로, 주제는 기저에서 격의 부여에 독립적이다"고 하고, 다음의 예를 들었다.

13) 내일은 영수가 온다.

13)의 서술어 '온다'의 주체는 '영수'이다. 이 문장에서 '내일'이라는 말은 서술어와 어떠한 의미적 관계도 가지고 있지 못하다. 즉 '내일'이라는 요소는 '오다'라는 서술어의 의미적 자질을 만족시키기 위해 생성된 존재라기보다는 오히려 화자의 표현 의도에 따라 덧붙은 기능적 존재라는 것이다.

任洪彬(1987)에서도 주제가 기저에서 생성된다고 보았다. 다음

이니, 아무리 홑진(簡文)월이라도 이 두 가지 조각만은 갖춰야 능히 월이 될 수 있느니라", 최현배(1994) 참조.

38) 논항(argument)은 의미역을 요구하는 요소이다. 그리고 어휘부의 어휘항 목에 내재되어 있고, 어휘항목이 가지고 있는 논항의 목록을 논항구조라 한다.

39) Radford, Andrew(1988)에서는 의미역 기능이 자연 언어의 통사론이나 의미론이나 형태론의 어떤 분야에 대한 어떠한 충족적인 기술에 있어서든 중요한 역할을 수행하도록 하는 것을 지지하는 풍부한 경험적인 증거가 있고, 실제에 있어, 의미역 구조는 통사론에서 이와 같이 핵심적인 역할을 수행한다고 보았다.(서정목·이광호·임홍빈, 1990:463 참조).

예에서 '철수'의 성분을 주제화 변형에 의한 것으로 인정한다고 할지라도, '자기'의 의미요소를 삽입하는 것은 변형에서 설명할 수 없기 때문에 기저에서의 주제를 인정할 수밖에 없다고 하였다.

14) 철수는 자기가 그 일을 하였다.

그러나 기저에서 주제를 인정할 경우 심각한 문제에 부딪힌다. 바로 주제의 격에 관한 것으로, 그는 이러한 문제를 해결하기 위해 '주제의 격여과 면제 조건'을 제시하였다. 이에 대한 문제는 후술하기로 한다. 그리고 서술어에 대해 격성분의 자격을 가지지 못하는 주제는 그 자체를 '성분주제'라 하였다. 다음 예문의 첫째 명사구 '커피', '문제', '문학특강'이 그러한 성분이다.

15) ㄱ. 커피는 잠이 안 와.
    ㄴ. 문제는 내일이 공휴일이다.
    ㄷ. 문학특강은 김선생이 출강중이다.

이러한 '성분주제' 역시 통사구조의 문장성분이 아닌 요소가 주제기능을 보이고 있음과 동일하다.

마지막으로 주제화가 변형과 기저구조로 실현된다는 주장이 있다. 국어문법에서 주제라는 하나의 언어현상을 두 가지 내지 세 가지의 유도과정을 통해 설명하려는 것은 담화적 개념인 주제의 특수성을 간과한 것이다. 실상 주제의 실현이 복잡, 다양한 것처럼 보이지만 모두 동일한 원리가 존재할 것이므로, 그러한 원리의 추구에 언어 연구의 목적이 있다 할 것이다. 따라서 모든 주제를 변형과 기저구조에 의해 실현된다는 주장에도 문제가 있다.

이상과 같이 본고에서는 주제의 변형설, 변형 및 기저구조설에 여러 문제점이 있음으로 해서 주제를 담화론적 측면에서 설명하고, 이러한 것으로도 해결할 수 없는 주제는 통사론적 측면에서 해결을 시

도해 보고자 한다. 먼저 본고에서 대상으로 삼고자 하는 두 유형의
주제를 제시하면 다음과 같다.

16) ㄱ. 철수가 내일 서울에 간다.
　　 ㄴ. 철수는 내일 서울에 간다.

17) ㄱ. 철수가 바둑을 잘 둔다.
　　 ㄴ. 바둑은 철수가 잘 둔다.

18) ㄱ. 안개가 김포공항에 많다.
　　 ㄴ. 김포공항에는 안개가 많다.

19) ㄱ. 공기가 새벽에 무척 맑다.
　　 ㄴ. 새벽에는 공기가 무척 맑다.

20) ㄱ. 내일 날씨는 비가 온다.
　　 ㄴ. 사과는 능금이 맛있다.

예문 16ㄴ)-19ㄴ)까지의 주제어는 16ㄱ)~19ㄱ)에서 일정한 통
사 성분의 자리를 차지하고 있던 요소이다. 즉 주제화로 표현된 각
각의 ㄴ)문장은 ㄱ)의 '주어, 목적어, 부사(장소, 시간)'라는 문장의
통사적 성분을 화자의 특수한 발화 목적을 효과적으로 달성하기 위
해 문두의 위치로 옮긴 것으로 생각할 수 있다. 따라서 이들 주제는
원래 통사상의 문장성분이었던 것으로 '統辭的 主題化'라 할 수 있
다. 그러나 예문 20)의 첫 명사구는 이와 그 성격을 달리한다. 이들
은 통사적인 성분이 아닌 요소로 담화적으로 도입되는 것이다. 따라
서 이러한 유형을 '統辭的 主題化'와 구별하기 위해 '談話的 主題'라
고 부르기로 한다.

1) 유형 구분의 전제

앞의 任洪彬(1987)에서는 논항과 의미역 관계, 그리고 격여과 면

제 조건을 통해 주제의 기저설을 인정하였다. 한편, 담화적 주제와 관련해 의미역을 배당받지 못하는 주제 성분에 격이 배당되는 것에 대한 설명이 필요하다. 따라서 격조건과 관련해 이러한 개념들이 본고에서 다루고자 하는 주제의 유형에 원용될 수 있는지에 대해 알아보기로 한다.

우리는 전통적으로 '행위의 주체', '행위의 목표' 등과 같은 개념이 의미기술(意味記述:semantic description)에서 중요한 역할을 하는 것으로 생각해 왔으며, 최근에 와서 이러한 개념에 대한 중요한 연구가 이루어지고 있다. 이는 실제로 의미기술을 위한 여러 이론에서 널리 사용되고 있다. 이러한 개념에는 Jerrold Katz의 의미관계(意味關係:semantic relation), Jeffrey Gruber와 Ray Jackendoff의 의미역관계(意味役關係:thematic relation), Charles Fillmore의 격관계(格關係:Case relation), 그리고 John ran quickly(존이 빨리 뛰었다)와 같은 문장을 "John이 행위자인 달리는 사건 e가 있고 e가 빠르다"로 분석하는 Donald Davidson의 사건논리학(事件論理學:event logics)의 원초적 개념(原初的 槪念:primitive notion)이 있다. the man, John, he와 같은 표현은 논리 형식에서 의미역이 부여된다고 즉, 의미역 관계에서 명사(名辭:term) 자격을 부여받는다고 가정하자. 우리는 이러한 표현을 "논항"(論項:argument)이라고 부르겠다.(chomsky 1981, 이홍배 옮김 1987:54).

먼저 논항구조에 대한 연구는 Fillmore(1971)에서 제시되었다. 이 시기에는 논항의 수에 관심이 모아져 서술어를 그것이 취하는 논항의 수에 따라 기술하였다. 논항이란 어떤 최대투사의 핵(head)에 의해 주어나 보어 등에 배당되는 행위자(Agent), 대상(Theme), 도달점(Goal) 등과 같은 의미자질을 요구하는 요소라 할 수 있다.

따라서 일반적으로 논항구조란 통사부로 투사되는 어휘부의 일부이고, 서술어가 몇 개의 논항을 갖는가와 각 논항에 할당되는 의미역의 방식이 무엇인가를 나타내었다. 영어와 국어의 예를 한가지씩 보이면 다음과 같다.

　　1)ㄱ. give : 범주자질 : [+V, -N]
　　　　　　　　 논항구조 : [동작주(Actor), 대상(Theme), 도달점(Goal)]
　　　ㄴ. 주다 : 논항구조 : [동작주(Actor), 도달점(Goal), 대상(Theme)]

　예문 1)과 같은 논항구조에서 국어의 서술어 '주다'의 의미역은 모두 서술어 자체의 의미로부터 분리될 수 없는 고유논항이다. 이들은 항상 문법기능과 관련을 맺고 있다. 한편 문법기능과 관련이 없는 논항은 부가논항으로 어휘항목에 등재되지 않는다.

　국어의 논항구조의 경우, 3가지 유형의 구조가 상정된다. 이는 문장이 성립하기 위해 서술어가 요구하는 최소한의 요소와 같다.

　　2) ㄱ. 1항구조 : [동작주(Actor)]
　　　　　　　　 : [대상(Theme)]
　　　ㄴ. 2항구조 : [동작주(Actor), 대상(Theme)]
　　　ㄷ. 3항구조 : [동작주(Actor), 도달점(Goal), 대상(Theme)]

　래드포드(1981)에서도 과거 수많은 연구에서 어떤 서술어의 각 논항(즉, 주어나 보어)은 일정한 '의미역(thematic role)'40) (달리는, 그 서술어에 대한 theta-역할 또는 θ-역할)을 가지는 것으로, 그리고 논항이 수행하는 '의미역 기능(thematic function)'의 집합

---

40) 그가 제시하고 있는 의미역은 다음과 같다.
　　Theme(Patient) : 어떤 행동의 영향을 입는 개체.
　　Agent(Actor) : 어떤 행동의 시발자.
　　Experiencer : 어떤 심리적인 상태를 경험하는 개체.
　　Benefactive : 어떤 행동에서 혜택을 입는 개체.
　　Instrument : 그것으로 어떤 것이 생겨나게 되는 수단.
　　Locative : 어떤 것이 위치해 있거나 (사건이) 일어나는 위치.
　　Goal : 어떤 것이 그리로 이동해 가는 실재.
　　Source : 어떤 것이 그곳으로부터 이동하는 실재.

은 고도로 제약되고 한정된, 보편적인 집합에서 도출하게 되는 것으로 논의되어 왔다고 하였다. 이러한 의미역을 받기 위해서 Chomsky에서는 Aoun의 제안에 따라 격(Case)이 반드시 있어야 하는 것으로 가정한다. 즉 격을 할당받는 요소만이 의미역 표시에 가시적(Visible)이게 된다는 것이다. 가시조건은 다음과 같다.

> 3) 가시조건
> 의미역 표시를 위하여는 격이 할당되어 있어야 한다.

위의 가시조건을 만족시키기 위해 격을 할당받을 수 있는 것은 무엇인가? 다음을 보기로 하자.

> 4) a. It is likely that John is here.
> b.*Bill is likely that John is here.
> c.*She is likely that John is here.

4)의 예 a, b, c에서 오직 차이를 드러내고 있는 것은 주어 위치의 성분이다. 즉 4a)에서는 It, 4b)는 Bill, 4c)는 She가 나타나고 있다. 그런데 이들 중 4a)만 정문이 되고, 나머지는 비문이 된다. 동사구 'is likely'가 주어 위치에 아무런 의미역도 부여하지 않기 때문이다. 즉 Bill과 She와 같이 의미역을 받아야 하는 명사류가 나와서는 안됨을 의미하는 것이다. 그러나 이와 동일한 의미적 문장으로 생각해볼 수 있는 것은 다음의 문장이다.

> 5) John is likely to be here.

이 경우, 4a)와 5)의 문장의 심층구조는 다음과 같다.

> 6) a. △ is likely that John is here.
> b. △ is likely John to be here.

6b)에서는 △의 자리에 4a)처럼 'it'을 사용하여 "It is likely that John to be here."로 표현하면 비문이 되는데, 이를 해결하기 위해서 격을 할당받을 수 있는 위치로 움직여야 한다. 그리고 6a)에서 John이 문두로 이동하게 되면 두 개의 격을 받는 자리가 되므로 역시 비문이 된다. 따라서 다음의 격여과 조건이 필요하게 된다.

7) 격조건(Case Filter)
　모든 어휘적 명사구는(Lexical NP) 격을 그것도 단 하나의 격을 할당 받아야 한다.

따라서 가시조건(Visibility Condition)을 가정할 경우 어휘적 NP가 격조건에 의해 격을 받아야 하는 이유는 그 NP가 의미역(θ-role)을 받기 위해서이다. 즉 각 논항은 반드시 단 하나의 의미역을 할당받아야 하며 각 의미역은 반드시 단 하나의 논항에 할당되거나 PRO이어야 한다.

국어의 주제화와 관련해 특히 談話的 主題는 의미역을 가지고 있지 않다. 이를 가시성 조건에 비추어 해석하면 국어의 주제에는 격이 할당 되지 않아야 함에도 불구하고 담화적 주제에는 격이 할당되어 있다. 이 점에 관해 강명윤(1992:25-26)은 무정격(無定格: default case)으로 설명하고 있다. 그는 어느 명사구에 실제적으로 의미역이 부여되기는 하지만 그것이 격을 받지 못할 경우 격여과를 피하기 위해 부여되는 격을 무정격이라 하고 이것이 격여과의 효과를 쓸모 없게 만든다고 하였다.

8) ㄱ. 나는 철수가 싫다.
　ㄴ. 생선은 도미가 맛있다.

8ㄱ)에서 '철수'는 의미역을 받고 있지만 격을 할당받지 못한 無定

格이라는 것이다. 그러나 이와는 달리 8ㄴ)의 '생선'에는 격여과 현
상이 그대로 지켜지고 있음을 보여주고 있다.

한학성(1995)에서도 가시성 조건의 타당성을 살피기 위해 '격은
없지만 의미역이 있는 경우'와 '격은 있지만 의미역이 없는 경우'의
예를 살피고 있다. 먼저 격을 할당받지 않고서도 의미역을 할당받을
수 있음을 보여주는 다음의 예를 들고 있다.

> 9) a. John is believed [ti to be intelligent]
>   b. John's attempt [PRO to finish on time]
>   c. John is proud [that he succeeded]

예문 9)에서 [ ] 안의 구성소는 모두 의미역을 할당받아야 하는
요 소들이다. 그러나 이들에게는 격할당 능력이 없을뿐더러 격양도
도 불가능하다. 따라서 가시성 조건에 따르면 이들이 비문법적이라
는 오류를 범하게 된다. 다음은 그 반대, 즉 의미역을 받을 수 없는
요소로 격을 반드시 받아야 하는 경우이다.

> 10) It was raining.

10)의 'it'은 격조건을 차지하고 있다. 만약 격조건이 가시조건으
로부터 도출된다는 조건을 인정한다면 이의 문법성을 설명할 길이
없게 된다. 왜냐하면 의미역 할당을 받지 못하는 비논항인 'it'이 격
을 할당받았기 때문이다.

이와 같이 의미역을 할당받지 못하는 NP에는 be 동사의 보어,
주제 위치의 NP, 강조의 대명사 등이 있는데, 이들 요소들은 격이
필요치 않다고 하였다(Chomsky, 1986:95).41) 그러나 국어의 모

---

41) a. John is [a fine mathematician]
   b. [John] , I consider [a fine mathematician]
   c. John did it [himself]

든 주제가 동사로부터 의미역을 배당받지 못하는 것은 아니다.42) 국어는 가시성 조건과 별개의 원리로 격에 따르는 논항과 의미역의 관계가 형성된다.

이러한 결과에 따라 국어에서의 주제 유형은 크게 두 가지, 즉 '統辭的 主題化'와 '談話的 主題'로 구분할 수 있다. 양정석(1989:110)에서도 주제 개념을 "담화-화용론상의 개념인 주제와 통사론상의 주제어는 구별될 필요가 있다. 주제어는 문장구조가 성립되기 위하여 필요한 요소일 뿐이다. 동사의 하위범주화로써 설명할 수 없는 하나의 자리가 존재하기 때문에 상정해 준 것으로, 이것은 순전히 통사론적인 개념이다"고 하였다.

2) 국어의 주제 유형

(1) 統辭的 主題化

국어의 주제 유형 가운데 統辭的 主題化는 서술어가 지니고 있는 의미적 자질과의 관련성, 즉 문장 속의 특정 요소가 서술어와 의미적 관련성을 유지한다. 달리 말하면 통사상의 격자리를 차지하는 요소가 화자의 의미전달에 의해 기저에서 지니고 있던 고유의 격자리를 이탈하여 문두에 위치하는 것을 의미한다. 결국 통사적 주제화는 구절구조 안에서 하나의 문법적 지위를 이룰 수 있다는 것이다. 그러나 그러기 위해서는 문법적 허가를 받아야 한다. 그렇지 못하면 임의적 요소에 지나지 않을 뿐이다.

統辭的 主題化를 논의하기 위해서 가장 먼저 필요한 것은 문장성분(주어, 서술어, 목적어, 부사어 등)에 따르는 주제화의 문제이다. 왜냐하면 국어에서는 문장성분에 따른 주제화 정도의 차이가 나타나기 때문이다.

주제의 일반적인 특징과 관련하여 문장성분 중 주제화의 기능을

---

42) 국어의 주제는 심층구조에서 의미역을 할당받은 하나의 요소가 격자질을 가지는 경우가 있다. 반면, 비록 문장구조에서 의미역을 할당받지는 못하였지만 격을 부여받을 수도 있다.

가장 잘 드러내는 요소는 주어이다. 국어의 주제 또한 주제 일반의
보편성에서 크게 벗어나지 않는다. 그러나 이러한 관점에서 문장의
통사성분 중 주제가 될 수 있는 것이 주어라는 특정한 성분 하나에
만 한정되지 않는다.

> 1) ㄱ. 철수는 내가 보았다.
>   ㄴ. 학교는 나도 간다.

1)의 예문에서 첫 번째 명사구인 '철수'와 '학교'는 주제가 지니는
모든 통사상의 자질과 의미상의 자질을 포함하고 있다. 모두 문장의
첫머리에 그리고 주제를 표시하는 조사 '-은/-는'의 결합에 의해 주
제로 기능하고 있다. 또한 이들 요소들은 다음과 같은 관계화 구문
에서 표제명사로 쓰일 수 있다.

> 2) ㄱ. 내가 본 철수
>   ㄴ. 나도 간 학교

따라서 이들 첫 번째 명사구는 원래 기저의 문장구조에서 어느 일
정한 격을 담당하고 있었음을 알 수 있다. 이들이 기저에서 가지고
있었던 격의 자리는 서술어 '보았다'와 '간다'의 의미관계를 생각할
때, 각각 목적어와 부사어의 자리에 있었음을 쉽게 알 수 있다. 그
러나 그렇다고 해서 국어의 모든 통사성분들이 다 주제로 쓰일 수
있는 것은 아니다. 다음의 예에서 보듯, 서술어 성분과 보격 그리고
수식 성분들은 주제가 될 수 없다.

> 3) ㄱ. 철수가 그 영화를 보았다.
>   ㄴ.*철수가 그 영화를 어찌한 봄
>   ㄷ.*보았다는 철수가 그 영화를

> 4) ㄱ. 철수가 매우 성숙해졌다.

ㄴ.*철수가 성숙해진 매우
ㄷ.*매우는 철수가 성숙해졌다.

　　주제의 의미기능이나 통사기능을 살펴보더라도 이들 성분들이 주
제가 될 수 없음은 당연하다. 주제란 '말하고 있는 대상으로서의 사람
이나 사물'을 가리킨다. 그리고 주제의 가장 기본적인 의미 특성으로
'대하여성'을 들 수 있다[43]. 따라서 어떠한 무엇에 관하여 말하는
(something) 것이 주제이고, 그러한 주제로 표현될 수 있기 위해서
는 구체적인 실체를 지니고 있어야 하는데 이들은 그렇지 않다. 그
리고 다음과 같은 관형사들도 주제화 될 수 없다.

---

43) 프라그 학파에서는 문장이란 "to say something about something"의
　　구조를 지니고 있다. 그 가운데 그 대상으로서의 "something"을 주제로
　　보고 있다. 그리고 주제전개의 유형을 5가지로 구분하였다.(클라우스 브링
　　커 지음(이성만 옮김), 1994:53-55 참조).

(1)단순 선형식 전개유형
　　　$T_1 \rightarrow R_1$
　　　　　$\downarrow$
　　　　　$T_2 \rightarrow R_2$
　　　　　　　$\downarrow$
　　　　　　　$T_3 \rightarrow R_3$
　　　　　　　[...]

(2)주제 순환식(관통식) 전개유형
　　　　$T_1 \rightarrow R_1$
　　　　　　$\downarrow$
　　　　$=T_1 \rightarrow R_2$
　　　　　　$\downarrow$
　　　　$=T_1 \rightarrow R_3$
　　　　　　[...]

(3)상위주제 파생식 전개유형
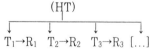
$T_1{\rightarrow}R_1 \quad T_2{\rightarrow}R_2 \quad T_3{\rightarrow}R_3 \ [...]$

(4)설명부 분열식 전개유형
$T_1 \rightarrow R_1(=R'_1 + R''_1)$
　　　$\downarrow$
$=T'_2{\rightarrow}R'_2 \downarrow$
　　　　　$T''_2 \rightarrow R''_2$

(5)주제 비약식 전개유형
　　　$T_1 \rightarrow R_1$
　　　　　$\downarrow$
　　　　　$T_2 \rightarrow R_2$
　　　　　　　　$\downarrow$
　　　　　　　$T_4 \rightarrow R_4$

5) ㄱ. 철수의 선물은 큰 인형이었다.
　　ㄴ. 이 집은 아주 오래된 건물이다.

따라서 주어, 목적어, 부사어를 중심으로 이들의 주제화 과정을 살피기로 한다.

통사적 차원에서 문장성분들이 주제화되는 정도는 여러 기준에 의해 다르게 정해질 수 있겠지만, 앞선 연구 결과에 따라 다음의 기준을 설정하고, 이 기준에 어느 정도 잘 부합되는지를 살핀다.

첫째, 기저구조의 통사적 성분요소로서 주제 위치에서 특수조사 '-은/-는'의 형태론적 표지가 자연스럽게 결합될 수 있어야 한다.44)

둘째, S. Kuno(1973, 1976)가 제기한 바와 같이 관형구조의 표제명사는 본래 주제였다는 가설에 따라 관형의 변형화 과정에서 주제어는 표제명사가 될 수 있어야 한다.(이상태, 1981)

① 주어의 주제화

국어 문장성분 가운데 주제화의 가능성이 가장 높은 요소는 주어이다.45) 일반적으로 주어는 문장의 첫머리에 위치한다. 그리고 주제로서 갖추어야 하는 기준으로 위의 두 가지를 들었는데, 이 기준에 가장 충실한 문장성분이 바로 주어이다. 특히, 국어에서의 주어

---

44) 이 경우, 주격, 목적격, 관형격 표지와 주제 표지의 '-은/-는'이 같이 쓰이지 못하고 처격 표지와의 결합에서는 수의적으로 결합함을 앞에서 보았다. 따라서 격표지에 결합되는 '-은/-는'은 주로 부사격의 주제화에서 살필 것이다.

45) Chafe(1976:43) "The best way to characterize the subject function is not very different from the ancient statement that **the subject is what we are talking about.**"(밑줄 및 강조는 필자에 의한 것임).
이와 같이 Chafe에서는 주어를 대하여성이라는 의미특성과 관련시키고 있다. 이러한 특징은 주제와 주어가 가지는 의미적 공통성이라 할 수 있다. 그리하여 문장의 성분 중 주어의 주제화 가능성이 가장 우선하는 것으로 이해할 수 있다.

는 다른 문장성분보다 문두성이라는 주제적 성격에 밀접히 관련되기에 주제화 가능성이 높은 것 같다.46) Givon(1979:58)에서도 주어가 위치하는 자리가 주제가 실현되는 자리이며, 주제 자리에는 행위자(agent)가 많이 실현된다고 하였다.47)

    1) ㄱ. 철수가 축구공을 찬다.
       ㄴ. 축구공을 차는 철수
       ㄷ. 철수는 축구공을 찬다.

    2) ㄱ. 철수가 영희를 그리워한다.
       ㄴ. 영희를 그리워하는 철수
       ㄷ. 철수는 영희를 그리워한다.

1ㄱ)과 2ㄱ)의 표현에서, 첫 번째 명사구 '철수'는 통사상의 표면구조에서 모두 주어의 역할을 담당하고 있다. 이들은 1)과 2)의 'ㄴ'에서처럼 관형구조의 변형시에 표제명사로도 정상적인 문장구조를 형성할 수 있다. 그리고 무엇보다도 주어인 '철수'가 주제의 기능을 보인다는 점은 1ㄷ)과 2ㄷ)의 표현처럼 주격조사 '-이/-가'의 자리에 특수조사 '-은/-는'이 결합되어 자연스러운 문장을 이끌어 내고 있다는 것으로 설명 가능하다. 이 경우, 1)의 서술어 '찬다'와 2)의 '그리워한다'가 주어로서 요구하는 의미적 자질은 각각 움직임의 주체인 동작주로 한정되고, 내적인 심리상태를 나타내는 의미적 주체가 선

---

46) 윤재원(1989:73)에서는 문제의 정보가 topic이냐 아니냐 하는 것은 담화구조 속에서만 결정될 수 있다고 보고, topic이 될 수 있는 조건을 다음과 같이 정리하였다. 그가 제시한 표현적 조건에는 문장성분 주어가 주제화의 조건을 이룰 수 있는 충분한 조건임을 나타내고 있다. 첫째, 심리적인 면에서 '주어'로 인식될 수 있는 표현이어야 한다. 둘째, 주어로 인식되기 쉽도록 문장의 첫 머리에 위치하고 있어야 한다.

47) 한편 T. Givon(1984)에서도 문장성분 중 목적어와 함께 주어의 주제화 역할을 강조하였다. 그 가운데 주어의 주제화를 '일차적 주제어'라 하고, 목적어의 주제화를 '이차적 주제어'라 하였다. 이러한 그의 주장 역시 주어의 주제화 가능성이 높다는 것을 의미한다.

택되어진다. 즉 주제와 서술어가 독립관계에 있는 것이 아니라 서로 의존관계에 있음을 나타낸다.48)

주제가 된 주어는 주제 문장에서의 서술어가 부여하는 하나의 논항(argument)의 자격을 지니게 되며, 의미적으로도 둘간의 선택관계를 벗어날 수는 없다.

이들 서술어가 취하여야 하는 논항으로는 대상으로서의 대상물과 그것을 움직이게 하는 대상물 또는 생물이 요구되는 것이다. "철수는 사과를 먹는다."의 서술어 '먹다'가 취할 수 있는 논항으로 이의 의미 자질을 만족시켜 줄 수 있는 행위자와 그러한 행위의 대상물이 필수적으로 요구된다. 그리고 그러한 구조 속에서 서술어에 대한 하나의 논항의 자격을 가지는 주어가 주제화되는 데에는 별다른 어려움이 없다.

　　3) ㄱ. 철수가 사과를 먹는다.
　　　　ㄴ. 철수는 사과를 먹는다.

이와 같은 입장으로는 임규홍(1993)과 최규수(1990) 등이 있다.

임규홍(1993:99-104)에서는 주제말과 설명말이 서로 의존관계에 있음을 밝혔다. 그는 이들이 독립적인 관계라고 주장하는 문장 역시 통사·의미론적으로 호응 관계에 있던 것이 화용 요소에 의해 통사정보가 빠진 것으로 해석하였다.

　　4) 철수는 짜파게티이다.

우리의 언어 현실에서 4)와 같은 문장 표현은 일반적이지 않다.

---

48) 이상태(1982)와 김동석(1983)에서도 주제말이 서술어를 어느 정도 제한한다고 하였다. 한편 이석규(1987)에서도 국어의 주어가 주제어가 되는 원인이 서술어에도 있다고 하였다. 그는 동작문과 상태문을 예로 들고 그 가운데 단순한 동작문에서 특수조사 '-은/-는'의 결합이 부자연스러움에 비해 상태문의 경우에서는 자연스럽다고 하였다.

이 문장을 표면구조에 드러난 그대로 해석한다면 '철수＝짜파게티'라는 이상한 관계가 형성된다. 따라서 이 경우, '철수'와 '짜파게티'는 행위자와 먹을 수 있는 대상의 관계에 있는 것으로, 다음과 같이 서술어 '선택했다(주문했다)'가 생략된 것으로 볼 수 있을 것이다.

　　5) 철수는 짜파게티를 선택했다(주문했다).

　이상과 같이, 국어에서 주제는 어떠한 요소를 중심으로 전달할 것인가에 대한 화자의 판단에 의해 실현되는, 즉 정보전달과 관련되는 것으로 문장성분 중 주어만이 주제로 기능하는 것은 아니다. 다만 주제의 가능성이 가장 높다는 점에는 이견이 없다.

　최규수(1993)에서는 주제를 무표의 주제와 유표의 주제로 구분하고 있다. 이 중 전자는 주어의 문장성분이 주제로 쓰이는 경우이고, 후자는 주어 이외의 성분이 주제로 나타나는 경우를 지시한다. 주어는 인식의 원리, 주제는 전달의 원리로 해석하였다. 그리고 이들이 일치 현상을 나타내는 문장구조일 때, 즉 주어가 주제로 기능할 때가 가장 자연스러운 문장이 된다고 하였다.

　　6) ㄱ. 영희는 그 영화를 보았다.
　　　　ㄴ. 그 영화는 영희가 보았다.

　예문 6)의 두 문장이 지니는 명제 단계에서의 구조는 다음과 같다.

　　7) 영이(주체)　영화(대상)　보다.

　그리고 문장 7)의 구조에 나타난 주체와 대상 가운데 어느 것을 주어로 선택하느냐에 따라 다음과 같은 기저문장이 생성된다.

8) ㄱ. 영이가 영화를 보았다.
　　ㄴ. 영화가 영이에게 보였다.

8ㄱ)은 주체인 '영이'를 주어로 선택하여 표현한 문장이다. 8ㄴ)은 대상인 '영화'를 화자가 주어로 인식하여 표현한 것으로 수동의 형태를 띠고 있다. 따라서 이에서 보듯 어떤 요소를 주어로 선택하느냐는 화자의 인식에 의해 결정되고, 그러한 '인식의 원리'에 따라 주어화가 지배된다고 하였다.

반면 주제화는 화자의 '전달의 원리'에 기초한다고 할 수 있다. 따라서 주어화와 주제화는 다르다. 그러나 어떠한 정보를 전달하는 화자의 입장에서 가장 바람직한 문장구조는 어떤 일을 인식하고 그것을 전달하는 방향이 일치를 이룰 때 가능하고, 그것은 바로 여러 문장성분 가운데 주어가 주제로 쓰이는 경우이다. 따라서 그것이 일치하는 주어의 주제화는 무표의 주제이고, 일치하지 않는 주제는 유표의 주제가 된다.

② 목적어의 주제화

한 문장의 논항구조에서 목적어 성분은 주어와 마찬가지로 서술어에 대한 행동의 대상으로서 하나의 논항을 갖게 된다. 따라서 목적어는 정도 차이는 있을지언정 주제화 가능성에 있어서 문장성분 주어와 별반 차이가 없다. 이는 앞의 두 가지 조건을 적용한 아래의 결과를 통해 확인할 수 있다.

9) ㄱ. 철수가 바둑을 잘 둔다.
　　ㄴ. 철수가 잘 두는 바둑
　　ㄷ. 바둑은 철수가 잘 둔다.

10) ㄱ. 철수가 소설을 좋아한다.
　　ㄴ. 철수가 좋아하는 소설
　　ㄷ. 소설은 철수가 좋아한다.

문장의 통사구조상 주어와 목적어는 이와 같이 서술어의 의미자질을 만족시켜줄 수 있는 행위자(agent)와 대상(object)으로 주제의 가능성이 다른 문장성분과 비교해 볼 때 높게 나타난다.

그러나 주어의 주제화와 달리 목적어의 경우 주제화에 따른 몇 가지 제약이 수반되는 점에 차이를 드러낸다. 즉 목적어가 주제화한 경우 의미적으로 대조적인 느낌이 상당히 강하게 나타난다.[49] 또한 사동문의 목적어 성분은 주제가 되기 위한 통사적 변형이 불가피하고, 명사에 따른 주제화의 정도도 달라진다.

11) ㄱ. 포수가 사슴을 잡았다.
　　ㄴ. 사슴은 포수에게 잡혔다.(사슴은 포수가 잡았다)
　　ㄷ. 포수가 잡은 사슴

12) ㄱ. 포수가 돌을 잡았다.
　　ㄴ.*돌은 포수에게 잡혔다.(돌은 포수가 잡았다)
　　ㄷ. 포수가 잡은 돌

예문 11)과 12)는 오직 목적어로 사용된 명사 성분의 성격에서 차이를 드러낸다. 11)의 '사슴'은 有情體들이고, 12)의 '돌'은 無情體들이다.

이와 같이 동일한 문장구조에서 목적어의 종류에 따른 주제화의 성격이 틀리다는 것은 목적어의 주제화에 대한 제약이 있다는 것을 의미한다. 이에 따르는 또 다른 제약은 복합문의 구조에서 발생한다. 즉 단언적인 서술어를 포함하는 복문구조에서 상위문의 목적어는 주제화될 수 없다.

---

49) '철수가 밥을 먹었다.'에서 주어가 주제화된 '철수는 밥을 먹었다.'와는 달리 목적어가 주제화된 '밥은 철수가 먹었다.'에 대조적 의미가 매우 강화되어 나타나거나 주제적 조건에 부합되지 않는 것처럼 보인다. 즉 이는 주제의 한 가지 특징인 한정성을 확보하지 못했기 때문에 주제적 기능이 드러나지 못한 것으로 볼 수 있다. 그러나 '밥' 앞에 한정성을 부여한 '그 밥은 철수가 먹었다.'에는 주제적 의미가 충분히 드러난다.

13) ㄱ. 철수가 수학을 쉽다고 생각했다.
ㄴ.*수학은 철수가 쉽다고 생각했다.
ㄷ. 철수가 쉽다고 생각한 수학

이와 같이 주어가 주제화되는 것과 비교해 본다면 목적어 성분이 주제화되는 데에는 여러 제약이 따른다. 따라서 문장성분 중 목적어는 주어보다 주제화의 가능성에 있어서 후자에 위치한다고 봄이 타당할 것이다.

③ 부사의 주제화

부사의 종류에는 여러 가지가 있다. 본 절에서는 그 가운데 주제화의 가능성이 상대적으로 높은 장소를 나타내는 부사, 시간을 나타내는 부사 그리고 여러 의미적 부사를 중심으로 살피고자 한다. 물론 이들도 주어나 목적어가 주제화되는 것만큼 주제화 가능성이 높다는 의미는 절대 아니다. 이들은 대체로 앞에 제시한 주제의 두 가지 기준을 완벽하게 충족시키지는 못하나 경우에 따라서 적용이 허용되기도 한다. 먼저 장소부사의 경우부터 살피기로 한다.

14) ㄱ. 사람이 서울에 많다.
ㄴ. 서울에는 사람이 많다.
ㄷ. 서울은 사람이 많다.
ㄹ. 사람이 많은 서울

예문 14ㄱ)의 '서울'는 장소의 의미를 지니는 부사로 쓰였다. 이 문장구조에서 부사를 문두로 옮겨 특수조사 '-은/-는'을 결합시킨 것이 14ㄴ)이고, 14ㄷ)은 부사격조사 '-에'를 생략하고 명사에 직접 '-은/-는'을 결합한 것이다. 그리고 관형의 변형과정을 보이고 있는 14ㄹ)에서 주제의 성격이 드러난다. 다만 주어나 목적어의 주제화에서는 특수조사 '-은/-는'과의 결합에서 주격 표지나 목적격 표지가 반드시 탈락하는 반면에 장소부사의 주제화에서는 그 탈락이 수의성을 띤다는 점이 특이하다. 다음을 보기로 하자.

15) ㄱ. 철수가 김포공항에서 친구를 만났다.
　　　ㄴ.*김포공항은 철수가 친구를 만났다.
　　　ㄷ. 김포공항에서는 철수가 친구를 만났다.
　　　ㄹ. 철수가 친구를 만난 김포공항.

　　15ㄱ)의 장소부사 '김포공항'의 경우, 예문 14)와는 달리 부사격조사 '-에서'가 생략된 상태로 특수조사 '-은/-는'이 결합될 수 없고, 반드시 부사격조사의 뒤에 결합되어야 정상적인 문장을 형성한다는 것을 알 수 있다.
　　한편, 장소부사의 주제화에는 서술어의 의미적 특성이 큰 영향을 미치고 있다. 다음 예문들의 서술어는 모두 존재나 상태성을 나타내는 형용사이다. 16)에서 보듯, 이러한 서술어와 함께 등장하는 장소부사는 주제로서의 쓰임에 손색이 없다. 이러한 유형의 용언으로는 '있다, 없다, 많다, 적다…' 등이 대표적이다.

16) ㄱ. 여선생님이 이 학교에 없다.
　　　ㄴ. 소나무가 저 산에 빽빽하다.
　　　ㄷ. 단골들이 이 가게에 늘 붐빈다.

17) ㄱ. 이 학교에는 여 선생님이 없다.
　　　ㄴ. 저 산에는 소나무가 빽빽하다.
　　　ㄷ. 이 가게에는 단골들이 늘 붐빈다.

다음은 동작동사가 서술어로 쓰인 문장의 경우를 보기로 하자.

18) ㄱ. 사람이 사람에 갔다.
　　　ㄴ.?서울은 사람이 갔다.
　　　ㄷ.?서울에는 사람이 갔다.

　　ㄹ.?사람이 간 서울

　이처럼 동작동사가 서술어로 쓰인 문장에서는 장소부사의 주제화
에 제약이 따르고 있다.
　부사 유형 가운데 장소부사에 못지 않게 주제화의 가능성이 높은
것은 시간부사이다. 그리고 예문 19)는 부사격조사의 생략 여부가
수의적인 관계에 있음을 보여주고 있다.

　　19) ㄱ. 공기가 새벽에 무척 맑다.
　　　　ㄴ. 새벽은 공기가 무척 맑다.
　　　　ㄷ. 새벽에는 공기가 무척 맑다.
　　　　ㄹ. 공기가 무척 맑은 새벽

　일반적인 시간부사보다는 좀 더 특정적이고 한정적인 시간부사일
경우, 다음에서 보듯 주제화의 가능성이 더 높게 나타난다.

　　20) ㄱ. 철수가 가을에 소풍을 갔었다.
　　　　ㄴ.*가을은 철수가 소풍을 갔었다.
　　　　ㄷ. 가을에는 철수가 소풍을 갔었다.
　　　　ㄹ. 철수가 소풍을 간 가을

　　21) ㄱ. 철수가 작년 가을에 소풍을 갔었다.
　　　　ㄴ. 작년 가을은 철수가 소풍을 갔었다.
　　　　ㄷ. 작년 가을에는 철수가 소풍을 갔었다.
　　　　ㄹ. 철수가 소풍을 간 작년가을

　20ㄱ)과 21ㄱ)의 문장을 비교해 볼 때, 주제화의 조건에 더 부합
하는 문장은 21)이다. 이 두 문장의 차이점은 오직 시간부사의 특징
에 있다. 즉 전자에 비해 후자의 부사가 좀더 한정적인 성격을 지니
고 있다는 것이다. 이러한 성격은 주제의 일반적 성격과 일치한다.
또한 장소부사의 경우에서 보았듯이, 시간부사에 특정성 못지 않게

존재나 상태성의 용언이 결합될 때에도 이의 주제화 가능성은 높게
나타난다.

    22) ㄱ. 철수가 어렸을 때에 장난꾸러기였을 것이다.
        ㄴ. 어렸을 때는 철수가 장난꾸러기였을 것이다.
        ㄷ. 어렸을 때에는 철수가 장난꾸러기였을 것이다.
        ㄹ. 철수가 장난꾸러기였던 어렸을 때

    다음은 여격의 의미를 지니는 부사의 주제화에 대해 살펴보자. 이
의 주제화도 앞선 특징들, 즉 서술어의 의미자질 및 한정성과 관련
이 있다.

    23) ㄱ. 철수가 영수에게 책을 주었다.
        ㄴ. 영수는 철수가 책을 주었다.
        ㄷ. 영수에게는 철수가 책을 주었다.
        ㄹ. 철수가 책을 준 영수

    23ㄱ)의 문장구조는 수여구문이다. 부사구 '영수에게'라는 성분이
예문 23ㄴ)과 23ㄷ)에서는 주제어로 사용되고 있다. 그러나 이 경
우에 다른 문장성분들이 주제화 될 경우보다 훨씬 더 대조적인 의미
를 드러내고 있다. 이러한 성격은 이들과 결합하는 서술어의 의미특
성, 즉 반드시 타동성의 의미를 지닌 서술어와 호응이 되기 때문에
나타나는 현상이라 할 것이다. 이 역시 주제의 일반적 성격과 일치
하는 면이 있다. 또한 일반적이거나 비특정적인 성격을 지니는 성분
보다는 한정적이고 특정적인 의미를 지닐 때 주제화로의 쓰임이 자
연스럽다.

    24) ㄱ. 철수가 동생에게 책을 주었다.
        ㄴ.?동생은 철수가 책을 주었다.
        ㄷ. 동생에게는 철수가 책을 주었다.

ㄹ. 철수가 책을 준 동생

25) ㄱ. 철수가 여동생에게 책을 주었다.
    ㄴ. 여동생은 철수가 책을 주었다.
    ㄷ. 여동생에게는 철수가 책을 주었다.
    ㄹ. 철수가 책을 준 여동생

특히, 이러한 문장에서 24ㄴ), 25ㄴ)과 동일한 의미를 지니는 다음의 문장 표현을 본다면, 여격부사의 경우도 주제의 일반적 성격에 부합하고 있다는 것을 충분히 알 수 있다. 즉 피동의 변형과정을 생각해 보자.

26) ㄱ. 동생은 철수에게 책을 받았다.
    ㄴ. 여동생은 철수에게 책을 받았다.

예문 26)은 24ㄴ), 25ㄴ)과 동일한 의미를 가지고 있지만 통사구조는 다르다. 이 경우, 일반적인 속성의 '동생'보다는 특정적이고 확정적인 명사구 '여동생'이 주제화에 더 합당함을 알 수 있다.

이상으로 국어의 통사성분 가운데 주어, 목적어, 부사 등을 중심으로 주제화의 가능성에 대해 알아 보았다. 그러나 이들 성분은 주제화를 이루는데 있어 동일한 가치를 지니고 있다기보다는 성분에 따라 어느 정도 차이를 나타내고 있다. 그리하여 대부분의 연구들은 이들 성분 사이의 주제화 가능성에 대해 거의 일치된 견해를 보이고 있다.50) 이들 성분들이 주제화 될 때에도 역시 주제의 일반적인 의미적 특성 및 형태적 특성과 일치하고 있다.

---

50) 문장에서의 성분에 따라 주제화 가능성을 살핀 연구들은 다음과 같은 일치된 의견을 보이고 있다.
   이상태(1982:570):주어 〉목적어 〉매김말 〉장소 〉도구 〉수여 〉출발 〉공동
   Given(1984:139):행위 〉여격/수혜, 대격 〉장소 〉도구 〉태도
   최규수(1990:122):임자말 〉부림말 〉방편말 〉위치말 = 견줌말 〉상대말

다음에서는 주제화의 가능성이 그리 높지 않은 부사 부류에 대해 이해하는 차원에서 한 가지 정도만을 예로 들어 설명하기로 한다.

> 27) ㄱ. 철수가 정회원으로서 학회에 참가했다.
> ㄴ.*철수가 학회에 참가한 정회원
> ㄷ.*정회원은 철수가 학회에 참가했다.
> 28) ㄱ. 철수가 귓속말로 이야기했다.
> ㄴ.*철수가 이야기한 귓속말
> ㄷ.*귓속말은 철수가 이야기했다.(귓속말로는 철수가 이야기했다.)
>
> 29) ㄱ. 철수가 감기로 결석을 했다.
> ㄴ.*철수가 결석한 감기
> ㄷ.*감기는 철수가 결석을 했다.(감기로는 철수가 결석을 했다.)

27)의 '정회원'은 서술어에 대해 자격의 의미를 지니고, 28)의 '귓속말'은 도구의 의미를 지니고, 29)의 '감기'는 원인의 의미를 지니고 있다. 이들 역시 주제화가 불가능한 것은 아니지만 다른 문장성분이 주제화되는 것과 비교할 때 상대적으로 매우 낮게 나타난다.

한편, 통사구조상에서 주어, 목적어, 부사 등이 문두에서 특수조사 '-은/-는'과 결합하여 주제화로 기능함을 알았는데, 이 경우 문장성분에는 아무런 영향을 주지 않는다.

> 30) ㄱ. 철수가 축구공을 찬다.   →   철수는 축구공을 찬다.
> ㄴ. 철수가 바둑을 잘 둔다.   →   바둑은 철수가 잘 둔다.
> ㄷ. 사람이 서울에 많다.   →   서울에는 사람이 많다.
> ㄹ. 공기가 새벽에 무척 맑다.   →   새벽에는 공기가 무척 맑다.

위 예문의 문두 성분들은 모두 문장구조상 주어(ㄱ), 목적어(ㄴ), 부사(ㄷ-ㄹ)의 역할을 하는 통사상의 요소들로, 주제화 문장구조에 새로운 문법적 기능이 부여되는 것은 아니다. 즉 주제화 되었다고 해서 '-가, -을, -에'가 수행하는 관계기능이 변하지는 않는다.

(2) 談話的 主題

統辭的 主題化가 문장의 기저 구조에서 의미역을 받고 이동한 것임에 비해, 談話的 主題는 의미역 할당의 대상이 아니기 때문에 의미역을 가지지 않는다. 따라서 통사적 문장성분이 아닌 요소가 문두에서 특수조사 '-은/-는'과 결합하여 주제성을 획득하고 있는 경우이다.

柳亨善(1995)에서는 모든 주제를 의미역의 유무로 삽입주제와 기저주제로 구분하고 있다.51) 그는 의미장(semantic field)의 도움으로 다음과 같이 설명하고 있다.

1) ㄱ. 사과는 능금이 맛있다.
　　ㄴ. 코끼리는 코가 길다.

1)의 문장구조는 표면상 동일한 모습을 띠고 있다. 이들의 첫 번째 명사구 '사과'와 '코끼리'는 모두 의미역을 가지고 있지 않다. 그러나 이들은 첫 번째 명사구와 두 번째 명사구 사이의 관계에서 그 차이를 드러내고 있다. 즉 포함관계 또는 하의관계를 이루느냐 그렇지 않느냐는 점이다. 주제의 기능을 보이는 1ㄱ)의 '사과'와 '능금'은 하의관계를 형성함에 반해, 1ㄴ)의 두 명사구 사이에서는 그러한 포함관계를 발견할 수 없다. 그 의미관계의 계층적 구조는 2)와 같다.

---

51) '삽입주제'와 '기저주제'라는 용어는 본고에서 사용하는 '統辭的 主題化'와 '談話的 主題'와 동일한 명칭이다. 또한 김영선(1988)과 김일웅(1991)에서는 이들을 '자리옮김의 주제'와 '덧붙임의 주제'로 구분하고 있으나 모두 그 의미하는 바는 동일하다.

2) ㄱ.

ㄴ.

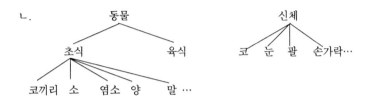

그에 따르면 1ㄱ)의 '사과'가 주제어가 되고, '능금'이 주어가 되어, "사과 중에서 능금 품종이 맛있다."라는 의미를 나타낸다고 하였다. 그러나 1ㄴ)의 두 명사구는 주어의 역할을 한다고 설명하여 이들을 구분하였다.

① 意味域 관계와 격여과 현상
談話的 主題가 지니는 가장 큰 특징은 서술어와의 관계에 있다. 統辭的 主題化가 기저적 성분으로서 서술어와의 선택관계에서 자유로울 수 없는 반면, 담화적 주제는 서술어와 의미적인 격관계를 가지지 않는 요소이다.

3) ㄱ. 철수는 그 영화를 보았다.
   ㄴ. 그 영화는 철수가 보았다.

4) ㄱ. 꽃은 장미가 예쁘다.
   ㄴ. 생선은 도미가 제일 맛있다.

예문 3)과 4)의 문장구조는 전적으로 틀리다. 3ㄱ)의 경우는 "철수가 그 영화를 보았다."라는 문장구조에서 주어인 명사구 '철수'가 주제화 과정을 거쳤다. 3ㄴ)은 목적어 명사구인 '그 영화'가 주제화로 나타난 것이다. 그리고 '철수'나 '그 영화'는 각각 서술어인 '보았다'와의 관계에 있어 '행위자'와 '대상'이라는 의미역을 부여받고 있다.

그러나 4ㄱ)의 서술어 '예쁘다'에 대해 의미역을 가지는 성분은 문두에 있는 '꽃'이 아니고, '장미'로서 상태의 주체임을 나타낸다. 4ㄴ)에서도 '맛있다'에 의해 의미역을 받고 있는 성분은 바로 '도미'이다. 문두의 '생선'이 아니다. 즉 의미적으로 '맛있다'와 '생선'은 연결되지 않는다. 또한 이것은 동일한 서술어에 대하여 두 개의(또는 그 이상의) 의미역을 가질 수 없다는 의미역 기준에도 부합되지 못한다.

따라서 이들은 문장 기저구조의 한 성분이 주제화 이동을 통해 나타난 경우라고 볼 수 없다. 다음에서와 같이 격을 지닌 성분으로서는 적당한 문장을 생성할 수 없기 때문이다.

> 5) ㄱ. 꽃이 장미가 예쁘다.
>   ㄴ. 생선이 도미가 제일 맛있다.
>
> 6) ㄱ.*장미가 꽃을 예쁘다.
>   ㄴ.*도미가 생선을 제일 맛있다.
>
> 7) ㄱ.*장미가 꽃에 예쁘다.
>   ㄴ.*도미가 생선에 제일 맛있다.

따라서 예문 5)의 첫 번째 명사구 '꽃'과 '생선'은 화자가 담화상황의 필요에 의해 삽입한 주제다. 즉 '꽃으로 얘기하자면 장미가 예쁘다'나 '생선으로 말하자면 도미가 제일 맛있다' 정도의 의미를 나타낸다고 하겠다.

한편, 統辭的 主題化가 서술어 자리에 대한 하나의 의미역을 지닌 논항으로서 서술어와 관형화 구조에서 표제명사로 사용될 수 있음에 비해, 의미역 관계를 형성하지 못하는 談話的 主題 성분은 관형화의 표제명사로 기능할 수 없다. 일반적으로 의미역이 있는 경우 당연히 격을 할당받아야 한다. 그럼에도 불구하고 이러한 주장은 주제화 구문에서 그 사정이 다르게 나타난다.

8) ㄱ. 꽃은 장미가 예쁘다.
ㄴ. 내일은 철수가 온다.

위의 첫 번째 명사구 '꽃'과 '내일'에는 의미역이 없음에도 불구하고 격이 부여되어 있다. 이는 가시성 조건에 위반되는 현상이다. 이 가시성 조건은 의미역을 할당받지 않는 명사구에는 격을 강요하지 않으므로 의미역을 할당받지 않은 명사구는 격을 할당받지 않아도 된다는 것이다. 그러나 국어의 이러한 현상은 격여과 현상으로써 설명이 가능해진다. 즉 "어휘적 명사구는 격을 가져야 한다"라는 조건에 따라 국어에서는 의미역을 받지 못하는 명사구도 반드시 격을 받을 수 있다고 할 것이다.

한편, 이러한 관계에 따라 국어의 문장구조에서 서술어와 별개의 의미관계로 인정되는 이중주어 문장52)과 주제 문장에 대한 차이를 밝힐 수 있다.

9) ㄱ. 코끼리가 코가 길다.
ㄴ. 토끼가 앞발이 짧다.

---

52) 국어의 격문제와 관련하여 이중주어 문장에 대한 연구는 전통문법에서부터 구조, 변형생성문법을 거쳐 오늘날에 이르기까지 다양하게 진행되었다. 이에 대한 명칭도 朴舜咸(1970), 서정수(1971), 김영희(1978) 등은 '겹주어문', 尹萬根(1980), 박병수(1983) 등은 '중주어문'으로 불렀다. 任洪彬(1974)은 '주격중출문', 최재희(1981)는 '주어중출문', 鄭仁祥(1990)에서는 '이중주격문'이라 하였다. 본고에서는 '이중주어 문장'으로 칭하기로 한다.

10) ㄱ. 사과는 능금이 맛있다.
  ㄴ. 생선은 도미가 맛있다.

예문 9)는 이중주어의 문장이고, 예문 10)은 주제 문장이라는 차이를 드러낸다. 그리고 이들은 각각의 예에서 보듯 문두의 명사구들이 모두 서술어와의 의미역 관계에 있어 공통적으로 별개의 관계를 형성하고 있다.

통사적 측면에서 주어와 달리 주제는 서술어와 직접적인 의미관계를 이루지 못한다. 서술어에 의해 선택되지 않는 문장 밖의 요소가 바로 주제의 역할을 담당한다. 예문 9)의 서술어 '길다'와 '짧다'에 제약을 받고 있는 명사구는 각각 주어인 '코'와 '앞발'이다. 즉 이는 다음과 같은 문장에서 이해된다.

11) ㄱ. 코가 긴 코끼리
  ㄴ. 앞발이 짧은 토끼

따라서 주제는 서술어와 독립적인 관계에 있음을 확인할 수 있다. 그렇지 않으면 다음의 문장이 성립되어야 함에도 불구하고 비문이 되는 이유를 설명할 수 없다.

12) ㄱ.*코끼리가 긴 코
  ㄴ.*토끼가 짧은 앞발

따라서 이 경우 '코끼리'와 '토끼'는 다음의 명사구 '코', '앞발'을 합친 전체가 하나의 의미역을 받고 있다. 다음과 같다.

13) ㄱ. [코끼리 코] 길다
  ㄴ. [토끼 앞발] 짧다.

주제화 문장 12)는 첫 번째 명사구가 의미역을 가지지 않는다는 점에서는 이중주어 문장과 별다른 차이를 보이지 않지만, 다음과 같은 차이를 드러낸다.

> 14) ㄱ.* [사과 능금] 맛있다.
>   ㄴ.* [생선 도미] 맛있다.

이러한 차이가 바로 의미역 개념과 관련된다. 즉 N_1과 N_2가 각기 독립된 논항인가 아닌가를, 하나의 단어를 이룰 수 있느냐 없느냐로 알 수 있다는 장점이 있다. '코끼리 코', '토끼 앞발'처럼 하나의 단어를 이루는 것은 N_1과 N_2가 각기 독립된 논항이 아니라는 증거이다. 반면에 각기 독립된 논항은 의미역이 다르므로 '사과 능금', '생선 도미'처럼 한 단어를 이룰 수 없다. 특히 이중주어 문장의 첫 번째 명사구를 생략하면 어색한 문장이 된다.

> 15) ㄱ. ?코가 길다.
>   ㄴ. ?앞발이 짧다.

위의 문장은 통사구조상으로 주어, 서술어를 구비한 적격한 문장이라고 할 수 있지만, 의미적으로는 명사구 '코'와 '앞발'에 대한 부연 설명, 즉 의미 한정이 필요하다고 볼 수 있다. 따라서 이들 이중주어 문장에서 첫째 명사구는 소유격의 의미자질을 가진 의미 한정어의 기능을 한다.53)

한편, 이러한 의미 한정어라는 개념은 金敏洙(1971:92-97)의 이심구조와 동심구조로도 그 설명이 가능하다. 즉 이중주어 문장의 두 명사구는 동심구조의 성격을 띠는 것으로 첫째 명사구의 '-가'가 '-

---

53) 양정석(1987:40-60)에서는 이중주어 문장의 구조를 '주어+주어 한정의 부가어'가 이어서 나타난 것으로 보고 있다. 그러나 첫째 명사와 둘째 명사 사이의 의미관계를 "비분리 관계(inalienable relation)"로 파악했다는 것은 시사하는 바가 크다.

의'로 치환이 가능하다. 그러나 주제 문장의 두 명사구는 어떤 순서
로라도 하나의 요소로 맺어지지 않는 두 요소이다. 이들을 구조화하
면 다음과 같다.

> 16) ㄱ. 코끼리가 [코가 길다] : 서술어와의 의미선택관계
> ㄴ. [코끼리의 코가] 길다 : 두 명사구 사이의 의미관계
> (동심구조)
>
> 17) ㄱ. 꽃은 [장미가 예쁘다] : 서술어와의 의미선택관계
> ㄴ.* [꽃의 장미가] 예쁘다 : 두 명사구 사이의 의미관계
> (이심구조)

따라서 이중주어 문장과 달리 아래의 18)은 모두 담화적 주제 문
장의 대표적인 예문이다. 그리고 이들의 구조를 도식화하면 19)와
같다.

> 18) ㄱ. (사과는) 능금이 맛있다.
> ㄴ. (생선은) 도미가 맛있다.
> ㄷ. (꽃 은) 장미가 예쁘다.
>
> 19) <u>사과는</u>　<u>능금이 맛있다.</u>
> 　주 제　　　설 명
> 　　　　　　↓
> 　　〔맛있다＋<u>능금이</u>〕
> 　　　　초 점

이 경우 '사과'와 '생선', '꽃'은 서술어 '맛있다', '예쁘다'와의 의미
선택적인 관계에서 독립적인 성분들이다. 따라서 이들은 문장에서
생략이 되어도 무방하다. 그러나 이들이 표면구조로 나타날 때에는
'주제＋주어＋서술어'라는 구조가 성립된다.

② 생략과 空範疇

위에서 살핀 바처럼, 이중주어 문장의 경우 두 명사구는 'N₁의 N₂'라는 동심의 구조로 엮여 서술어와 긴밀한 의미관계를 형성하고 있어, N₁의 생략이 불가능하다. 그러나 談話的 主題 문장에서는 서술어와의 선택관계를 맺고 있는 것이 문두의 주제 요소가 아니고, 두 번째 명사구이다. 즉 초점 요소인 주어이다. 따라서 초점 요소가 아닌 문두의 주제는 생략이 가능하게 된다.

국어의 문장에서 생략현상은 여러 성분에 걸쳐 일어나는 보편적 특징으로 통사적 및 談話的 관점에서 설명할 수 있다. 여기서는 주로 담화적 주제와 관련하여 주제의 생략 원인을 구정보, 신정보니 하는 정보구조적인 면보다는 통사구조상 서술어와의 의미관계 속에서 파악하려고 한다.

김미형(1995)에서도 전달기능면에서 문장의 발화의도는 새 정보를 전달하는데 그 첫째 목표가 있다고 할 수 있으므로 신정보 요소는 생략되는 일이 없고, 생략현상은 구정보에서만 일어난다는 것에 대해 신정보, 구정보는 그 개념과 한계가 정확하지 않다고 하여 몇 가지 오류를 지적하였다. 즉 신정보 요소가 생략되는 일도 있고, 구정보 요소도 생략될 수 없는 경우가 있음이 문제가 된다 하였다.

20) ㄱ. 왜 그래? 종기엄마가 그런다고 삐쳤어?
　　ㄴ. 말이면 말끝마다 애들 공부 얘기를 꺼내잖아.
　　ㄷ. 종기엄마야 애들 공부 잘하는 것밖에 자랑이 더 있어?

20)의 '종기엄마'는 모두 앞 문맥에서 등장한 요소이며 따라서 화자나 청자가 이미 그 담화상에서 알고 있는 정보이다. 그럼에도 불구하고 생략이 불가능하다고 하였다.

또한 담화상황이 아닌 문맥상황에서도 생략된 요소는 역행 확인되는 경우가 있는데, 이 경우 발화되는 시각에 생략된 요소는 청자에게 신정보로 작용한다.

21) 영이는 곰곰 생각에 잠기며 눈을 감았다. φ한번도 웃는 일이
    없었고, φ어디서건 담배를 물고 있었고, φ늘 서성이는 듯한 분
    분위기를 주는 그 남자, 참으로 묘한 사람이었다.

예문 21)에서 φ표시 부분에 생략된 요소는 역행 확인될 수 있는
경우로 엄밀히 말해 발화 시각에 청자에게는 신정보의 역할을 하고
있다. 그런데 생략이 되었다. 이러한 사실로 볼 때, 생략현상을 설
명하는데 신정보와 구정보의 개념은 유용하지 않다.

이러한 국어의 생략현상을 談話的 主題에도 적용시킬 수 있다. 즉
담화적 주제 성분의 생략은 그것이 신정보니 구정보니 하는 정보전
달적인 측면에서보다 오히려 서술어와의 의미결합 관계에서 일어난
다. 따라서 담화적 주제 문장에서 첫째 명사구의 생략현상을 기존의
談話的인 측면으로 설명하는 것은 문제가 있다. 여기에 통사적인 空
範疇의 설정 및 許可原理가 전제되어야 한다.

국어를 Li & Thompson(1976)처럼 '주제-주어' 동시 부각형 언
어로 보거나, 任洪彬(1987:22)의 '주제-설명' 구조로 보든지 간에
우리의 언어현실을 감안할 때 주제가 드러나는 문장구조와 주제가
생략된 채 주어가 우선되는 문장 구조를 포괄할 수 있는 타당한 해
석을 내릴 수 있어야 한다. 이 경우 생략이 가능한 담화적 주제를
空範疇 空主題54)로 설정할 수 있고, 표면구조에 실현된 주제와 相
補的 分布의 관계를 맺고 있다.

공범주에 대한 Chomsky(이홍배, 1987 옮김)의 논의에서는 다
음과 같은 기준에 의해 공범주의 형태가 결정된다고 보았다.

※ 일반 공범주원리(Generalized ECP): 만약 α가 공범주이면,
  (i) 지배받지 않을 경우 그리고 그럴 경우에만, α는 PRO이다.
  (ii) 엄정지배받을 경우 그리고 그럴 경우에만, α는 흔적이다.

---

54) 원래 空範疇란 어휘적 명사구의 속성을 갖지만 音聲的 形態를 갖지 못하는
   범주단위이다.

(ⅲ) 격표시되어야만, α는 변항이다.

그러나 국어에서 위의 세 가지 공범주 가운데 주제 및 주어에 관련되는 것은 바로 (ⅲ)의 경우이다. 즉 내포문 주어 자리의 공범주에는 격 지배를 받고, 그 자질과 동일한 어휘적 대명사로의 교환이 가능한 자질의 요소만이 가능하기 때문이다. 그러나 이 경우에도 어휘적 대명사가 가지는 중의성 때문에 내포문의 주어 자리는 공주제 공범주를 설정하게 된다.

李胤杓(1990:391-393)에서는 국어가 주제 부각형 언어로서 주제가 국어에 항상 존재해야 하는 필수적 요소로, 만일 주제가 실현되지 않았다면 그 자리에 空範疇를 남기는 것으로 가정하였다. 그리하여 주제와 공주제는 상보적 분포관계에 있으므로, 주제가 없다면 공주제가 다음과 같은 I″안에 있는 지정어 자리나 V″안에 있는 지정어 자리에 있어야 한다고 하였다.

22) 국어의 주제 위치

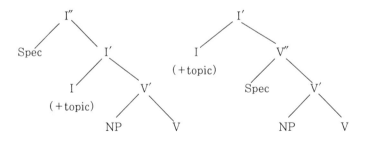

그리고 공주제는 지배결속이론 내에서의 다른 공범주(변항, 공대명사)와 다르다. 공주제는 고유지배(proper government)가 필요 없기 때문에 변항일 수 없고, 지배받는 위치에 있을 수 있기 때문에 PRO일 수 없다. 공주제가 굴절-허가요소(Infl-licensed)인 [+주제] 라는 강일치(strong agreement)에 의해 허가된다는 점에서

pro와 유사하나, [+대명사성] 자질을 그 속성으로 하지 않기 때문에
pro도 아니다. 어휘적 주제의 허가(overttopic licensing)와 공주제
허가는 같은 원리로 설명되며, 그 허가 조건은 기능핵(functional
head)이 굴절(Infl)에 대한 F-자질([+주제])과 I″나 V″의 지정
어 사이의 강일치(strong agreement)라고 하였다.

국어의 주격 명사구는 동사구 속에 남아 의미역 표시되므로, 국어
의 주어 자리는 항상 고유 지배된다고 할 수 있다. 그리고 국어는
주제 부각형 언어이므로, 허가원리에 의해 F-자질이 [+주제] 인 굴
절소를 설정할 수 있고, 이 자리에 공주제가 놓일 수 있다.

국어의 공주제에 대한 허가 조건을 김양순(1988)에서는 다음과
같이 제시하였다.55)

※ 공주제 허가조건

가. 공주제는 굴절소(I) 안에 있는 F-자질에 의해서 허가된 지
　　정어(Spec) 위치에 하나만 설정될 수 있다.

나. 지정어 위치에 있는 공주제는 공주어(zero subject) 대명
　　사를 결속하며, 공주어 대명사는 비논항-결속된 논리적 변
　　항(variable)이 된다.

다. 공주제 그 자체가 주어 대신에 V′의 투사 내에 있는 논항
　　위치에서 지정어 자리를 차지할 수 있다.

라. 공주제는 허가원리에 따라 표면구조(S-structure)에서 기
　　저 생성되거나 삽입된다.

마. 국어의 모든 문에서 절마다 하나의 주제어를 가져야 하며,
　　주제어가 없다면 그 때 공주제가 반드시 I″ 안에 있는 지
　　정어 자리나 V″ 안에 있는 지정어 자리에 있어야 한다.

바. 공주제는 [α대용성, α대명사성] 의 자질로 실현되는 탈
　　락된 명사구(NP)이다.

---

55) 이는 이윤표(1996:68-69)에서 재인용하였다.

위의 (가)에서 보듯 국어에서는 2, 3개의 주제를 설정할 수 없다. 즉 서술어와 의미역 관계를 가지지 않는 주제(표면구조에 드러나든지 그렇지 않고 생략되었든지)는 반드시 지정어-핵일치(Spec-Head Agreement)에 의해 굴절소(Infl)의 F-자질이 지정어(Spec)에 하나의 공주제만을 허가한다.

이는 統辭的 主題化 문장에서도 동일하다. '철수가 밥을 먹는다'는 문장을 각각 변형시킨 다음을 보자.

23) ㄱ. [I″ Topi [V′ 철수가   ei   먹는다]]
ㄴ. [I″ Topi [V′   ei   밥을 먹는다]]
ㄷ. [I″ Topi [V′   ei   ej   먹는다]]

예문 23)의 각각의 예문에서 空範疇 空主題인 Topi의 위치에 놓일수 있는 것은 오직 ei 하나만 허용된다. 즉 이들과 공주제는 공지시되어 있기 때문이나 ej는 공지시될 수 없기 때문이다.

한편, 공주제의 설정은 談話的 主題가 서술어에 의한 논항의 자리를 부여받지 않는다는 조건과 일치한다. 왜냐하면 공주제가 놓이는 자리인 지정어는 비논항의 위치이므로 지정어에 허가되는 주제 역시 비논항이기 때문이다. 이를 나타내면 다음과 같다.

24)

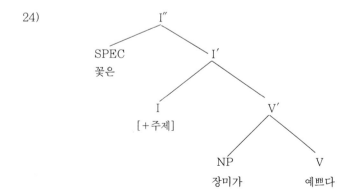

이와 같이 국어에서 談話的 主題 문장과 이중주어 문장 구조의 차
이를 인정할 경우, 다중주어 문장의 구조를 해석함에도 일관성을 유
지할 수 있다. 다음은 일반적으로 다중주어 문장으로 다루어진 문장
이다.

　　25) ㄱ. 구두가 바닥이 구멍이 났다.
　　　　 ㄴ. 미도파가 양복이 값이 싸다.

　25)의 다중주어 문장에서도 서술어 '났다, 싸다'와 선택적인 의미
제약 관계를 맺고 있는 성분은 서술어 바로 앞에 있는 '구멍'과 '값'
이다. 그리고 그 앞의 요소들은 모두 이들을 한정하고 있다. 즉 다
음과 같은 구조라 할 것이다.

　　26) ㄱ. [구두가 [바닥이 [구멍이 났다]]]
　　　　 ㄴ. [미도파가 [양복이 [값이 싸다]]]
　그러나 다음과 같이 문두의 첫째 명사구에 '-은/-는'이 결합한 문
장 은 그 구조를 달리한다.

　　27) ㄱ. 서울은 집이 마당이 좁다.
　　　　 ㄴ. 한국은 여자가 피부가 곱다.

이들의 문장구조를 그림으로 나타내면 다음과 같다.

28)

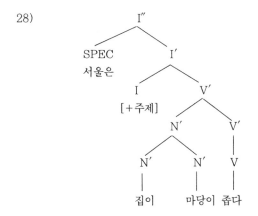

이상과 같이 談話的 主題 문장과 이중주어 문장의 구조는 서술어
와의 의미적 연결관계의 긴밀도에 의해 차이가 나타나고, 더 나아가
다중주어 문장과의 차이도 쉽게 찾을 수 있었다.

4. 요약

본 장에서는 談話的 側面에서 '-은/-는'의 주제화 문제에 대해 살
펴 보았다.

첫째, 주제화 문제를 다루기에 앞서 국어의 주제 성격과 관련해
形態的, 意味的, 談話的 측면의 여러 특징들에 대해 고찰하였다.

주제의 형태적 특징으로 '-은/-는'의 표지와 문두성, 비강세에 대
해 살폈고, 주제의 의미적 특징으로는 總稱性, 舊情報性, 限定性, 特
定性에 대하여 살폈다. 이러한 주제의 특징들은 일면의 타당성을 지
니고 있지만, 이 가운데 어느 하나의 특징만으로 국어의 주제를 명
확히 규정한다는 것은 쉽지 않았다. 다만 의미적 특징에서 어떤 성
분이 舊情報性과 限定性이 상호보완적인 성격을 가질 경우나 特定性
을 지닐 경우 이의 주제성이 두드러졌다.

둘째, 본고에서는 국어의 주제가 담화적 현상임을 지적하고, 두

유형의 주제를 설정하였다. 그러한 구분의 기준은 격이론에서 논항 구조와 관련된 의미역이었다. 이에 따라 가시성 조건과 별개로 적용 되는, 즉 논항에 따르는 의미역을 할당받지 않고서도 격을 부여받을 수 있는 주제가 있고, 다른 한 가지는 이미 심층구조에서 의미역을 할당받은 후에 이동을 통해 주제화로 쓰이는 경우이다.

셋째, 統辭的 主題化는 문장에서 의미역을 가지고 있던 성분이 주 제화로 나타나는 경우이다. 따라서 통사적 주제화의 구체적인 면을 살피기 위해서 문장성분(주어, 목적어, 부사)에 따르는 주제화 가능 성에 대한 고찰이 필요하였다. 이의 기준은 다음과 같다.

기저구조의 통사적 성분 요소로서 주제 위치에서 특수조사 '-은/- 는'의 형태론적 표지가 자연스럽게 결합될 수 있어야 한다.

S. Kuno(1973, 1976)가 제기한 바와 같이 관형구조의 표제명 사는 본래 주제였다는 가설에 따라 관형의 변형화 과정에서 주제는 표제명사가 될 수 있어야 한다.(이상태, 1981)

그 결과 주어〉목적어〉부사에 따르는 주제화 정도의 차이가 있었 다. 한편, 의미역 할당의 대상이 아니기 때문에 통사적 성분이 아닌 요소가 주제성을 획득하여 나타나는 것이 談話的 主題이다. 이러한 유형의 주제가 통사적 주제화와 비교해 가지는 커다란 차이점은 바 로 서술어와의 관계에 있다. 통사적 주제화가 서술어 자리에 대한 하나의 의미역을 지닌 논항으로서 관형화 구조의 표제명사로 사용될 수 있음에 비해, 의미역 관계를 형성하지 못하는 담화적 주제 성분 은 관형화의 표제명사로 기능할 수 없다.

일반적으로 의미역이 있는 경우 당연히 격을 할당받아야 함에도 불구하고, 주제화 구문에서는 그 사정이 다르게 나타났다. 즉 담화 적 주제 문장의 첫 번째 명사구는 의미역이 없음에도 불구하고 격이 부여되어 있다. 이는 가시성 조건에 위반되는 현상이지만 국어의 이 러한 현상은 격여과 현상으로써 설명이 가능해진다. 즉 어휘적 명사 구는 격을 가져야 한다라는 조건에 따라 국어에서는 의미역을 받지 못하는 명사구도 반드시 격을 받아야 한다.

談話的 主題 문장과 관련해 이중주어 문장은 첫 번째 명사구가 의미역을 할당받지 못한다는 점에서 공통점을 지닌다. 그러나 생략의 측면에서 주제의 명사구가 생략될 수 있음에 비해 이중주어의 명사구는 생략이 어렵다. 왜냐하면 이중주어 문장의 구조는 첫째 명사구가 둘째 명사구의 의미를 한정해주는 역할을 하기 때문에, 만약 생략되면 어색한 문장이 되고 만다.

제3장 특수조사 '-은/-는'의 統辭的 特徵

　일반적으로 '-은/-는'은 명사나 체언 뒤에 결합될 뿐만 아니라 용언 및 용언의 활용형, 부사와도 두루 결합한다.[56] 그러나 이들과 구체적인 통사상의 결합규칙에 대해서 지금까지 별다른 언급이 없었다.

　본 장에서는 특수조사 '-은/-는'의 결합상의 제약 및 통합양상을 통해 이의 통사적 특징을 고찰하려 한다. 다만 '-은/-는'이 여러 요소들과 결합한다고 해서 무조건적인 결합을 의미하는 것은 결코 아니고, 狀況的 條件과 화자의 心理的 條件에 따라 결합의 양상이 달라진다.

　1에서는 '-은/-는'의 통사적 결합에 대한 선행연구를 살피고, 2에서는 '-은/-는'과 명사, 대명사, 수사와의 결합양상에 대해 살필 것

---

56) 李翊燮·任洪彬(1983:162)에서는 특수조사가 명사, 부사, 몇몇 활용형 뒤 심지어는 '하다' 앞의 어근 뒤에조차 연결된다고 하고, '-도'를 그 예로 들고 있다.
　　ㄱ. 사과도 과일이다.
　　ㄴ. 나는 사과도 좋아한다.
　　ㄷ. 그 사과 영희도 하나 주어라.
　　ㄹ. 왜 앉지도 않고 바로 가니?
　　ㅁ. 기분에 따라 세월이 늦게도 느껴지고 빨리도 느껴진다.
　　ㅂ. 그 문제는 아직도 풀리지 않고 있다.
　　ㅅ. 조용도 하고 깨끗도 하다만 너무 비싸다.

이다. 체언과 결합양상의 가능성 여부는 체언 자체의 특성보다는 '-은/-는' 뒤에 결합하는 서술어의 특성과 밀접히 관련된다. 그러나 지금까지 대부분 연구들은 '-은/-는'에 결합하는 체언 자체의 특성에서 그 결합의 제약을 파악하였다. 따라서 본고는 이러한 연구와 방향을 달리하여 서술어와의 관계에서 '-은/-는'의 결합양상을 파악하려 한다.

3에서는 부사, 즉 시간 및 장소부사, 양태부사, 정도부사, 서법부사, 상징부사 및 부정부사와 '-은/-는'의 결합양상에 대해 살필 것이다. 부사와의 결합에서는 체언과 달리 '-은/-는'과 결합하는 부사 자체의 의미적 특성으로 인한 제약이 따른다. 즉 '-은/-는'과 결합하는 부사들은 다른 姉妹項目의 존재를 전제하는 限定性에 의한 제약이 나타난다.

4에서는 '-은/-는'과 격조사와의 결합양상 및 특수조사와의 결합양상에 대해서 살펴볼 것이다. 조사, 즉 격조사 및 특수조사와 '-은/-는'의 결합에서는 조사 그 자체의 특성에서 제약의 원인을 찾을 수 있다.

5에서는 어미와 '-은/-는'의 결합을 學校文法의 분류체계 속에서 다루고, 부사의 경우와 마찬가지로 어미 자체의 의미적 한정성에 따르는 제약을 살펴볼 것이다.

1. 문제제기

특수조사 '-은/-는'에 대한 지금까지의 연구들은 형태론적 측면과 아울러 의미론적 측면에서만 다루어졌기 때문에 본 장에서 다루고자 하는 '-은/-는'에 대한 통사론적 측면에서의 연구는 매우 드물다. 또한 통사적 연구일지라도 독립된 영역의 연구라기보다는 '-은/-는'의 의미면을 밝히기 위한 하나의 보조적인 검토에 불과하였다. 이런 점을 감안하여 본 장에서는 이들 연구들도 함께 다루기로 한다.

洪思滿(1974)에서는 '-은/-는'이 지니는 '표별'의 의미가 이들 조사와 서술어 내용과의 호응관계에서 서로 상대, 부정, 반의의 관계에 있다고 하였다. 그리고 洪思滿(1975)에서는 격기능을 통한 격조사와 Postposition의 보다 명확한 시차적인 구획에의 접근을 위해 격조사 및 다른 Postposition에 결합하는 '-은/-는'을 후접 가능의 것으로 분류하고 있다. 이와 동일한 연구로는 李基白·洪思滿(1976)이 있다.

그러나 이들은 '-은/-는'이 격조사나 특수조사에 결합한 양태를 통해 이의 의미적인 측면을 밝히려는 것이었기 때문에 '-은/-는'이 결합하는 전체적인 통합양상에 대해서는 연구가 되지 못했다.

金元燮(1984)에서는 '-은/-는'의 의미특성 및 기능을 파악하기 위해 체언, 용언어미, 부사에 결합하는 '-은/-는'을 통해 이의 분포와 결합제약을 살피고 있다. 그러나 '-은/-는'에 대한 결합제약을 이들이 결합하는 성분들의 의미 문제로만 파악하고 있다는 문제를 드러낸다.

이와 같은 맥락에서 '-은/-는'을 한정조사라고 한 白恩璟(1990)에서도 동일한 문제를 갖고 있다. 즉 '-은/-는'이 체언과 통합하는 경우, 뒤에 따르는 서술어와의 관계에서 그 결합의 제약이 나타남을 간과하고 있다는 문제점을 안고 있다.

李奎浩(1993)에서는 특수조사 '-은/-는'을 주제의 '-는₁'과 대조의 '-는₂'로 구분하였다. 그리고 후자의 '-은/-는'이 결합하는 의미론적 제약관계를 姉妹項目前提 조건과 敍述內容相異 조건으로 보았다. 이는 특별한 의미의 부가라는 특징을 지닌 '-은/-는'과 특수조사 사이의 통합관계를 체계화하는데 있어서 많은 도움이 될 것이라고 생각한다.

그러나 이는 특수조사와의 결합에만 초점을 두어, '-은/-는'의 한정된 통합관계에 머물고 있다.

끝으로 '-은/-는'에 대한 종합적인 통합관계를 연구한 최초의 것은 바로 柳龜相(1983)에서이다. 그는 組織構造理論을 도입해서 다양한

성분과 결합하는 '-은/-는'의 결합제약조건을 살폈다.57)

이상과 같이 특수조사 '-은/-는'에 대한 통사론적 연구들은 다른 측 면에서의 연구와 비교해 볼 때 깊이 있는 연구가 이루어지지 못했고, 단지 柳龜相(1983)에서 어느 정도 체계화되었다 할 것이다.

2. 체언과의 결합에 따른 통사적 제약

국어의 체언에는 명사, 대명사, 수사가 있다. 명사를 사용범위에 따라 일반명사, 고유명사로, 자립성의 유무에 따라 자립명사와 의존

---

57) 그의 주장을 자세히 보면 다음과 같다.
　　첫째, 助辭 '-은/-는'이 先行要素에 結合되느냐 않으냐의 問題는 國語라는 同一言語社會內에서 認知되는 狀況과 話者 · 聽者 사이에서 일어나는 話者의 心理的 狀況에 따른다.
　　둘째, 助辭 '-은/-는'이 結合되는 樣相에 따라 體言은 自立體言과 依存體言으로 나뉘는데 自立體言의 境遇에 '-은/-는' 結合의 制約條件은 情報와 結合이 있다. 結合은 社會的 條件과 統辭的 條件이 있는데, 統辭的 條件에는 人稱과 敍法, 不定語辭, 겹主語文, 겹目的語文, 對等文, 主從文이 있으며, 情報의 條件으로는 '-은/-는'이 自立體言에 結合되려면, 舊情報, 限定的, 對照를 必需的으로 所有해야 한다.
　　셋째, 依存體言에 '-은/-는'이 結合되는 條件으로는 副詞的, 兩面的(肯定 · 否定敍 述語와 共起됨), 一面的(肯定敍述語하고만 共起되거나 否定敍述語하고만 共起됨)일 때인데, 이 때에도 舊情報, 限定的, 對照의 情報條件이 반드시 所有되어야 한다. 그 이외의 機能意味資質을 가질 때는 制約을 받는다.
　　넷째, 副詞에 助辭 '-은/-는'이 結合되려면, 結合面에서는 狹義的, 副詞일 때와 持續性副詞(肯定敍述語하고만 共起됨)이거나 確實性副詞(否定敍述語하고만 共起됨)일 때만 可能하데, 情報面으로는 體言에서와 같이 舊情報, 限定的, 對照를 반드시 所有하여야 한다. 그 이외에도 制約을 받는다.
　　다섯째, 用言에 助辭 '-은/-는'이 結合되는 條件은 指示的, 名詞形語尾, 副詞形語尾일 때인데, 이 경우도 舊情報, 限定的, 對照를 必需的으로 所有하게 된다. 副詞形語尾의 境遇에는 肯定의 敍述語하고만 結合되는 것과 否定의 敍述語하고만 結合되는 것이 있다.
　　여섯째, 助辭 '-은/-는'은 한 文章內에 거듭 選擇될 수 있다. 體言에 結合되어 거듭 選擇되기도 하고, 體言과 副詞에 結合되어 거듭 選擇되기도 하고, 體言과 用言에 結合되어 거듭 選擇되기도 한다.

명사로 구분하고, 대명사를 인칭대명사, 부정・미지칭 대명사로, 수사를 양수사와 서수사로 구분하여 특수조사 '-은/-는'과의 결합양상에 대해 살필 것이다.

국어의 특수조사는 문장에서 명사 뒤에 결합하여 어떤 特殊한 뜻을 더해준다.58) '-은/-는' 또한 그러한 특수조사의 항목으로 취급되어온 가장 커다란 이유는 그 機能과 分布에서 타 특수조사와 서로 일치되는 부분이 많기 때문이다. 먼저 특수조사 '-는', '-도', '-만'의 통사적 특징을 통해 '-은/-는'의 기능을 이해해 보자.

> 1) ㄱ. 철수는 착한 학생이다.
>   ㄴ. 철수도 착한 학생이다.
>   ㄷ. 철수만 착한 학생이다.

1ㄱ-ㄷ)에서 명사구 '철수'와 결합한 특수조사 '-는, -도, -만'은 각기 그들만의 특수한 의미를 지니고 있지만, 모두 주격의 위치에 나타나고 있어 주격조사 '-이/-가'와 그 기능이 매우 유사하다. 또한 이들은 주격의 위치에서뿐만 아니라, 예문 2)에서와 같이 목적격의 위치에서도 동일한 文法的 機能을 담당하고 있음을 확인할 수 있다.

> 2) ㄱ. 영희가 철수는 사랑한다.
>   ㄴ. 영희가 철수도 사랑한다.
>   ㄷ. 영희가 철수만 사랑한다.

다음 3), 4)의 예문은 與格과 呼格 機能의 명사구 '철수'에 특수조

---

58) 이석규(1996)에서는 특수조사 전체의 공통의미를 찾아보기 위해서 격조사가 쓰인 문장과 서로 비교하였다. 격조사가 사용된 문장과는 달리 특수조사가 사용된 문장의 명사구들은 다른 자매항을 전제하고 있고, 그 가운데 둘 이상의 자매항에서 피접어 하나를 '선택'하는 것이므로 이들의 공통의미는 '선택'이 된다고 하였다. 그리고 특수조사 '-은/-는'의 의미자질을 [선택] [단독] [표별] 이라 하였다.

사 '-는, -도, -만'이 결합한 경우이다.

3) ㄱ. 선생님이 철수는 상을 주셨다.
   ㄴ. 선생님이 철수도 상을 주셨다.
   ㄷ. 선생님이 철수만 상을 주셨다.

4) ㄱ. 철수는 먼저 가거라.
   ㄴ. 철수도 먼저 가거라.
   ㄷ. 철수만 먼저 가거라.

1)-4)까지의 예문을 통해 알 수 있듯, 특수조사 '-은/-는' 결합의 명사구들이 표면상 여러 가지 통사적 자격을 나타내고 있어, '-은/-는'을 격조사로 잘못 인식하기도 했었다. 그렇다고 해서 1ㄴ)과 1ㄷ)의 특수조사 '-도, -만'을 주격 표지라고 할 수 없는 것처럼 동일한 分布的 機能을 보이는 '-은/-는'을 격표지와 관련짓기에는 많은 어려움과 문제점이 따른다.

이와 같이 격관계와는 아무 관련이 없는 '-은/-는'이 마치 여러 격기능을 가지는 것처럼 보이는 이유는 명사 뒤에 연결되어 쓰이는 경우가 많고, 격조사의 도움 없이도 곧바로 체언에 연결될 수 있기 때문이다. 그러나 '-은/-는'이 체언에 직접 연결되는 경우에도 특수조사 앞의 격조사가 생략된 것이거나 또는 부정격에 특수조사가 연결된 것이라고 보는 것이 타당하다.

다음에서는 체언과 직접 결합하거나 또는 격조사와 결합하는 '-은/-는'의 특징을 통해 그 분포상의 제약59)에 대해 살피기로 하자.

---

59) 특수조사 '-은/-는'과 체언, 특히 다양한 명사와의 결합적 특징을 고찰한 것은 류구상(1980)이다. 그는 기본문, 겹주어문, 겹목적어문, 대등문, 종속문의 명사에 특수조사 '-은/-는'이 결합되는 양상을 통해 이의 의미적 공통성, 관계성, 쓰임의 제약 등을 규칙화해 간단하게 설명하기는 어렵다고 보았고, 여러 각도의 연구의 필요성을 주장하였다. 결국 특수조사 '-은/-는'은 상황적 조건과 화자의 심리적 조건에 따라 그 결합의 양상이 다양하게 나타난다고 하였다.

1) 명사와의 결합

(1) 일반명사

일반적으로 명사에 '-은/-는'이 결합하기 위해서 선행체언이 限定性60)을 띠거나 만약 한정성을 띠지 못할 경우에는 그 명사가 속하는 부류의 전체를 대표하는 속성을 지니고 있어야 한다.

그러나 일반명사와 '-은/-는'이 결합하는 조건은 前接하는 명사구 자체의 의미적 성격보다는 뒤에 결합하는 서술어와의 관계에 의한 것으로 보인다. 아래의 예문을 살펴보자.

1) ㄱ.*경찰은 사람을 때린다.
ㄴ.*사람은 이성적 동물이다.

1)의 명사 '경찰'과 '사람'은 모두 그 부류의 總稱을 의미하고 있다. 그런데 동일한 總稱性을 띰에도 불구하고 예문 1ㄱ)에는 '-은/-는'이 결합할 수 없고, 1ㄴ)에서는 결합이 가능하다는 차이가 나타난다. 따라서 '-은/-는'의 결합조건을 선행하는 명사의 총칭성으로 설명한다는 것은 문제가 있다. 결국 명사와 '-은/-는'의 결합 가능성은 서술어의 차이로 말미암은 것이다. 즉 '경찰'의 경우 '사람을 때린다'는 것을 경찰이라는 全 個體의 일반적인 업무로 볼 수 없고, 特定한 어느 '경찰'을 지시하고 있기 때문에 '-은/-는'의 결합이 제약되는 것이다. 만일 이 문장의 서술부에 일반인들이 상식적으로 받아들일 수 있는 전 '경찰'의 업무를 다루는 내용이 연결되면 예문 2)처럼 자연스러운 문장이 된다.

2) ㄱ. 경찰은 선행을 한다.
ㄴ. 경찰은 도둑을 잡는다.

한편, '이성적 동물'이라는 성질은 '인간'이라는 전 개체의 普遍的

---

60) 특수조사 '-은/-는' 主題化와 관련해서 限定性을 지닌 명사구라는 조건과 함께 주제가 되기 위해서는 반드시 앞선 담화에서의 언급을 필수로 한다.

인 特質로써 일반적인 현상을 나타내고 있다. 따라서 '사람'과 관련
된 일반적 진술이 서술부를 차지하고 있는 아래의 예문은 자연스럽
다.

 3) ㄱ. 사람은 사회적 동물이다.
 ㄴ. 사람은 만물의 영장이다.

 이해를 돕기 위해 위의 예문 1)의 '-은/-는' 명사구를 각각 주격조
사 '-이/-가'로 대체시켰을 때 3ㄱ)이 자연스러운 반면, 3ㄴ)은 그렇
지 못하다는 점에서 '-은/-는'의 성격을 짐작할 수 있다.

 4) ㄱ.*경찰이 사람을 때린다.
 ㄴ.*사람이 이성적 동물이다.

 결국 1)과 4)의 예를 통해 일반명사가 특수조사 '-은/-는'과 결합
하여 집합 속의 어떤 個體가 아닌 全體의 屬性을 드러낼 때는 그 쓰
임이 자연스러운 반면에 어떠한 個別的이고, 特殊한 特性을 나타낼
때에는 그 통합에 제약이 따름을 알 수 있다. 이 경우 의미적 기능
에 차이가 나타난다. 이를 다음과 같이 나타낼 수 있다.

 ※ 일반명사와 '-은/-는'의 통합
 NP '-은/-는' + 보편성

 일반명사에 '-은/-는'이 결합하는 경우 共起할 수 있는 서술어의
특징을 위와 같이 규정할 때 '-은/-는'의 主題와 對照의 의미적 기능
을 추출할 수 있고, 이러한 구별의 기준은 '-은/-는'의 기본적 의미
라고 할 수 있는 [표별]에 기인한다. 이를 아래와 같은 관계로 나
타낼 수 있다. '-은/-는'의 의미적 특성인 [표별]에 대한 자세한
설명은 제 4장으로 미룬다.

※ 일반명사 + '-은/-는'의 통합 및 의미적 기능

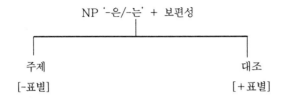

이와 같이 일반명사와 '-은/-는'의 결합에 제약이 일어나는 것은 일 반명사의 자체적인 특성에 의한 것이 아니라 후행하는 서술어에 의해서이다. 그리고 이 때 결합하는 '-은/-는'의 의미적 특성인 [표별] 에 의하여 이의 의미적 기능이 표면으로 드러난다. 즉 [표별] 의 기능을 드러내지 않은 채 일반명사와 함께 보편적 특성을 나타내는 서술어와 결합하면 '-은/-는'은 主題的 機能을 나타내고, [표별] 의 기능을 띨 경우 對照的 機能을 나타낸다.

(2) 고유명사

고유명사와 특수조사 '-은/-는'은 그 결합에 있어 자연스러움을 드러낸다. 고유명사는 같은 성질의 대상 가운데서 어느 하나를 다른 것과 特別히 區別할 필요가 있을 때 사용된다는 특수성이 있다. 고유명사는 그것이 지시하는 대상이 미리 전제될 때에만 쓰이는 것으로, 본래부터 限定的인 성격을 지니고 있다.

그러나 고유명사의 한정성을 인정한다고 하더라도 이러한 특성 때문만으로 '-은/-는'의 결합이 가능한 것은 아니다. 고유명사에 '-은/-는'이 결합하기 위해서도 일반명사에서처럼 서술어와의 共起制約 條件이 필수적이다.

1) ㄱ. 남한이 위험하다.
   ㄴ. 일본은 섬이다.

예문 1)의 첫째 명사구 '남한', '일본'은 모두 고유명사로서 'NP-이'와 특수적 사실을 나타내는 서술어가 연결되었고, 'NP-은'과 보편성을 나타내는 서술어가 결합되어 있다. 또한 아래의 결합도 가능하다.

    2) ㄱ. 남한은 위험하다.
       ㄴ. 일본이 섬이다.

일반명사와 달리 고유명사와 결합하는 '-은/-는'은 보편적 및 특수한 사실을 나타내는 서술어와도 결합이 가능한 것으로 보인다. 고유명사에는 이미 한정성이 내재한다고 하였는데, 이러한 성격이 서술어의 성격이 다름에도 불구하고 두 고유명사에 '-이/-가'와 '-은/-는'의 결합이 가능하게 하는 것이다. 이렇게 한정성이 부여된 명사구에는 특수적 또는 보편적 특성을 지니는 서술어 그 어느 것이 결합되더라도 '-은/-는'의 결합이 가능하다.

한편, 지금까지 고유명사라고 하더라도 다음과 같은 內包文의 주어 자리에서는 '-은/-는'의 결합에 제약이 따른다고 보았다.

    3) ㄱ. 너는 철수가 착한 학생이라는 사실을 알고 있느냐?
       ㄴ.?너는 철수는 착한 학생이라는 사실을 알고 있느냐?

그런데 3ㄱ)의 內包文 주어인 고유명사 '철수'는 앞서 살핀 바처럼 특수한 성질의 서술어, 보편적 특성의 서술어와 共起가 가능하고 또한 고유명사 '철수'에 특수조사 '-은/-는'도 결합이 가능하다. 따라서 3ㄴ)과 같이 內包文의 주어에도 '-은/-는'의 결합이 가능하다고 보는 것이 타당하다. 물론 3ㄴ) '철수는'에는 대조의 의미적 기능이 나타난다.

고유명사에 결합하는 '-은/-는'의 통합양상과 그의 의미적 기능을 다음과 같이 규칙화할 수 있다.

※ 고유명사 + '-은/-는'의 통합 및 의미적 기능

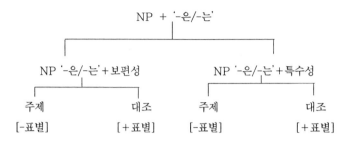

이상과 같이 고유명사와 '-은/-는'의 통합양상에 따르는 제약과 의미적 기능을 살펴보았다. 앞서도 지적하였듯이 고유명사는 일반명사와 달리 그것이 지시하는 대상이 미리 전제될 때에만 쓰이는 것으로, 본래부터 한정적인 성격을 지니고 있다. 따라서 고유명사의 경우는 서술어와의 共起制約과 함께 限定性이라는 특성에 따라 '-은/-는'과의 통합 및 의미적 기능을 달리한다.

고유명사가 보편적 특성의 서술어나 특수적 특성의 서술어가 결합하여 對照의 의미적 기능을 가질 경우는 '-은/-는'의 [표별]의 의미가 부각된다. 그러나 [표별]의 의미 없이 단순히 일반적이고 보편적인 사실을 알리는 문장구조에서는 主題의 의미적 기능을 나타낸다.

(3)의존명사

다음은 특수조사 '-은/-는'이 의존명사와 결합시에 나타내는 제약을 살피기로 하자. 이에 대한 구체적인 검토에 앞서 국어 의존명사의 범위에 대한 규정부터 명확히 할 필요가 있다. 지금까지 의존명사 목록은 自立名詞나 接尾辭, 助詞 또는 語尾 등과 구별하는 여러 가지 식별 기준에 따라 진행되었으나, 많은 문제점을 안고 있었던 것이 사실이다. 그러나 이는 본고의 논점과는 거리가 있으므로 더 이상 논의하지는 않는다.61)

국어의 의존명사는 조사나 어미, 접사와 같이 다른 언어형식에 기대어 쓰인다는 점에서 依存形態素의 범위에 들어간다. 그러나 그것이 나타나는 환경과 관형어의 선행이나 조사와의 결합에서 일반명사와 별다른 차이를 드러내지 않는다. 의존명사의 이러한 성격으로 '-은/-는'과의 결합에 있어서도 일반명사와 동일한 통사적 제약이 따른다.

특수조사 '-은/-는'과 결합이 자연스러운 의존명사 가운데 각각 한 문장의 예만 들어보기로 하자. 조사와의 통합성에 따라 普遍性과 特殊性의 의존명사로 나누고, 후자를 다시 주격조사, 서술격조사, 목적격조사, 부사격조사, 특수조사와 통합하는 것으로 나누어 살피겠다. 먼저, 보편성을 보이는 의존명사와 '-은/-는'은 그 결합이 가능하다.

1) ㄱ. 우리 것은 소중한 것이다.
　　ㄴ. 해질 녘은 경치가 아름답다.
　　ㄷ. 떠들고 조는 놈은 벌점이다.
　　ㄹ. 초식동물 따위는 겁나지 않는다.
　　ㅁ. 물이 깊은 데는 다양한 물고기가 살고 있다.
　　ㅂ. 야구, 축구, 배구 등은 구기종목이다.
　　ㅅ. 비가 올 무렵은 허리가 쑤신다.
　　ㅇ. 지금 우리가 할 바는 공부이다.
　　ㅈ. 저기 저 분은 우리 할아버지이시다.
　　ㅊ. 답안지를 제출한 이는 밖에 나가도 좋다.

---

61) 고영근(1989)에서는 의존명사의 목록을 '깐, 것, 겸, 김, 나름, 나위, 녘, 노릇, 놈, 따름, 따위, 딴, 대로, 때문, 데, 둥, 듯, 등(등), 등지, 리, 마련, 만, 만큼, 말(씀), 무렵, 바, 바람, 빨, 뻔, 법, 분, 뿐, 상, 섟, 수, 양, 이, 자(者), 짝, 적, 쪽, 줄, 즈음, 지, 지경, 차, 참, 채(로), 체, 축, 치, 터, 턱, 통, 폭, 품, 해'의 57가지로 보았다.
한편, 이병모(1995)에서는 '깐, 딴, 등지, 마련, 말(씀), 짝, 해'를 의존명사로 인정하지 않고 대신 '결, 고, 길, 녀석, 년, 모양, 서슬, 성, 셈, 손, 이래, 족족, 척, 편'을 인정하여 64개를 설정하고 있다. 본고는 전자의 목록에 따라 예를 설정하되, 필요할 경우 두 논문의 예를 인용하기로 한다.

ㅋ. 용기가 없는 자는 미인을 얻지 못한다.
ㅌ. 해가 뜨는 쪽은 동쪽이다.
ㅍ. 이 즈음은 딸기가 한창이다.
ㅎ. 애들이 떠드는 축은 아니다.

1)의 의존명사들은 조사와의 통합에 있어 보편성을 띠고 있다. 본고는 후행하는 격조사와의 결합에 별다른 제약이 없는 '치, 적'들도 이 부류에 포함시키기로 한다. 더구나 의존명사 '치'는 사람을 가리키고, '축'과 같이 복수로 표시될 때 자연스럽다는 공통점이 발견되기 때문이다. 예문 1)의 보편성을 띠는 의존명사들에 결합하는 서술어를 다음과 같이 정리할 수 있다.

　　※ 의존명사와 '-은/-는'의 통합
　　ㄱ. NP '-은/-는' + 보편성
　　ㄴ. NP '-은/-는' + 특수성

　다음은 문장에서 어느 특정한 성분 뒤에 결합하는 의존명사와 '-은/-는'의 결합양상을 살펴보자.

　2) ㄱ. 더 깊이 생각할 나위는 없다.
　　ㄴ. 철수가 일요일 집에 있을 리는 없다.
　　ㄷ. 이쯤에서 멈출 수는 없다.
　　ㄹ. 여기 온 지는 벌써 두 달이다.
　　ㅁ. 우리가 네게 거짓말할 턱은 무어냐?
　　ㅂ. 이야기하는 품은 마치 연설가를 떠오르게 한다.

　이들은 특수하게 주격조사와 통합하는 의존명사들이다. 주격조사 '-이/-가'와 결합한다는 점은 특수조사 '-은/-는'과도 자연스러운 결합을 이룰 수 있다는 가능성이 있고, 예문 2)에서 보듯 증명된다.

3) ㄱ. 철수는 우등생인 양은 하지만 사실 그렇지 않다.
  ㄴ. 운전면허는 없지만 운전을 할 줄은 안다.
  ㄷ. 쥐뿔도 없으면서 잘난 체는 왜 할까?
  ㄹ. 밥을 먹는 둥 마는 둥은 한다.

예문 3)의 의존명사들은 목적격조사와 통합되는 것으로 '-은/-는'과의 결합이 가능하다. 그러나 고영근(1989:97)에서 '둥'은 이와의 결합이 불가능하다고 보았으나, 본고에서는 가능한 것으로 처리하였다.

4) ㄱ. 외출복을 입은 채는 침실에 앉지 말아라.
  ㄴ. 제 깐은 열심히 한다고 한다.
  ㄷ. 잘못을 빌어야 할 섰은 결코 아니다.
  ㄹ. 지금 공부를 하던 차는 아니다.
  ㅁ. 네 딴에는 열심히 하였다.

4)의 예문은 부사격조사와 결합하는 의존명사들로 이들 역시 '-은/-는'과 결합할 수 있다. 다만, '통'과는 그 결합이 불가능한 것으로 보인다. 이는 한 動作의 進行을 前提로 하고, 또 다른 動作의 연속상을 필요로 하는 非限定的인 성격을 가지는 데서 원인을 찾을 수 있다.

5) ㄱ. 돈이 없으면 시키는 대로는 해야 한다.
  ㄴ. 농담에 화를 내니 순진한 듯은 하다.
  ㄷ. 한 번 붙어볼 만은 하다.
  ㄹ. 비가 먼지를 적실 만큼은 왔다.
  ㅁ. 처음에 질 뻔은 했지만 결국 이겼다.
  ㅂ. 지금쯤 철수가 올 법은 하다.
  ㅅ. 떡잎을 보니 이 배추는 될 성은 싶다.

5ㅂ)의 의존명사 '법'의 경우 주격, 목적격, 서술격조사와 결합이

가능하나 부사격조사와는 그렇지 못하다. 그러나 나머지 의존명사들은 모두 격조사와 결합함이 없이 특수조사와만 결합하고, '-은/-는'과도 결합할 수 있다. 이들 특수한 성분을 나타내는 의존명사들 역시 보편적인 의존명사와 마찬가지로 용언의 의미를 限定하는 성분과 결합됨을 공통으로 하고 있고, 그런 의미에서 體言的인 성격을 지니고 있다고 할 수 있다.

따라서 이들도 앞서와 같은 '-은/-는' 결합의 규칙이 적용될 수 있다. 이 경우 '-은/-는'에는 [표별] 의 의미에 따라 主題와 對照의 의미적 기능이 부여된다.

그러나 다음과 같이 서술어와 동일한 기능을 보이는 敍述性의 의존명사와 '-은/-는'은 결합이 불가능하다. 이러한 의존명사에는 '나름, 노릇, 따름, 때문, 마련, 뿐, 짝, 말(씀), 빨, 지경, 참, 터, 폭, 해'가 있다. 구체적인 예는 생략한다.

이들 '-은/-는'과의 결합에 제약을 받는 의존명사들의 공통점은 體言的인 성격을 지니지 않고, 한 動作의 進行을 前提로 하고 있다. 또 다른 動作의 連續을 필요로 하는 非限定的인 성격을 가지는데, 이러한 점에서 '-은/-는'과의 결합에 제약이 따른다.

따라서 의존명사와 '-은/-는'의 결합양상 및 의미적 기능은 다음과 같다.

※ 의존명사 + '-은/-는'의 결합 및 의미적 기능

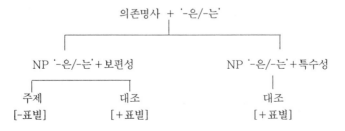

이상과 같이 '-은/-는'과 결합이 가능한 의존명사에 특수적 성질의

서술어가 후행할 경우 '-은/-는'은 [표별] 의 의미를 드러내는 對照
的 機能을 나타내는 반면, 보편적 성질의 서술어와 결합할 경우에는
[표별] 의 의미적 특성에 따라 主題的 機能과 對照的 機能을 나타
낸다.

2) 대명사와의 결합

發話란 말하는 이와 듣는 이 사이에서 이루어지는 것이므로, 發話
文章에는 항상 인칭 요소가 개입되어 실현된다. 인칭은 대화 참여자
역할의 개념과 관련하여 의미적 관계가 파악되는 요소이다. 1인칭은
화자에 의해 그 자신을 談話의 주제로 지시하는 데에, 2인칭은 청자
를 지시하는 데에 사용한다. 3인칭은 화자와 청자 외의 다른 사람이
나 사물들을 지시하는 데 사용한다.

다음은 이들 대명사와 특수조사 '-은/-는'의 결합에 있어서 나타나
는 제약에 대해 살펴보기로 하자. 먼저 대명사와 결합하는 敍法表現
의 제약을 통해 대명사의 특징을 알아보자.

    1) ㄱ. 나는 야구를 한다.
       ㄴ.?너는 야구를 한다.
       ㄷ. 그는 야구를 한다.

1인칭 대명사 '나'는 평서문을 제외하고 의문, 감탄, 명령, 청유문
과 결합하지 않는다. 평서문의 경우 행위자의 행동을 자신이 판단함
은 가능하나, 상대방에게 판단을 유보시키는 문장과는 결합이 불가
능하기 때문이다.

2인칭 대명사는 1인칭과는 달리 서법에 따르는 제약이 일어나지
않는다. 이는 행위자는 2인칭 '너'이지만 그러한 행위를 판단하는 주
체가 화자이기 때문이고, 3인칭 대명사 '그'는 평서문, 의문문, 감탄
문에서 문법적인 문장을 형성하는 반면, 명령문, 청유문에서 제약이
따른다. 이는 2인칭 대명사의 경우와 마찬가지로 행위 판단의 주체

가 화자로서 올바른 문장이 되지만, 반드시 2인칭인 청자에게만 전달하는 명령문, 청유문에서는 비문법적이 되기 때문이다.

이와 같이 평서문의 경우 1,2,3인칭과 共起가 가능한 것은 이들과 결합하는 서술어의 성격에서 비롯된다. 즉 주체만이 알 수 있는 사실이 그 내용이 된다. 그러므로 주어가 1인칭인 경우는 화자가 곧 주어이므로 가능한 반면, 원칙적으로 2, 3인칭인 경우는 화자와 주어가 다른 이가 되므로 결합이 불가능하다.

그러나 위에서 2, 3인칭 경우에도 그 결합이 가능한 이유는 동작 술어로 구성되는 문장구조로서 눈에 보이는 동작 또는 행위가 그 내용이므로 화자의 머릿속에 입력된 舊情報性을 띠고 있기 때문이다. 특히 다음과 같이 主觀形容詞, 心理形容詞 또는 主觀動詞, 心理動詞가 쓰이는 문장구조에도 2, 3인칭 대명사가 결합할 수 있다.

　　2) ㄱ. 나는 춥다
　　　　ㄴ. 너는 춥다
　　　　ㄷ. 그는 춥다

예문 2ㄱ)이 자연스러운 문장을 이루는 것은 대명사와 서술어의 관계적인 측면에서 설명이 가능하다. 그러나 2ㄴ)과 2ㄷ)은 일반적이지는 않지만, 주체의 신체 표면에 나타나는 현상 또는 상황 속에서 여러 방법을 통해 추측 내지 짐작이 가능한 문장으로 어색함이 없다.

인칭대명사와 특수조사 '-은/-는'이 결합하는 조건을 알아보기 위해서는 위에서 살핀 1인칭의 서술형과 2인칭 그리고 3인칭의 서술형, 의문형 및 감탄형에 결합된 '-은/-는'의 공통점을 찾아야 한다. 이들은 반드시 다른 姉妹項을 전제하고 있다. 즉 다른 자매항 가운데 오직 '나', '너', '그'만이 야구를 하는 것이다. 이는 대명사의 개념 정의와 관련하여 '狀況指示性'과 밀접한 관련을 지닌다는 말이다.

李玶燮·任洪彬(1983:239)에서는 이를 다음과 같이 설명하고 있다.

3) 화자를 기점으로 하여 화자 자신이나 그 주변의 것을 가리키는
행위를 상황지시(狀況指示, Deixis), 또는 단순히 지시소(指示素,
話示素, 狀況素)라고 하는데, 대명사는 이러한 상황 지시적인
기능을 가진 전형적인 예이다.

결국 대명사의 이러한 기능은 문맥적 상황 등에 따라 發話時에 화
자, 청자가 동일하게 판단하기로 약속되는 限定된 指示 對象을 뜻한
다. 이는 화자와 청자 사이에 이미 존재하고 있다는 사실의 舊情報
역할과 동일하다.

우리는 앞의 일반명사와 '-은/-는'의 결합에서 '-은/-는'에는 보편
적 특성의 서술어만 결합이 가능하고, '-이/-가'의 경우 보편성 및
특수성을 나타내는 서술어와도 결합이 가능함을 보았다. 그런데 이
들에 指示性을 부여하게 되면 대명사와 비슷한 기능을 발휘한다.

4) ㄱ. 사람은 죽는다.
   ㄴ. 경찰이 사람을 때린다.

예문 4)의 특수적 특성을 나타내는 서술어와만 共起할 수 있는
'NP-은'에 그리고 보편적 특성을 나타내는 서술어와 共起하는 'NP-
이'에 指示性을 부여하게 되면 다음과 같은 예문이 된다.

5) ㄱ. 저 사람은 죽는다.
   ㄴ. 저 경찰은 사람을 때린다.

5)처럼 명사구 앞에 어떠한 指示性이 놓이면 'NP-은'도 특수성을
나타내는 서술어와의 결합이 가능하게 된다. 이 경우 4)에서와는 달
리 모두 [표별] 의 의미를 띠는 對照의 기능을 나타내고 있다. 이러
한 이유는 대명사의 의미 특성과 관련지어 생각할 수 있다.

따라서 인칭대명사와 '-은/-는'의 결합양상 역시 서술어 및 각각의
인칭대명사가 지니는 限定的인 의미 자질과 관련이 깊고, [표별] 의

의미 또한 중요한 역할을 담당한다. 다음과 같다.

※ 인칭대명사 + '-은/-는'의 결합 및 의미적 기능

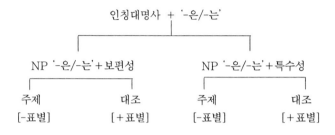

한편, 대명사 가운데 '-은/-는'과 결합에 제약을 보이는 것은 不定·未知稱 代名詞이다. 다음을 보자.

6) ㄱ.*누구는 영회를 아니?
6) ㄴ.*무엇은 집에 있느냐?
6) ㄷ.*어디는 살기 좋습니까?

6ㄱ-ㄷ)의 예문은 不定·未知稱 代名詞와 특수조사 '-은/-는'의 결합이 부자연스러움을 나타낸다. 이들 대명사가 '-은/-는'의 결합에 제약을 받는 이유는 그 대조의 대상이 존재하지 않고, 정보상으로 구정보도 신정보도 제시하지 못하기 때문이다.

蔡琬(1976)은 대명사 중에서 不定·未知稱 代名詞의 '아무, 무엇, 어디, 누구' 따위는 본래 非限定的이므로 주제가 될 수 없음을 지적하였다. 결국 '누구'와 '-은/-는'의 결합상의 제약을 구체적 인물이 드러나 있지 않은 '누구'라는 未知稱 代名詞와 상충되는 개념이 '-은/-는'에 존재하기 때문이라고 설명할 수도 있다. 즉 '-은/-는'에는 무엇인가 분명한 것을 드러내는 기능적 의미가 있기 때문에 不定·未知稱 代名詞와의 결합에 제약을 보이는 것이다.

그러나 6)의 문장들이 특수하게 反語的인 표현으로 쓰일 때는 '-

은 /-는'과의 통합이 허용되기도 한다. 물론 이 경우에 억양을 달리
한다. 다음과 같은 억양의 차이가 나타난다.

    7) ㄱ. 누가 영희를 아│니?
       ㄴ. 무엇이 집에 있│느냐?
       ㄷ. 어디가 살기 좋습│니까?

    8) ㄱ. 누구는│영희를 아│니?
       ㄴ. 무엇은│집에 있│느냐?
       ㄷ. 어디는│살기 좋습│니까?

   7)의 문장들은 不定 · 未知稱 代名詞에 주격조사 '-이/-가'가 결합
했을 때 억양의 표시를, 예문 8)은 특수조사 '-은/-는'이 결합한 경
우의 억양을 나타내고 있다.

   이상과 같이 이들 대명사에 '-은/-는'이 결합되어 문법적이 될 경
우는 예문 8)에서와 같은 억양을 지닐 때이다. 그리고 이러한 문장
들은 모두 의미를 비꼬거나 設疑의 뜻62)으로 말할 필요가 있을 경
우이다.

   修辭的, 反語的인 문장구조에 나타나는 이러한 '-은/-는'이 결합하
는 명사구의 기능적 의미에는 대조성이 있다. 8)의 예문들은 모두
談話의 領域안에 또 다른 인물, 대상, 장소에 대한 언급 없이 사용
할 수는 없고, 반드시 이전의 담화를 가정하게 된다. 즉 8ㄱ)의 경
우, '철수가 영희를 모른다. 영호도 마찬가지이다.'라는 언급 없이
'누구는'의 사용은 부적절하다.

---

62) 특수조사 '-은/-는'의 이러한 특징에 대해서는 蔡琬(1977:27), 金宗澤
    (1977:42)에서도 다루어진 바 있다. 즉 이들은 "누구는 도둑질을 하고
    싶었느냐?, 언제는 네가 얌전했니?, 어디는 못가랴?"와 같은 예를 들고,
    전체 부정을 나타내는 경우이거나 반어적인 표현에서 나타난다고 하였다.
    또한 張奭鎭(1981)에서도 '주제/대조'의 조사 '-은/-는'이 정상적인 WHQ
    에서 의문사는 주제표지 '-은/-는'으로 표지될 수 없다고 보았다.

따라서 담화의 영역내에 '철수, 영호, 순이, A, B, C'의 존재를 가 정할 수 있다. 이 경우 질문의 전체를 부정하기 위해서 8)과 같 이 나타낼 수 있고, '누구는'은 'A, B, C' 세 사람을 지시하고 있다. 따라서 이를 다음과 같이 나타낼 수 있다.

※ 부정 · 미지칭대명사 + '-은/-는'의 결합 및 의미적 기능

不定 · 未知稱 代名詞 + '-은/-는'(反語的)
|
대조
[+표별]

이와 같이 不定 · 未知稱 代名詞에 '-은/-는'이 결합하는 경우는 정 상적인 문장구조가 아닌 특수하게 反語的 또는 設疑의 뜻을 나타낼 때로 '-은/-는'에는 [표별] 의 의미만을 드러내는 對照的 機能만 나 타난다.

3/ 수사와의 결합

국어의 수사는 대상을 가리킨다는 점에서 대명사와 그 성격이 비 슷해 이를 대명사에 포함시켰던 문법학자들도 적지 않다. 실제로도 수사는 명사, 대명사와 기능상의 차이를 크게 나타내지 않는다. 따 라서 특수조사 '-은/-는'과의 결합에서도 명사 및 대명사와 별다른 차이가 없다. 다만, 명사와 대명사는 조사가 붙지 않아도 그 성격에 변화가 없지만 수사는 부사의 성격을 지닌다는 차이만 존재한다. '하 나, 둘, 셋, 여럿'을 예로 들어보자. '하나'가 與同性을 띨 때에는 '혼 자'가 사용된다.

1) ㄱ. 그 가운데 하나는 철수에게 주어라.
　　ㄴ. 혼자는 그 일을 할 수 없다.
　　ㄷ. 우리 둘은 공기총을 들고 거리를 벗어났다.

ㄹ. 우리 셋은 기운을 내어 편을 짰다.63)
ㅁ. 여럿은 시끄럽고 복잡하다.

1ㄱ-ㅁ)에서 보듯, 量數詞와 '-은/-는'의 결합은 자연스럽다. 이 외에도 대상의 순서를 가리키는 '첫째, 둘째, 셋째…'와 같은 序數詞 에도 '첫째는, 둘째는, 셋째는…'처럼 그 결합이 가능하다. 수사도 명 사나 대명사와 마찬가지로 서술어의 종류에 따라 결합 및 의미 기능 에 차이를 나타낸다. 특히 수사에 결합하는 '-은/-는'이 주제의 의미 적 기능을 지닐 경우에는 특별한 서술어가 선택된다.

2) ㄱ. 넷은 둘에 둘을 더한 것이다.
ㄴ. 첫째는 사람이 되는 것이다.

국어 품사 체계 속에서 수사는 체언의 하위 부류로써 명사와 대명 사와의 기능상 차이가 크지 않은 만큼 특수조사 '-은/-는'과의 결합 양상에서도 이들과 유사한 양상을 보인다. 예문 2)에서와 같이 수사 가 주제 의미적 기능을 나타내는 경우는 반드시 '무엇은-무엇이다'의 형식으로 보편적이고 單純論理的인 서술어와 부합되어야 한다. 이상 을 정리하면 다음과 같다.

※ 수사와 '-은/-는'의 결합 및 의미적 기능

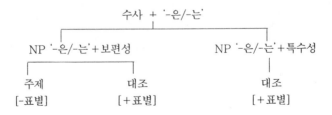

────────────
63) 이들의 예는 高永根(1989)에서 인용한 것이다.

따라서 수사와 결합하는 특수조사 '-은/-는'의 경우 주제적 기능보
다는 상대적으로 대조적 기능이 우세하게 나타난다.

3. 부사와의 결합에 따른 통사적 제약

특수조사의 형태적인 특징을 살피는 데 있어, 이들이 實辭인 동사
의 虛辭化하는 과정에서 부사의 단계를 거쳐 발달되었다는 주장으
로, 특수조사의 부사성을 지적하기도 한다. 즉 李基白(1975:76-83)
에서는 소위 補助詞(postposition)의 형성과정을 다음과 같이 설명
하고 있다.

이에 따르면, 동사, 형용사, 명사, 부사 등의 實辭가 虛辭化하는
과 정에서 각각 부사의 단계를 거쳐 특수조사가 발달되었음을 알 수
있 고, 2)의 예들이 그 증거가 된다고 하였다.

2) ㄱ. [-조차] : /좇(從)-/+/-아/ → 조차 → /-조차/
   ㄴ. [-부터] : /븥(附)-/+/-어/ → 브터 → /-부터/
   ㄷ. [-나마] : /남(餘・越)-/+/-아/ → 나마 → /-나마/
   ㄹ. [-마저] : /몾(終)-/+/-아/ → /-ㅁ자/ → /마저/
   ㅁ. [-까지] : /ᄀᆞㆁ・ᄀᆞᆺ・ᄀᆞ(邊・極)/ → /ᄀᆞ장/ → /-ᄭᅵ지/ > /-까지/
              名詞   副詞
   ㅂ. (副詞) /또(又・亦)/
              ＼＞ /-도/
      / 더(益) /

李承旭(1957:102)과 李基白·洪思滿(1974:5)에서도 특수조사의 부사적인 성격에 대해 지적하고 있다. 물론 活用에서의 경우와 마찬가지로 이 때의 통합가능성도 국어의 모든 부사에 적용되는 것은 아니고, 일부 부사에만 결합된다는 제약이 따른다. 따라서 특수조사 '-은/-는'의 부사적 성격을 짐작할 수 있다.

국어의 부사 분류와 관련해 지금껏 많은 연구들이 있어 왔다. 그러나 대부분의 분류가 의미 중심의 분류이면서 부사 분류의 기준이나 중요성이 확립되지 않았고, 또한 분류 자체의 단계성이 배제되었기 때문에 복잡하고 비체계적인 분류가 되었다. 부사는 동작이나 상태성을 지닌 말(서술어)을 수식 한정하는 말이며, 이에 대한 분류방법으로는 構造와 意味 관계에 의한 기준을 중심으로 統辭的 分類와 意味的 分類가 가능하다.64)

특수조사 '-은/-는'과의 결합에 있어서 서로 다른 양상을 보이는 것은 바로 그 부사가 지니고 있는 성격 때문이다. 왜냐하면 부사는 문장에서 수의적인 성분이기 때문에 체언의 경우와 달리 후행하는 서술어에 따른 제약이 일어나지 않는다.

이 가운데 '-은/-는'이 가장 자연스럽게 결합할 수 있는 것은 성분부사 중 시간 및 장소부사이다. 그 다음으로는 일부의 양태부사, 그리고 일부 서법부사와의 순위로 결합의 가능성이 높게 나타난다. 다만 문장부사 중 접속부사 그리고 성분부사 중 정도부사, 부정부사, 상징부사와는 원칙상 '-은/-는'의 결합이 불가능하다.65)

---

64) 손남익(1995)의 부사 분류체계는 다음과 같다. 본고에서는 이의 분류체계를 따르고자 한다.

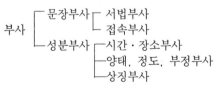

문장구조상 분류 ↔ 의미적 분류

65) 한편, 柳龜相(1983:67-91)에서는 부사에 '-은/-는'이 결합하는 여부를 意

17 시간 및 장소부사와의 결합

　시간부사와 장소부사는 특수조사 '-은/-는'과 결합함에 있어 별다른 통사상의 제약을 받지 않는다. 그러한 이유는 이들 부사와 대응하는 짝을 설정할 수 있고, '-은/-는'을 포함하는 특수조사의 도움으로 의미의 한정이 가능하기 때문이다. 먼저 시간부사와의 결합양상을 보기로 하자.

　3) ㄱ. 지금은 철수가 열심히 공부한다.
　　　ㄴ. 아까는 돈이 있었다.
　　　ㄷ. 철수가 어제는 학교에 오지 않았다.
　　　ㄹ. 철수가 아침은 늘 먹었다.

　3)의 시간부사 '지금, 아까, 어제, 아침'에는 특수조사 '-은/-는'의

　味範疇의 大·小, 對應語의 有無, 긍정·부정의 서술어에 따라 서술하고 있다. 여기서는 意味範疇의 大·小에 의한 분류를 예로 든다.
　첫째, 의미범주가 큰 부사에는 '밤낮, 여전히, 날마다, 상례적으로, 곧히, 지극히, 심히, 대단히, 굉장히, 유난히, 당당히, 바삐, 무던히, 십분, 굳이, 무참히, 가득히, 거뜬히, 고스란히, 내내, 시종, 줄곧, 더우기, 고루, 두루, 전연, 전혀, 통, 가장, 아주, 매우, 참, 몹시, 훨씬, 한결, 사뭇, 너무, 하도, 꼬박꼬박, 잔뜩, 한사코, 부득부득……'을 들고 특이한 경우를 제외하고는 '-은/-는'이 결합되지 않는다 하였다.
　둘째, 의미범주가 작은 부사에는 '지금, 시방, 이제, 오전에, 오후에, 아침에, 저녁에, 낮에, 밤에, 오늘, 내일, 어제, 그제, 모레, 글피, 주일날(에), 다음날, 요즈음, 요새, 근래, 근자에, 한시간, 하루, 일주일, 왕년에, 이전에, 처음(에), 나중(에), 마지막(에), 중간(에), 전에, 후에, 전날, 훗날, 앞서, 다음(에), 접때, 입때, 앞으로, 혼자서, 바삐, 천천히, 급속히, 조급히, 분주히, 경솔히, 더러, 먼저, 나중, 혹시, 혹간……'을 들고, 의미범주가 큰 부사보다 '-은/-는'의 결합이 훨씬 자유롭다고 하였다.
　셋째, 의미범주가 모호한 부사에는 '무론, 천상, 아마, 설혹, 설령, 설사, 비록, 아무리, 암만, 만일, 만약, 가령, 오히려, 도리어, 차라리, 더구나, 더욱이, 왜, 언제, 하여간, 하여튼, 글세, 예, 그래, 아니, 마침, 그저, 별로, 도무지, 좀처럼, 절대로, 과히, 하등, 워낙, 자못, 제법, 그리, 휘영청, 마치, 감히, 부디, 구태여, 어쨌든, 어쩐지, 말하자면, 이를테면, 얼마나, 그야말로, 도저히, 지긋이, 대저……'를 들고, 이들도 '-은/-는'이 결합되지 않는다.

결합이 가능하다. 그런데 '-은/-는'은 반드시 다른 姉妹項目과의 比較를 必修條件으로 하고, 그 가운데 어느 하나를 선택할 때 결합하는 것이 가장 자연스럽다.

따라서 시간부사 가운데 서로 대응되는 요소가 존재할 경우 '-은/-는'의 결합은 예상된다. 위의 예가 바로 그러하다. 즉 '지금'에 대해 '아까'가 서로 대응하고, '어제'에는 경우에 따라서 '오늘, 내일, 모레' 등이, 그리고 '아침'과는 '저녁'이 서로 대응한다. 아래의 예문도 '-은/-는'과의 결합이 가능함을 나타낸다.

4) ㄱ. 이제는 집에 가야한다.
   ㄴ. 종래는 강남콩이 표준어였다.
   ㄷ. 요즈음은 딸기가 한철이다.
   ㄹ. 아직은 희망을 버릴 때가 아니다.

예문 4)의 시간부사들은 이에 대응하는 짝을 설정하기가 어려운 것들이다. 그럼에도 불구하고 이들에 '-은/-는'의 결합이 가능한 이유는 부사 자체의 의미 한정이 가능하기 때문이다. 이러한 시간부사에는 또한 '시방, 먼저, 현재'가 해당된다.

한편, 특수조사 '-은/-는'과 결합이 불가능한 시간부사에는 '갑자기, 돌연, 조만간, 별안간, 갑작스레, 느닷없이, 마침, 종일, 내내, 겨우내, 늘, 밤낮, 종시, 줄곧, 이미, 벌써, 일찍, 여직, 여태, 대뜸' 등이 있다.

이들 부사들은 이에 대응하는 짝을 설정하기가 어려울 뿐만 아니라 '-은/-는'의 결합에 의한 의미 한정의 기능이 존재하지 않는다는 점에서 '-은/-는' 결합의 제약 원인을 찾을 수 있다.

다음은 장소부사와 특수조사 '-은/-는'과의 결합 예이다.

5) ㄱ. 여기는 지난번에 우리가 소풍왔던 곳이다.
   ㄴ. 저기는 민간인의 출입이 금지되는 곳이다.

ㄷ. 철수가 이리는 온다.
ㄹ. 철수가 저리는 간다.

이 경우에도, 시간부사와 마찬가지로 '여기'에 대해 '거기, 저기'의 대응이 가능하고, '이리'에 대해서는 '저리, 그리'가 존재한다. '요리, 고리, 조리'도 서로 짝을 이룬다. 특히 장소부사의 경우, [+명사]의 資質을 소유하고 있다. 이러한 자질의 명사에 조사가 결합하여 사용된 부사에도 특수조사 '-은/-는'이 결합됨은 자연스럽다.

6) ㄱ. 철수가 학교에서는 공부를 한다.
ㄴ. 철수가 바다에서는 수영을 한다.

6)은 명사인 '학교'와 '바다'에 處所格助詞 '-에서'가 결합하여 이루어진 장소부사에 특수조사 '-은/-는'이 결합한 것이다. 여기서도 다른 姉妹項目을 충분히 감지할 수 있다.

2) 양태부사와의 결합

국어의 양태부사는 동작동사를 수식 한정하여 그 屬性이나 狀態를 보여주는 부사이다. 이러한 양태부사는 특수조사 '-은/-는'과의 결합에서 부분적인 제약 현상을 드러낸다.

7) ㄱ. 아이들이 전부는 운동을 하지 않았다.
ㄴ. 대개는 산의 정상에 오르지 않는다.
ㄷ. 저 산이 확실히는 보인다.
ㄹ. 가끔은 당신을 생각합니다.
ㅁ. 더러는 그 곳에 머물곤 했다.
ㅂ. 철수가 날마다는 산에 가지 않는다.
ㅅ. 야채상이 나날이는 오지 않는다.

비록 양태부사 '날마다', '나날이' 등이 부정문과만 호응을 이루고

있으나, '-은/-는'과의 결합에는 별다른 제약이 보이지 않는다. 이에
는 '점차(로), 점점, 날로' 등이 있다. 이들과 '-은/-는'의 결합이 가
능한 이유는 이들 부사들의 경우 對應語의 存在를 설정할 수 있기
때문이다. 예문 7)의 양태부사 '전부', '대개', '확실히', '가끔', '더러',
'날마다', '나날이'에는 모두 그에 대응하는 상대어를 설정할 수 있다.
즉 '전부, 대개'의 경우 '조금'이나 '일부'를 그 對應語로 그리고 '확실
히'는 '불확실히', '가끔, 더러'의 경우는 '종종'과 같은 의미로 '날마
다, 나날이'와 대립된다 할 것이다. 또한 '모조리'와 비슷한 의미의
양태부사로는 '모두, 죄다, 몽땅, 모조리, 한꺼번에, 통채로' 등이 있
고, '대개'와 '대체로'가 유사한 의미를 지니고 있다.

다음에서는 그 선행어에 있어서 자매항목의 예상이 불가능한 경우
의 특수조사 '-은/-는'은 대개 강조적, 관용적 용법을 나타냄을 알
수 있다.

　　8) 우리 집에 다시는 오지 말아라.

예문 8)의 경우 양태부사 '다시'에는 이에 대응하는 대응어를 설정
하기가 어렵다. 그럼에도 불구하고 특수조사 '-은/-는'이 결합 가능
한 이유는 부사 자체의 限定性에 기인한다. 그리고 이 경우에는 强
調의 意味도 두드러진다. 아래의 경우도 동일한 설명이 가능하다.

　　9) ㄱ. 더러 철수의 얼굴이 생각난다.
　　　　ㄴ. 더러는 철수의 얼굴이 생각난다.

　　10) ㄱ. 대개 아침은 밥대신 빵을 먹는다.
　　　　ㄴ. 대개는 아침은 밥대신 빵을 먹는다.

예문 9ㄴ), 10ㄴ)에서 부사와 통합하는 '-은/-는'의 경우, 자매항
목을 예상하기 어렵다. 다만, 9ㄱ), 10ㄱ)의 '더러'와 '대개'에 대한

강조의 의미가 느껴지고, 대조와 동일한 기능으로 볼 수 있다.

한편, '-은/-는'과 결합이 전혀 불가능한 양태부사들은 다음과 같다. '때때로, 종종, 간혹, 이따금, 간간이, 왕왕, 번번이, 매번, 또, 항시, 항상, 여전히, 단지, 다만, 오직, 오로지, 애오라지, 참으로, 진실로, 마땅히, 당연히, 모름지기, 반드시, 필연코, 무론' 등이 있다. 이와 같은 양태부사의 일부분은 특수조사를 통한 의미의 한정이 불가능하다.

3 / 정도부사와의 결합

시간 및 장소부사 그리고 일부분의 양태부사와 특수조사 '-은/-는'의 결합과는 달리 '-은/-는'이 정도부사와 결합하는 것은 원칙적으로 불가능하다. 이러한 정도부사의 예는 '가장, 아주, 몹시, 매우, 더욱, 겨우, 훨씬, 무척, 너무, 꽤, 퍽, 썩' 등이 있다.

11) ㄱ.*오늘은 비가 몹시는 내린다.
ㄴ.*철수가 매우는 빨리 달린다.
ㄷ.*예전에 비해 철수의 키가 훨씬은 커졌다.

이와 같이 정도부사가 특수조사 '-은/-는'과 결합에 있어 제약을 받는 이유는 정도부사가 지니고 있는 자질 때문이다. 이들에는 對立하는 相對語를 설정할 수 없고, [+정도성]을 가진 정도부사는 특수조사를 통한 의미의 한정이 불가능하기 때문이다.

다음은 일부의 정도부사와 특수조사 '-은/-는'이 어울릴 수 있는 경우이다.

12) ㄱ. 몇 번 보지 않아, 조금은 낯설구나.
ㄴ. 돈이 많지 않아, 더는 줄 수 없구나.

손남익(1995:232)에서 '조금'은 [명사성]을 띤다고도 볼 수 있기 때문에 특수조사와의 연결이 가능하다고 보았다. 그러나 본고는 대부분의 정도부사는 그와 대립하는 對應語를 설정하기가 어렵지만, 예문 12)의 '조금'과 '더'에는 서로 대립하는 의미가 존재한다고 본다. 그렇 다고 할지라도 이 경우의 '조금'과 '더'는 정도부사라기보다는 양태부사의 기능을 하고 있다. 따라서 원칙적으로 정도부사와 '-은/-는'은 그 결합이 불가능한 것으로 본다.

4] 서법부사와의 결합

문장부사는 특수조사와의 결합이 불가능하다. 이는 문장부사의 의미론적 특성으로, 특수조사의 첨가로 인해 그 의미를 한정할 수 없기 때문이다. 서법부사와 접속부사가 여기에 해당한다. 먼저, 서법부사의 경우를 예로 들면 다음과 같다.

13) ㄱ.*가령은 철수가 집에 있다면, 전화를 받을 것이다.
　　ㄴ.*만약은 철수가 공을 찼다면, 우리 팀이 이겼을 것이다.
　　ㄷ.*아마는 철수가 유리창을 깼다는 사실이 알려지면, 어머니께 혼날 것이다.

13ㄱ-ㄷ)의 문두에 위치하는 서법부사 '가령, 만약, 아래' 등과 특수조사 '-은/-는'은 결합이 불가능하다. 그리고 이들 부사의 의미는 '假定'을 나타내는 것으로, 가정의 조건절을 이끄는 것이 그 주된 기능이다.

14) ㄱ.*과연은 철수가 공부를 잘 한다.
　　ㄴ.*게다가는 철수는 축구도 잘 한다.
　　ㄷ.*설마는 철수가 그런 거짓말을 했는가?
　　ㄹ.*고로는 철수가 이 문제에 답을 해야 한다.
　　ㅁ.*각설하고는 본론을 말하면 다음과 같다.
　　ㅂ.*무릇은 철수가 올 것이다.
　　ㅅ.*분명은 철수가 온다.

ㅇ.*결코는 철수가 싸우지는 않았다.

서법부사가 나타내는 의미에는 '假定' 외에 '强調, 附椽, 疑惑, 理由, 轉換, 推定, 確信, 否定'으로 나누어 볼 수 있다. 각 의미의 서법부사와 '-은/-는' 결합이 불가능함을 하나의 예로써 제시한 것이 예문 14)이다. 이들이 특수조사 '-은/-는'과의 결합이 불가능한 것은 '-은/-는'을 통한 의미 한정이 불가능할 뿐만 아니라, 서법부사 자체의 의미 특성에 기인한다. 이 외에도 '설령, 설혹, 설사, 비록, 아무리, 만일, 혹, 혹시, 전연, 전혀, 별로, 도무지, 도저히, 절대로, 통' 등이 있다.

그러나 이에도 몇 몇의 例外的인 쓰임이 보이기도 한다.

15) ㄱ. 결국은 그가 오고 말았다.
ㄴ. 사실은 철수가 일등했다.
ㄷ. 어쩌면은 철수가 못 올지 모른다.
ㄹ. 분명코는 철수가 올 것이다.
ㅁ. 결코는 학교에 안 올 것이다.
ㅅ. 결단코는 때리지 않았다.

이들을 손남익(1995:210)에서는 서법부사에 특수조사가 결합한 형태로 보기보다는 語彙部에 등재하여 이것 자체가 서법부사라고 보는 것이 더욱 타당하다고 하였다. 그러나 그가 제시한 '아마도'의 경우는 실제 사전에 부사로 등재되어 있지만 15ㄱ-ㅅ)의 예를 전부 포괄하기에는 어려운 점도 있다. 다음은 접속부사와의 결합 제약을 나타낸다.

16) ㄱ.*철수가 부산에 갔다. 그리고는 영호가 대전에 갔다.
ㄴ.*철수가 밥을 먹었다. 그러나는 영호는 밥을 먹지 못하였다.
ㄷ.*철수가 엄마 말을 잘 들었다. 그러므로는 엄마에게 칭찬 받았다.

ㄹ.*철수가 집에 갔다. 또는 영호가 집에 갔다.

문장부사 중 접속부사는 順接, 逆接, 因果, 選擇의 그 어떠한 경우에도 특수조사 '-은/-는'과의 결합이 불가능하다. 이유는 의미의 한정이 불가능하기 때문이다. 이는 일찍이 洪思滿(1983)에서도 지적되었다.

17) ㄱ. 철수가 집에 갔다. 그리고는 밥을 먹었다.
ㄴ. 철수가 집에 간다. 그러면은 엄마가 반갑게 맞이해 준다.

그러나 17)에서는 일부의 접속부사도 의미의 한정으로 제한적이나마 특수조사 '-은/-는'과 결합이 자연스러움을 나타낸다.

5) 상징부사 및 부정부사와의 결합

일반적인 특수조사와의 결합과 마찬가지로 상징부사와 부정부사는 아래에서와 같이 '-은/-는'과의 결합이 불가능하다.

18) ㄱ.*철수가 소리를 버럭은 질렀다.
ㄴ.*철수가 추위에 달달은 떤다.

19) ㄱ.*철수가 집에 안은 간다.
ㄴ.*철수가 집에 못은 간다.

18)은 상징부사 '버럭, 달달'에, 19)는 부정부사 '안, 못'에 '-은/-는'이 결합되었으나 비문법적임을 나타낸다. 이 역시 이들 상징부사와 부정부사의 특성상 '-은/-는'과 결합하여 의미의 한정을 이룰 수 없기 때문이다.

이상으로 특수조사 '-은/-는'과 여러 부사와의 통사상 결합에 대해 살펴보았다. 이들 중에는 결합이 가능한 부류도 있고, 또 그렇지 못한 부류도 있었다. 그리고 일반적으로 결합이 불가능한 부류 가운데서도 몇몇 예외가 보이기도 하였다. 이렇게 특수조사 '-은/-는'과 결합에 있어 가능함을 드러내는 부사들의 공통적 자질을 시간 및 장소부사 그리고 일부 양태부사, 서법부사가 지니는 의미적 특성에서 뽑아본다면 이들 모두가 體言的 자질을 가지는 것으로 볼 수 있다.

따라서 이러한 자질이 없는 부사들은 [표별] 의 의미를 지니는 특수조사 '-은/-는'과 결합이 불가능하다. 이는 앞에서 살펴본 체언과의 결합 양상에서도 찾아볼 수 있었다. 또한 상대되는 對應語와의 存在 有無에 따라서도 결합 가능성이 결정된다. 이를 종합하면 다음과 같이 나타낼 수 있다.

※ 부사 + '-은/-는'의 결합 및 의미적 기능

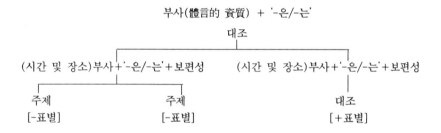

일반적으로 '-은/-는'과 부사의 결합이 가능하기 위해서는 부사 자체의 의미 자질에 體言的 자질이 부여될 수 있거나, 姉妹項目의 설정이 가능해야 한다. 그러나 시간 및 장소부사의 경우에는 '-은/-는'이 결합하는 두 가지의 가능성, 즉 뒤에 결합하는 서술어 여하에 따라 갈라진다. '-은/-는'이 보편적 특성을 가리키는 서술어와 결합할 경우에는 [표별] 의 의미에 따라 主題, 對照의 機能을 나타내지만, 특수적인 내용을 나타내는 서술어와 결합하면 '對照'의 의미만 나타낸다.

4. 조사와의 결합에 따른 통사적 제약

특수조사 '-은/-는'은 격조사 및 특수조사와의 결합양상에 있어 체언과 직접 결합할 수도 있고, 격조사 아래 연결되기도 한다.66) 이 절에서는 국어의 主格, 目的格, 與格, 呼格, 補格, 處所格, 向進格, 道具格 등에 결합하는 '-은/-는'의 특징에 대해 알아보겠다. 또한 특수조사라는 체계 속에서 '-은/-는'만이 지니고 있을 고유한 기능을 밝히기 위해서는 특수조사들과의 관계에 초점을 둘 필요가 있다. 따라서 특수조사 '-은/-는'과 타 특수조사와의 결합에 나타나는 특징에 대해서도 고찰하려 한다.67)

1) 격조사와의 결합

일반적으로 격조사와 특수조사의 결합에는 세 가지의 방향이 있다. 첫째, 격조사와 특수조사가 연결하면 격조사가 반드시 나타날

---

66) 한편, 특수조사 '-은/-는'의 뒤에 격조사가 나타나는 경우는 존재하지 않는다. 즉, 국어의 특수조사 구성에서 특수조사가 핵이 된다는 주장은 일반적으로 格助詞가 특수조사에 後行할 수 없는 현상을 자연스럽게 설명할 수 있다. 아래에서 보는 것처럼 格助詞 '-이/-가'는 D와 결합하여 KP를 형성할 수 없기 때문에 '-는' 뒤에 '-이'가 나올 수 없는 것이다. 김일환(한국어학회 새소식(18호) 참조).

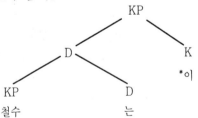

67) 特殊助詞 '-은/-는'과 他 特殊助詞와의 상호통합관계를 밝히기 위해 먼저, 特殊助詞의 범위를 규정할 필요가 있다. 그러나 이에 대한 문제는 연구자마다 각양각색으로 진행되어 왔고, 또 본고의 목적에도 벗어나는 점을 들어 편의상 '-도, -마저, -조차, -나, -부터, -까지, -나마, -라도'로 정한다. 이들과 특수조사 '-은/-는'의 통합양상에 대해 살피기로 한다.

수 없는 경우, 둘째, 반드시 나타나야 하는 경우, 셋째, 나타날 수도 있고 나타나지 않을 수도 있는 경우이다.

첫째의 경우는 주격조사 '-이/-가'와 목적격조사 '-을/-를'의 뒤에 특수조사 '-은/-는'이 결합하는 경우이다.68) 그러나 이 경우에 격조사 없이 특수조사만 쓰일 수 있는 것은 이것만으로도 격표시가 가능하기 때문이다.

둘째의 경우, 즉 격조사와 특수조사가 같이 쓰일 때, 격조사가 생략될 수 없는 경우이다. 이것은 서술어 앞에 여러 격이 동시에 나타나는 경우 이들을 표시해 줄 격조사가 표시되지 않으면 격 사이에 혼동이 일어날 수 있으므로 반드시 격조사가 필요하다.

셋째의 경우, 격조사가 특수조사와 함께 쓰일 수도 있고, 쓰이지 않을 수도 있는 경우이다. 바로 앞에서 살펴본 부사격조사가 이에 해당된다. 즉 부사격조사는 특수조사와 결합시 필수적으로 나타나는 경우도 있지만 생략이 되기도 한다. 그러나 이 경우 특수한 서술어에 한한다. 다음의 예문을 보자.

1) ㄱ. 철수가 극장에는 갔다.
  ㄴ. 철수가 미국에는 다녀왔다.
  ㄷ. 철수가 순이와는 만났다.

이러한 예문을 통해 부사격조사가 생략 가능한 서술어 종류들의 공통점은 찾을 수 있다. 그러나 일단 특수조사와 주격, 목적격 등의

---

68) 이 경우 어순에 따라 약간의 차이를 보이기도 한다. 즉 '격조사+특수조사'의 어순일 때와 달리 '특수조사+격조사'의 어순일 때 몇몇 가능한 문장이 보이기도 한다.
  ㄱ. 철수만의 노래를 잘 부른다.
  ㄴ. 철수가 노래만을 부른다.
  이러한 현상에 있어 김영희(1974:306-307)에서는 특수조사 Ⅳ(-는, -도, -라도, -야 말로)와 主格助詞, 目的格助詞는 의미의 대립을 보이지만, 분포 및 기능상 동일부류로 볼 수 있는 가능성을 제시하였다.

조사들은 그 결합에 제약이 따르지만, 부사격조사의 경우에는 별다른 제약이 없음을 확인하였다. 이러한 경우에 대한 논의를 좀 더 구체적으로 하기로 하자.

먼저 체언에 직접 결합되는 '-은/-는'은 표면상 모든 格의 자리에 올 수 있다. 주격, 목적격, 여격, 호격의 자리에 올 수 있음은 물론이고, 아래에서와 같이 보격, 부사격(처소격, 향진격, 도구격)에도 연결되어 사용된다.

> 2) ㄱ. 물이 얼음이 된다.
> ㄴ. 물이 얼음은 된다.
>
> 3) ㄱ. 서울에 사람이 많다.
> ㄴ. 서울은 사람이 많다.
> ㄷ. 서울에는 사람이 많다.
>
> 4) ㄱ. 철수가 부산으로 간다.
> ㄴ. 철수가 부산은 간다.
> ㄷ. 철수가 부산으로는 간다.
>
> 5) ㄱ. 나무로 가구를 만든다.
> ㄴ. 나무는 가구를 만든다.
> ㄷ. 나무로는 가구를 만든다.

예문 2)~5)를 볼 때, 특수조사 '-은/-는'은 국어의 여러 격에 결합될 수 있는 通格의 기능을 가지는 것처럼 보인다. 그러나 특별한 의미 첨가라는 기능을 지닌 특수조사 '-은/-는'이 예문 2ㄴ)에서 생략되면 그 문장의 의미 자체에 심각한 오류가 발생할 가능성이 있기 때문에 그의 생략이 불가능하게 된다. 이는 주격, 목적격, 보격의 명사구에 '-은/-는'이 결합하는 것과 동일하다. 그리고 이 경우 격조사들은 반드시 생략된다. 만약 격조사가 생략되지 않으면 비문이 되기 때문이다. 다음과 같다.

6) ㄱ. 철수가 밥을 먹는다.
　　ㄴ.*철수가는 밥을 먹는다.

7) ㄱ. 철수가 밥을 먹는다.
　　ㄴ.*철수가 밥을은 먹는다.

8) ㄱ. 물이 얼음이 된다.
　　ㄴ.*물이 얼음이는 된다.

9) ㄱ. 철수가 나의 동생이다.
　　ㄴ.*철수가 나의는 동생이다.

　이와 같이 격조사와 '-은/-는'의 결합에 드러나는 특징에서 주격조사, 목적격조사, 보격조사, 관형격조사의 뒤에서는 특수조사 '-은/-는'의 결합이 불가능하다.

　한편, 예문 3)-5)와 같이 부사격에 결합하는 '-은/-는'의 경우에 격 조사의 생략현상은 그 성격을 달리한다. 즉 아래의 예문에서와 같이 '-은/-는'과 결합하는 부사격조사는 다른 격조사들과 달리 생략이 되어도 또는 같이 쓰여도 가능하다.

10) ㄱ. 철수가 부산에는 갔다.
　　ㄴ. 철수가 침실에서는 잠을 잔다.
　　ㄷ. 철수가 영호와는 닮았다.
　　ㄹ. 철수가 우리에게는 돈을 빌려주었다.
　　ㅁ. 철수가 돌로는 깰 수 있다.
　　ㅂ. 철수가 학생으로서는 거짓말을 해서는 안된다.
　　ㅅ. 철수가 영호와는 다르다.
　　ㅇ. 어머니한테서는 돈을 받았다.
　　ㅈ. 부산에서는 할아버지께서 오신다.
　　ㅊ. "인간은 신이다"라고는 할 수 없다.

예문 10)의 경우는 부사격조사(向進格, 處所格, 共同格, 與格, 道具格, 資格格, 比較格, 奪格, 由來格, 引用格) 아래에서 특수조사 '-은/-는'이 결합한 것으로 자연스러운 문장을 이루고 있다. 그리고 이 경우 각각의 부사격조사들은 생략의 수의성을 띠고 있다. 생략의 필수성과 수의성은 '-은/-는'의 문법적 기능을 암시한다고 볼 것이다.69)

따라서 격조사에 후행하는 '-은/-는'의 결합을 다음과 같이 체계화할 수 있다.

※ 격조사 + '-은/-는'의 결합 및 의미적 기능

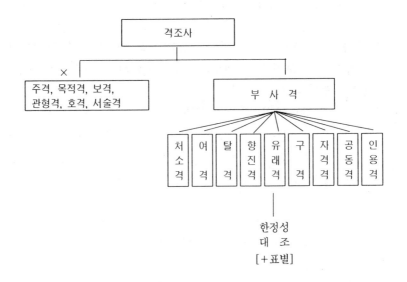

이상에서 보는 바처럼, 특수조사 '-은/-는'의 결합은 격조사 가운

---

69) 이상태(1982:570)에서는 주제말 자리에서 격조사가 생략될 수 있고 없음은 가지런히 딱 부러지는 현상이 아니고 頻度와 可能性의 높고 낮음의 차례에 따라 결정된다고 보았다. 즉 주제화 가능성이 높다는 것은 격조사의 생략이 필수적이고 그에 따라 주제 표지인 '-은/-는'의 결합이 자연스러움을 의미한다.

데 오직 부사격조사와만 가능하다. 이러한 이유는 주격, 목적격, 보격, 관형격, 호격, 서술격조사들은 특별한 의미적 기능을 보이지 않고, 이에 결합하는 성분들에 자리만을 부여할 뿐이다. 거기에 비해 부사격조사는 格資質보다는 意味 限定이라는 기능이 존재하기 때문인 것으로 보인다.

成光秀(1979:215)에서는 格助辭와 限定助辭의 連結關係에서 '-은/-는'은 이들 부사격조사에 後接하여 나타날 수 있다는 점을 똑똑히 밝히고 있다. 이 역시 '-은/-는'의 부사적 성격과 관련된다 할 것이다.

결국 부사격조사와 자연스러운 결합관계를 가질 수 있다는 점에서 '-은/-는'의 副詞的 性格을 주장할 수 있다. 그리고 이러한 여러 의미를 나타내는 부사격조사에 '-은/-는'이 결합하면 [표별]의 의미를 지니는 對照的 機能을 나타낸다.

2) 특수조사와의 결합

특수조사 '-은/-는'이 가지는 특징 중 하나는 비록 부사격조사의 경우이기는 하지만 격조사나 다른 특수조사와도 그 결합에 있어 자연스럽다는 것이다. 특수조사와의 결합방식에 대해 洪思滿(1987:19)에서는 先行機能이 우세한 특수조사와 後行機能이 우세한 특수조사의 분류 가운데 '-은/-는'을 후자에 포함시켰다. 즉 '-은/-는'은 항상 어떤 언어 요소와의 결합에 있어 후행의 자리에 위치한다고 하였다.

李珖鎬(1988:272-279)에서는 특수조사와 '-을/-를'의 통합관계를 설명하면서 'NP+특수조사+구조격조사 '을''의 구조에서 특수조사라는 범주로 묶일 수 있는 것들 가운데서도 '-이/-가'와 더불어 구조격의 '-을/-를'이 통합할 수 있는 것과 그렇지 못한 것이 있는데 그 이유의 세밀한 내용을 현재로서는 밝히기 어렵다고 하였다. 다만 분명한 사실 중에 하나는 특수조사 자체가 가지고 있는 어떤 '의미 제약' 때문이라고만 하고 있다.

언어요소와의 결합에 있어 후행기능이 우세한 '-은/-는'과 특수조사와의 결합양상은 姉妹項目과 敍述內容性이라는 두 가지 제약에 따라 그 결합가능성이 달라진다. 이에 대해 살펴보기로 하자.

특수조사 전반에 걸치는 공통자질로서 선택된 항목 외에 또 다른 자매항목의 존재를 필수로 한다는 점을 들 수 있다. 그리고 {는 } 이 가지는 '대조'의 의미는 實際文과 含意文의 서술어가 가진 價値判斷에서 유래한다. 즉, 두 문장은 서로 '否定, 相反, 反意'의 가치를 가지는 것으로 대조되며, 경우에 따라서는 '확실'과 '불확실'로부터 대조가 생성되기도 한다. 다음을 보자.

1) ㄱ. 나는야 야구를 좋아한다.
   ㄴ. 철수가 토마토는야 먹는다. (다른 것은 먹지 않고)

예문 1ㄱ)과 1ㄴ)에는 모두 특수조사 '-은/-는'의 뒤에 '-야'가 통합 되었다. 1ㄱ)에서는 주제적 의미의 선행기능으로서의 역할이 허용되는 반면, 1ㄴ)에서는 대조적 의미로 선행 기능의 역할이 허용되지 않는다. 그러나 선행기능으로서의 특수조사 '-은/-는'의 조건이 충분하기 위해서는 '-은/-는' 명사구가 반드시 1인칭이어야 한다. 그렇지 않을 경우에는 비문이 된다. 이 경우 '-은/-는'은 對照的 性格과 달리 主題的 性格을 드러낸다.

결국 자매항목의 전제나 서술내용상이의 제약적 특징은 대조적 성격을 나타내는 특수조사 '-은/-는'과 일치한다. 그리고 특수조사와의 결합에서 주로 후행기능70)을 보인다는 것도 '-은/-는'이 지니는 대

---

70) 成光秀(1979:213)에서는 격조사와의 연결에 있어서 후행기능을 보이는 특수조사의 예를 들고 있다. 이 가운데 '-은/-는'도 포함되어 있다.
   1) ㄱ. 날씨가 어린이에게{는, 도, 부터,……*써} 춥다.
      ㄴ. 돈으로{는, 도, 부터, 만,……*서} 사람을 평할 수는 없다.
      ㄷ. 영자는 철수와{는, 도, 부터, ……*서, *써, *다가} 놀지 않는다.
      ㄹ. 냉장고에{는, 도, 부터,……*서, *써, *다가} 맥주가 있다.
   2) ㄱ.*날씨가 어린아이{는, 도,……}에게 춥다.

조적 성격과 일치한다.

따라서 타 특수조사와의 결합에 있어 주제적 의미의 '-은/-는'은 당연히 배제된다. 왜냐하면 주제적 의미의 특수조사 '-은/-는'에는 자매항목의 전제를 수반하지 않기 때문이다.

특수조사 가운데 '-은/-는'과의 결합이 자연스러운 것에는 '-만, -뿐, -부터$_1$, -까지$_1$'가 있다. 이들이 '-은/-는'과 결합 가능한 관계에 있다는 것은 姉妹項目의 존재를 전제하는 것이고, 實際文과 含意文의 敍述價値가 對立됨을 의미한다. 먼저 '-만'부터 살피기로 하자.

　　2) ㄱ. 철수만 공부를 하였다.
　　　　ㄴ. 철수 이외에 다른 사람(일선, 태훈 등)이 있다.
　　　　ㄷ. 다른 사람(일선, 태훈 등)은 공부를 하지 않았다.

예문 2ㄱ)의 실제문에 대해 2ㄴ)에는 자매항목이 전제되어 있다. 2ㄱ)의 '하였다'라는 긍정의 서술가치는 함의문 2ㄷ)의 '하지 않았다'와 서로 대립되고 있음을 알 수 있다. '-뿐'도 이와 동일한 성격을 지닌다.

'-부터$_1$, -까지$_1$'의 경우도 姉妹項目을 설정하기가 어렵지 않다. 즉 '-부터$_1$, -까지$_1$'는 시간이나 공간의 연속선상에서 선택되어진 시점 및 기점을 제외한 나머지 부분을 자매항목[71]으로 가지고 있다. 따라서 실제문과 함의문의 관계는 다르게 나타난다.

　　3) ㄱ. 목요일까지 보고서를 제출하여라.

　　　　ㄴ. *돈{은, 도,……}(으)로 사람을 평할 수는 없다.
　　　　ㄷ. *영자는 철수 {는, 도, ……}와 놀지 않는다.
　　　　ㄹ. *냉장고{는, 도,……}에 맥주가 있다.

71) '까지'는 두 가지의 기능으로 나뉠 수 있다. 첫째는 '부터'와 호응하여 '-부터 -까지'에서처럼 시간, 공간적 범위나 순서의 한정을 나타낸다. 둘째, 화자가 기대하지 못한 일이 발생되었음을 나타낸다. 전자를 '까지$_1$', 후자를 '까지$_2$'라 칭한다. '부터'는 '까지$_1$'과 호응하는 '부터$_1$'(시작의 의미)과 '부터$_2$'(먼저의 의미)로 구분할 수 있다.

ㄴ. 백화점 세일로 잠실부터 교통이 체증된다.

3ㄱ)의 '목요일까지'는 화자가 지시를 내리는 시점에서 출발하는 어느 時域을 나타낸다. 즉 '목요일'을 후로 하는 다른 시점의 자매항 목과 "목요일을 넘겨서 보고서를 제출해서는 안된다."라는 含意文을 전제할 수 있다. 3ㄴ)도 마찬가지이다. '잠실'이 아닌 다른 공간을 충분히 설정할 수 있고, 그러한 곳에서는 차량이 밀리지 않는다는 것이다. 따라서 이들 특수조사에 '-은/-는'의 결합이 자연스럽다는 점은 아래 예문에서 확인할 수 있다.

4) ㄱ. 철수만은 공부를 하였다.
ㄴ. 잘하는 운동이 축구뿐은 아니다.72)
ㄷ. 목요일까지는 보고서를 제출하여라.
ㄹ. 백화점 세일로 잠실부터는 교통이 체증된다.

다음으로 '-은/-는'과의 결합에 제약을 보이는 특수조사에는 '-도, -마저, -조차, -나, -부터2, -까지2, -나마, -라도'가 있다. 이들을 의미면에서 분류하면 다음과 같다.

첫째, '역시'의 의미를 지니는 부류(-도, -조차, -마저, -부터2, -까지2) 둘째, '양보'의 의미를 지닌 부류(-나, -나마, -라도)이다.73) 이 두 가지 부류의 특수조사들이 '-은/-는'과의 결합에서 어떠한 제

---

72) 서술성 의존명사 '-뿐'의 경우 일반적으로 특수조사 '-은/-는'과 결합할 수 없다. 다만 체언 부정의 '-가 아니다'의 구조일 경우에 한하여 허용됨을 밝혀 둔다.

73) 이석규(1996)에서는 특수조사 중 '-는, -만, -나, -나마, -라도'와 '-도, -까지, -조차'를 [단독] 이라는 의미 자질로 구분하였다. 즉 전자를 [+단독] , 후자를 [-단독] 이라 설명했는데, [-단독] 이란 의미자질은 자매항 목 중 오직 하나가 아닌 '함께'라는 의미로 본고의 '역시'라는 개념과 통한다 할 것이다. 그리고 [+단독] 의 특수조사 중 '-나, -나마, -라도'에는 단독으로 선택된 자매항목에 대하여 화자의 불만족스러운 심리상태가 나타나 있다고 보았다. [+불만족] 이란 의미자질 역시 본고의 '양보'와 관련지을 수 있다.

약을 나타내는지 알아보기로 하자.

특수조사들은 姉妹項目의 존재를 전제로 한다는 점에서 공통성을 띠나, 含意文의 서술가치에 반영되는 화자의 인식태도에 차이가 나타난다. '역시'의 의미적 성격을 띠는 특수조사들도 前提와 含意의 분석을 통해 유도되는 자매항목을 반드시 가지며, 실제문과 함의문의 서술가치가 同一指向的이라는 공통성을 지니고 있다. 다음 예문을 보자.

  5) 철수도 야구를 잘 한다.

  6) ㄱ. 철수가 야구를 잘한다.
    ㄴ. (계성, 형민, 태훈 등) 다른 사람(들)이 있다.
    ㄷ. (계성, 형민, 태훈 등) 다른 사람(들)이 야구를 잘 한다.

예문 5)의 '철수'와 동일한 자매항목 관계에 있는 것은 6ㄴ)에 있는 '계성, 형민, 태훈' 등이다. 또한 含意文에서 예문 5)와 6)은 서로 동일한 문장 가치를 가지고 있다. 이러한 점은 나머지 조사의 경우에서도 마찬가지이다.

  7) ㄱ. 철수조차 야구를 잘 한다.
    ㄴ. 철수마저 야구를 잘 한다.
    ㄷ. 철수까지 야구를 잘 한다.

예문 7) 역시 6ㄱ-ㄷ)과 같은 前提와 含意를 가지고, 화자의 동일한 서술가치를 표현하고 있다.

'부터₂'도 자매항목의 설정 및 동일한 서술가치를 지니고 있다.

  8) ㄱ. 너부터 씻어라.
    ㄴ. 야구부터 시작하자.

'부터₂'와 통합하는 자매항목이 모두 '썼어라', '시작하자'라는 동일한 서술가치를 지니면서 '너'가 아닌 '다른 사람'을, '야구'가 아닌 '다른 경기종목'이 있음을 전제로 하고 있다.

이와 같이 '역시'의 의미를 지니는 특수조사 '-도, -마저, -조차, -까지₂, -부터₂'의 공통점은 자매항목의 전제와 함께 실제문과 함의문이 同一敍述價値性을 띠고 있다는 것이다. 그러면 이들과 결합이 불가능한 '-은/-는'이 이 두 가지 성격에 있어 어떠한 차이를 드러내는지 살펴보자.

먼저 특수조사 '-은/-는'의 자매항목 조건을 보자. 다른 특수조사와 마찬가지로 '-은/-는'도 다른 자매항목의 전제를 필수로 하고 있다.

> 9) ㄱ. 시골에 버스는 다닌다.
> ㄴ. 시골에 다른 것은 다니는지 어떤지 모른다.

9ㄱ)은 9ㄴ)을 함의한다. 이러한 점은 '-은/-는'과 앞에서 살펴보았던 특수조사와 별다른 차이가 없다. 따라서 이들의 결합이 불가능한 원인은 '同一 敍述價値'의 차이에 있음은 짐작할 수 있다. 즉 특수조사 '-은/-는'이 사용된 실제문의 서술가치는 함의문의 서술가치와 서로 다르다.

> 10) ㄱ. 철수에게 물은 줘도 된다.
> ㄴ. 철수가 야구는 잘 한다.

10ㄱ-ㄴ)의 문장이 가지는 함의 내용은 아래와 같다.

> 11) ㄱ. 철수에게 물 이외의 것은 주어서는 안 된다.
> ㄴ. 철수가 야구 이외의 것은 잘 하지 못한다.

즉 10)의 실제문에 대한 합의문 11)을 통해 알 수 있는 것은 '된다' ↔ '안된다', '잘한다' ↔ '못한다'와 같이 서로 부정적인 價値를 표현한다는 점이다.

다음으로 특수조사 '-나, -나마, -라도'의 공통점은 화자가 원하는 최선의 선택이 실현 불가능함으로써 할 수 없이 선택된다는 의미를 나타낸다는 것이다. 이들 특수조사는 '-만'과 '단독'의 의미를 공유하는 가운데 '-만'이 積極的 選擇의 기능을 가지는 반면, 이들은 消極的 選擇의 의미기능을 가진다. 또한 이들 특수조사 '-나, -나마, -라도'는 대부분의 환경에서 서로 대치하여 사용해도 별다른 의미 차이를 가지지 않는다.

이들 역시 특수조사의 가장 큰 특징인 姉妹項目을 가진다. 그러나 그 성격에 있어서는 차이를 나타낸다.

    12) ㄱ. 철수가 빵이라도 먹는다.
        ㄴ. 다른 것(밥, 떡 등)이 있다.
        ㄷ. 다른 것(밥, 떡 등)은 선택할 수 없다.
        ㄹ. 철수가 무엇을 먹는다.

12ㄱ)의 實際文에 대한 12ㄴ-ㄹ)의 문장은 含意文으로써 '빵'과 다른 자매항목을 충분히 예상할 수 있지만, 그것이 선택의 범위를 벗어나 있어 다른 것을 선택한다는 것이 불가능하다. 따라서 어쩔 수 없이 '-라도'와 통합하거나 '-나, -나마'와 통합하는 명사구의 항목만 선택될 수밖에 없다.

그런데 특수조사와의 결합에 사용되는 특수조사 '-은/-는'은 '대조'의 의미를 지니는 경우라고 하였다. '대조'라는 의미 그 자체는 다른 姉妹項目과의 비교를 필수조건으로 하고 있다. 여기에 '-나, -나마, -라도' 뒤에 '-은/-는'이 통합할 수 없는 이유가 있다. 지금까지의 내용을 정리하면 다음과 같다.

※ 특수조사 + '-은/-는'의 결합 및 의미적 기능

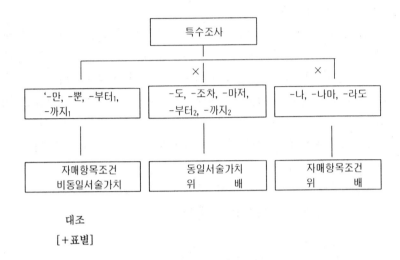

대조
[+표별]

　이상으로 '-은/-는'과 타 특수조사의 결합에 있어서 '-만, -뿐, -부터₁, -까지₁'는 姉妹項目을 예상하고, 實際文과 含意文의 서술어가 서로 대립한다는 특징을 지니고 있다. 그리고 이와 제약을 보이는 특수조사들 가운데, '역시'의 의미 범주에 포함되는 특수조사가 '-은/-는'의 결합에 제약을 보이는 이유가 同一 敍述價値의 위배에 있다면, '양보'의 의미를 나타내는 특수조사들은 姉妹項目의 조건에 위배되기 때문이다.

5. 어미와의 결합에 따른 통사적 제약

　최현배(1937)이후 국어의 語尾체계는 종결어미, 전성어미, 연결어미로 체계화되었다. 그러나 오늘날 學校文法의 체계와는 차이가 있다. 아래는 최현배(1937)의 語尾體系이다.

1)
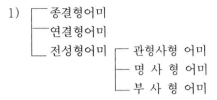

　1)과 같은 어미 체계는 다음에서 보듯 몇 가지 문제점을 가지고
있다. 그 가운데 연결어미와 전성어미 중 부사어미와의 구별이 용이
하지 않거나 구별이 무의미하다는 것이다. 특히 전통적으로 부사어
미로 범주화되어온 '-아/-어, -게, -지, -고'의 경우 이들의 쓰임이
연결어미인지 부사어미인지의 구별이 어렵다. 다음 예를 보자.

　　2) ㄱ. 서가에 책이 많이 꽂혀 있다.
　　　　ㄴ. 나도 대회에 참가하게 되었다.
　　　　ㄷ. 아직 아무도 오지 않았다.
　　　　ㄹ. 아이들이 공을 차고 있다.

　예문 2)에서 '-아/-어, -게, -지, -고'는 모두 앞의 用言語幹에 결
합되어 있다. 전통적인 관점에서 이들을 부사절을 이끌고 있는 부사
어미로 취급하기 어려워, 이들을 연결어미의 보조적 어미로 하위 項
目化하려는 경향이 있어 왔다. 본고에서도 어미 체계를 학교문법의
체계로 설정하고, 특수조사 '-은/-는'의 통합양상을 검토하려 한다.

3)
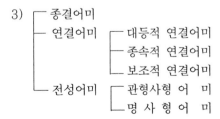

　이들 어미와 특수조사 '-은/-는'이 통합함에 있어 나타나는 특징은

어미의 종류에 의해 그 결합이 가능할 수도, 그렇지 않을 수도 있다. 즉 전성어미 가운데 관형사형어미(-ㄴ, -ㄹ, -는)와의 결합에 제약을 나타내고, 나머지 명사형과의 결합에는 별다른 제약을 보이지 않는다. 이에 반해 연결어미와의 결합에서는 그 제약이 일부에 국한되지만, 종결어미(敍述形, 疑問形, 命令形, 請誘形, 感歎形)와는 결코 결합하지 못한다.

따라서 본 절에서는 전성어미와 연결어미를 중심으로 특수조사 '-은/-는'과의 결합에 나타나는 특징에 대해 고찰하려 한다.

1) 종결어미와의 결합

국어의 종결어미와 특수조사 '-은/-는'은 어떠한 경우에도 결합하지 못한다. 이러한 종결어미의 특징은 비단 '-은/-는' 뿐만 아니라 다른 모든 조사들과의 결합에서도 동일하게 나타난다. 다만 인용문일 경우, 종결어미에도 '-은/-는'이 예외적으로 결합할 수 있다.

> 4) ㄱ. '나는 철수가 갔다'는 소식을 들었다.
> ㄴ. '영호가 철수가 집에 갔다'는 말을 하였다.
> ㄷ. '영호가 철수가 집에 갔느냐?'는 말을 하였다.
> ㄹ. '영호가 철수가 집에 가거라'는 말을 하였다.
> ㅁ. '영호가 철수가 집에 가자'는 말을 하였다.
> ㅂ. '영호가 철수가 집에 가는구나'는 말을 하였다.

이 외에 引用을 나타내는 '-는다고, -더라고, -으런다고, -더냐고, -느냐고, -는가고, -라고' 등에도 특수조사 '-은/-는'이 연결될 수 있다(蔡琬, 1976).

이와 같이 종결어미와 특수조사 '-은/-는'의 결합은 원칙적으로 불가능하나 인용격어미에서 예외를 보이는 이유는 인용격어미의 결합으로 인해 인용문이 마치 하나의 체언상당구와 같은 역할을 하기 때문이다.

2) 전성어미와의 결합

국어 전성어미 중 名詞形語尾에는 '-음, -기'가 있다. 홍종선 (1983)에서 '현재'라는 기저 의미에서 출발한 '-음'형은 局時性·瞬間性·當時性·現場性의 의미 영역을 가진다고 하였다. 이들은 모두 발화내용 당시의 상황을 나타내는 現在性이라는 본질에 귀결될 수 있고, 따라서 '-음'형은 발화내용 당시 동작의 상태를 나타내는데, 이 때의 상태는 과거적인 성격을 띠는 것이다. 한편, '-기'는 非時制的 性格의 역사성에 근거하여, 현재의 상황을 나타내기보다는 통시적 관점에서 동작이나 상태 그 자체에 대한 단순한 미래적 요소로 '-음' 과 함께 相補的 分布를 갖는다고 하였다.

먼저 명사형어미 '-음, -기'와 '-은/-는'과의 결합양상을 보면 다음 과 같다.

5) ㄱ. 철수가 축구를 함은 소질이 많기 때문이다.
   ㄴ. 말하기는 국어교육의 한 분야이다.

예문 5)에서 명사형어미와 '-은/-는'의 결합은 명사에 '-은/-는'이 결합한 경우와 일치하고, 이 때 명사형어미에 연결되는 특수조사 '-은/-는'은 [표별] 의 의미 여하에 따라 主題的 기능과 對照的 기능 으로 사용된다.

송석중(1993:416-417)에서는 '이다'의 동사성을 밝히기 위한 하 나의 수단으로 主題化와 관련된 문제를 언급하고 있다. 이러한 설명 가운데 동사를 주제화 하려면 우선 명사로 만들어야 한다. 그런 다 음에 '-은/-는'을 첨가하면 가능하다고 하였다.

6) ㄱ. 우리집에서 할아버지가 제일이기는 하다.
   ㄴ. 장군이 미인에게 원수이기는 하다.

예문 6)의 두 문장에는 모두 명사형어미 '-기'에 특수조사 '-는'이 첨가되기는 했지만, 5)의 예문에서 '-은/-는'이 主題的 의미를 띠는 반면, 위에서는 대조적 의미를 띠고 있다.

다음은 관형사형어미와의 결합양상에 대해 알아보자.

> 7) ㄱ.*시골에 온은 그는 오랜만에 친구를 만났다.
>   ㄴ.*앞으로 판사가 될은 사람이 그런 말을 해서는 안 된다.

특수조사 '-은/-는'의 경우, 예문 5)처럼 명사형어미 '-음, -기'와 자연스러운 결합을 보이는 반면 7)의 관형사형어미와의 결합에서는 뚜렷한 제약이 나타난다. 이것은 '-은/-는'의 非冠形的 性格을 드러내는 것이다.

3) 연결어미와의 결합

국어의 연결어미에 대한 분류방법은 크게 두 가지로 요약할 수 있다. 첫째, 통사적 특성에 따른 분류이다. 이는 연결어미를 동일주어 관계, 문장종결법, 시제법, 부정법, 이동성 등의 통사적 공통성을 가진 어미들을 한 부류로 처리하는 것이다. 둘째, 선행절과 후행절의 의미 관계에 따른 분류이다. 이에도 선행절과 후행절 사이의 대칭성에 의한 분류, 전제성에 의한 분류, 주된 의미기능에 의한 분류가 있다.

지금까지 국어의 연결어미에 대한 연구들은 그 대부분이 형태론적인 측면에서라기보다는 의미나 직능 위주의 분류체계에 의한 것이었다. 그리하여 하나의 형태소가 여러 개의 범주로 처리되는 혼란을 빚고 있다.[74)]

국어의 활용어미는 용언의 구성요소이고, 연결어미는 문장의 구성

---

74) 최현배(1937)에서도 14(매는, 놓는, 벌림, 풀이, 견줄, 가림, 잇달음, 그침, 더보탬, 더해감, 뜻함, 목적, 미침, 되풀이)가지의 연결어미를 설정하였다. 한편, 형태소 분석을 통한 비종결어미 전반에 걸친 연구로는 高永根(1989)「國語形態論」을 참조할 것.

요소이다. 그러므로 연결어미는 용언의 어간과 직접적인 관계를 가질 뿐만 아니라, 선행절과도 직접 관계를 가지며 궁극적으로 연결어미가 결합된 선행절은 후행절과 의미적 관계를 맺고 있다.

따라서 본고에서는 의미기능에 따라 연결어미를 條件關係, 讓步關係, 對立關係, 目的關係, 結果關係, 因果關係, 羅列關係, 選擇關係, 時間關係, 狀況關係, 轉換關係로 분류한다.

특수조사 '-은/-는'과 결합할 수 있는 연결어미는 부분적으로 가능한 것도 있고, 그렇지 않은 것들도 있다. 연결어미 중 '-은/-는'과 결합에 제약을 보이는 어미로는 양보관계(-아도, -더라도, -ㄹ지라도, -ㄹ진대 등), 선택관계(-거나, -든지, -나 등), 시간관계(-자, -자마자 등), 상황관계(-는데, -더니 등)의 어미가 있다. 그리고 조건관계의 연결어미 중 '-거든, -던들, -ㄹ진대', 인과관계의 연결어미 '-므로'가 있다. 반면 특수조사 '-은/-는'과 결합이 가능한 것은 목적관계(-러, -려고, -고자 등)의 연결어미와 결과관계(-게, -도록 등), 나열관계(-고, -며, -면서 등), 전환관계(-다가 등), 인과관계의 연결어미 중 '-아서, -니까, -느라고', 조건관계의 '-면'이 있다. 각각 한가지의 예만 들면 아래와 같다.

  8) ㄱ.*야구를 하더라도는 학교 운동장에서 하거라.
    ㄴ.*학교에 가거나는 말거나 상관하지 않겠다.
    ㄷ.*구름이 몰려오자는 비가 쏟아졌다.
    ㄹ.*잠을 자는데는 엄마가 들어오셨다.
    ㅁ.*아이가 보채거든은 우유를 먹여라.
    ㅂ.*빨리 걸어갔던들은 벌써 도착했을 것이다.
    ㅅ.*철수도 학생일진대는 공부를 하지 않겠느냐?
    ㅇ.*철수를 믿으므로는 돈을 빌려주었다.

이들 8)의 연결어미들은 특수조사 '-은/-는'과 결합할 수 없다. 왜냐하면 위의 연결어미 자체에는 의미 한정의 성격이 존재하지 않기 때문이다. 반면 아래의 예들은 '-은/-는'과의 자연스러운 결합을 보이고 있다.

  9) ㄱ. 전세금이 모자라도 집을 보러는 다녀보겠다.
   ㄴ. 여름 휴가를 떠날려고는 했으나, 바쁜 일이 있어 가지 못했다.
   ㄷ. 공부를 배우도록은 뒷바라지는 해야 한다.
   ㄹ. 철수가 축구를 하고는 영호가 야구를 한다.
   ㅁ. 꽃이 피면서는 금방 떨어졌다.
   ㅂ. 비가 오다가는 그만 그쳤다.
   ㅅ. 비가 와서는 집에 가만이 있었다.
   ㅇ. 집에 오니까는 부모님이 반갑게 맞아주셨다.
   ㅈ. 봄이 오면은 꽃이 핀다.

  9ㄱ-ㅈ)의 예문은 모두 연결어미와 '-은/-는'의 결합에 제약을 보이지 않는 경우이다. 모두 어느 정도의 의미 한정이 가능하고, 그런 의미에서 대조성도 존재한다고 할 수 있다. 이 가운데 9ㄹ)과 9ㅈ)의 연결어미 '-고', '-면'은 특수조사 '-은/-는'과 결합함에 있어 특수한 의미상의 제약을 받기도 한다.
  9ㄹ)의 '-고'가 이끄는 절은 뒤에 오는 절에 비해 시간적으로 바로 앞서는 경우에만 '-은/-는'을 취할 수 있지만, '-고'가 이끄는 절이 뒤에 오는 절과 시간적으로 同時性을 갖는 경우에는 연결될 수 없다.

  10) ㄱ. 철수는 영화를 보고는 저녁을 먹었다.
   ㄴ. 철수는 저녁을 먹고는 영화를 보았다.

  10ㄱ)의 예문은 '영화를 본 것'과 '저녁을 먹은 일'의 연속이 시간적으로 선후관계로 맺어진 경우이다. 10ㄴ)도 동일하다. 그러나 그렇지 않은 예문 11)은 특수조사 '-은/-는'의 결합이 불가능함을 보여준다.

11) *순이가 노래를 부르고는 영이가 피아노로 반주를 한다.

11)의 경우, 비문이 형성된 이유는 영이의 피아노 반주가 순이의 노래를 부르기 위한 상황일 때 특수조사 '-은/-는'이 결합되었기 때문이다. 아래의 예도 마찬가지이다. 다만 그 결합이 불가능한 이유에 있어서 차이가 드러난다.

12) ㄱ. *철수는 영화를 보고는 영희는 저녁을 먹었다.
　　ㄴ. *철수는 저녁을 먹고는 영희는 영화를 보았다.

예문 12)에서 '-은/-는'의 결합이 불가능한 이유는 同一主語 지배 여하에 달려 있다. 10)과 비교해 보면 그 차이를 쉽게 찾을 수 있다. 즉 대등하게 연결되는 前後의 구가 同一主語의 지배를 받을 때와 달리 각각 다른 주어의 지배를 받을 경우에는 12)에서처럼 '-은/-는'의 결합이 불가능하다.

9ㅈ)의 연결어미 '-면'은 가장 폭넓은 조건의 의미기능을 가지고 있다. 정정덕(1986:60)에 따르면 '-면'은 說明을 하거나 主題를 제시할 때 쓰이기도 한다.

13) ㄱ. 나를 찾아오는 사람이 있다면 그는 틀림없이 내 친구이다.
　　ㄴ. 그가 나에게 할 말이 있다면 그것은 분명 돈문제일 것이다.

이와 같이 '-면'이 주제를 나타내는 경우, 선행절에 一般的(通稱的)인 주어가 오고, 후행절에 그것을 다시 구체화시키는 지시대명사가 오는 것이 통상적이다. 그것은 선행절의 일반적인 주어를 보다 알기 쉽게 구체적인 대상으로 바로 받은 것이다. 그리고 후행절 서술어로 斷定(혹은 推定)을 나타내는 '-이다'가 오는 것이 통례이다.

다음으로 보조적 연결어미와의 결합양상을 살펴보자.

14) ㄱ. 서가에 책이 많이 꽂혀는 있다.
ㄴ. 나도 대회에 참가하게는 되었다.
ㄷ. 아직 아무도 오지는 않았다.
ㄹ. 아이들이 공을 차고는 있다.

　예문 14)는 보조적 연결어미 '-아/-어, -게, -지, -고'와 특수조사 '-은/-는'과의 결합에 있어 아무런 제약이 없음을 보여준다. 이는 이들 연결어미에 '-은/-는'이 결합함으로써 동사구 서술적 기능보다 의미 한정의 기능을 나타내기 때문이다.

　이상으로 국어의 어미와 특수조사 '-은/-는'의 결합양상에 대해 살펴 보았다. 이 가운데 종결어미 그리고 전성어미 중 관형사형어미와 '-은/-는' 결합이 불가능하다. 반면, 명사형어미와 일부 연결어미에는 결합이 가능하다. '-은/-는'과 결합이 가능한 연결어미들은 모두 어느 정도의 意味限定이 가능하고, 그런 의미에서 對照性도 존재한다고 할 수 있다. 이에 비해 '-은/-는'과의 결합이 불가능한 연결어미들은 限定的인 性格보다는 敍述的 性格이 짙다고 볼 수 있다. 다음과 같다.

　※어미 + '-은/-는'의 결합양상 및 의미적 기능

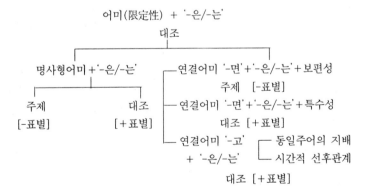

어미와 특수조사 '-은/-는'의 결합에서는 일단 어미가 지니고 있는 限定性에 의한 제약이 두드러진다. 그리고 이 때, 대부분 '-은/-는'은 대조의 기능을 나타내는 반면, 명사형어미와의 결합에서는 [표별] 의 의미를 띠지 않는 主題와 [표별] 의 의미를 띠는 對照의 기능으로 구분되어 나타난다.

한편, 연결어미 중 '-면'과 결합하는 '-은/-는'은 후행하는 서술어의 특성과 [표별] 의 의미에 따라 主題와 對照의 기능을 나타낸다. '-고'는 同一主語, 時間的 先後關係라는 조건에 따라 대조의 기능만을 나타내는 '-은/-는'과 결합이 가능하다.

6. 요약

본 장에서는 명사, 대명사, 수사와, 부사 그리고 조사 및 어미에 결합하는 특수조사 '-은/-는'의 통합규칙에 대해 살펴보았다. 이를 다음과 같이 정리할 수 있다.

첫째, 체언, 즉 명사, 대명사, 수사와 결합하는 '-은/-는'에 대한 지금까지의 연구는 주로 선행하는 성분들 자체의 의미특성과 관련하여 진행되어 왔다는 문제점을 안고 있었다. 따라서 본고에서는 체언과의 결합에 있어서 '-은/-는'의 통합양상은 후행하는 서술어와 밀접한 관련을 맺고 있다고 보아 이를 중심으로 고찰하였다.

일반명사와 '-은/-는'의 결합에 제약이 일어나는 것은 일반명사의 자체적인 특성에 의한 것이 아니라, 후행하는 서술어와의 관계에 의해서이다. 그리고 이 때 결합하는 '-은/-는'의 의미적 특성인 [표별] 에 의하여 이의 의미적 기능이 표면으로 드러난다. 즉 [표별] 의 의미를 드러내지 않은 채, 일반명사와 함께 보편적 특성을 나타내는 서술어와 결합하면, '-은/-는'은 主題的 機能을 나타내고, [표별] 의 의미를 드러내면 對照的 機能을 나타낸다.

고유명사와 '-은/-는'의 통합양상에 따르는 제약과 의미적 기능을 살펴보았다. 앞서도 지적하였듯이 고유명사는 일반명사와 달리 그것이 지시하는 대상이 미리 전제될 때에만 쓰이는 것으로, 본래부터 限定的인 성격을 지니고 있다. 따라서 고유명사의 경우는 서술어와의 共起 制約과 함께 한정성이라는 특성에 따라 '-은/-는'과의 통합 및 의미적 기능을 달리하였다. 고유명사가 보편적 및 특수적 특성을 나타내는 서술어와 결합하여 對照의 의미적 기능을 가질 경우는 이에 내재돼 있는 [표별] 의 의미가 부각된다. 그러나 [표별] 의 의미 없이 단순히 일반적이고 보편적인 사실을 알리는 문장구조에서는 主題의 기능을 나타내었다.

특수한 성분을 나타내는 의존명사들 역시 보편적인 의존명사와 마찬가지로 용언의 의미를 限定하는 성분과 결합함을 공통으로 하고 있다. 그리고 이 경우 '-은/-는'에는 [표별] 의 조건에 따라 主題와 對照의 意味的 機能이 부여된다.

한편, '-은/-는'과의 결합에 제약을 받는 의존명사들의 공통점은 한 動作의 進行을 前提로 하고, 또 다른 動作의 연속상을 필요로 하는 非限定的인 성격을 가지는데, 여기에서 통사상 결합의 제약 원인을 찾을 수 있다.

인칭대명사와 '-은/-는'의 결합양상 역시 서술어 및 각각의 인칭대명사가 지니는 限定性과 관련이 깊고, [표별] 의 의미 또한 중요한 역할을 담당한다. 不定 · 未知稱 代名詞에 '-은/-는'이 결합되는 경우는 정상적인 문장구조가 아닌 특수하게 反語的 또는 設疑의 뜻을 나타낼 때로, '-은/-는'에는 [표별] 의 의미만을 드러내는 對照的 기능만 나타난다.

수사가 주제 의미적 기능을 나타내는 경우는 반드시 '무엇은-무엇이다'와 같이 보편적이고 單純 論理的인 서술어와 부합하여야 한다. 따라서 수사와 결합하는 특수조사 '-은/-는'의 경우 주제적 기능보다는 상대적으로 대조적 기능이 우세하게 나타났다.

둘째, 특수조사 '-은/-는'과 여러 부사와의 통사상 결합에 대해 살펴보았다. 이들 중에는 결합이 가능한 부류도 있고, 또 그렇지 못한 부류도 있었다. 그리고 일반적으로 결합이 불가능한 부류 가운데서도 몇몇 예외가 보이기도 하였다. 이렇게 특수조사 '-은/-는'과 결합에 있어 가능함을 드러내는 부사들의 공통적 자질을 시간 및 장소부사 그리고 일부 양태부사, 서법부사가 지니는 의미적 특성에서 뽑아본다면, 이들 모두가 體言的 자질을 가지고 있다. 즉 이러한 자질이 없음으로 인해서 한정적 성격을 지니는 특수조사 '-은/-는'과의 결합이 부자연스러운 것이다. 또한 상대되는 對應語와의 存在 有無에 따라서도 결합 가능성이 결정된다.

일반적으로 '-은/-는'과 부사의 결합이 가능하기 위한 대전제는 부사 자체의 의미자질에 체언적 자질이 부여될 수 있거나, 姉妹項目의 설정이 가능해야 한다. 그러나 시간 및 장소부사의 경우에 '-은/-는'이 결합하는 두 가지의 가능성, 즉 뒤에 결합하는 서술어 여하에 따라 결합가능성이 갈라진다. '-은/-는'이 보편적 특성을 가리키는 서술어와 결합할 경우에는 [표별] 의 의미에 따라 主題, 對照의 機能을 나타내지만, 특수적인 내용을 나타내는 서술어와 결합하면 對照의 의미만 나타낸다.

셋째, 특수조사 '-은/-는'의 결합은 격조사 가운데 오직 부사격조사만 가능하였다. 이러한 이유는 주격, 목적격, 보격, 관형격, 호격, 서술격 조사들은 특별한 의미적 기능을 보이지 않고, 이에 결합하는 성분들에 자리만을 부여할 뿐이다. 거기에 비해 부사격조사는 格資質보다는 意味限定이라는 기능이 존재하기 때문이다.

결국 부사격조사와 자연스러운 결합관계를 가질 수 있다는 점에서 '-은/-는'의 副詞的 性格을 주장할 수 있다. 그리고 여러 의미를 나타내는 부사격조사에 '-은/-는'이 결합하면 [표별] 의 의미를 띠는 對照的 의미기능을 나타내었다.

'-은/-는'과 특수조사의 결합에 있어서 '-만, -뿐, -부터₁, -까지₁'는 '姉妹項目'을 예상하고, 實際文과 含意文의 서술어가 서로 대립되어 결합이 가능하였다. 그리고 이와 제약을 보이는 특수조사들 가운데 '역시'의 의미범주에 포함되는 특수조사와 '-은/-는'이 결합에 제약을 보이는 이유가 '同一 敍述價値'에 있다면, '양보'의 의미를 나타내는 특수조사들은 '姉妹項目'의 조건에 위배되기 때문이었다.

넷째, 명사, 대명사, 수사와 '-은/-는'의 결합과는 달리 어미와 '-은/-는'의 결합에서는 일단 어미가 지니고 있는 限定性에 의한 제약이 두드러진다. 그리고 이 때 대부분 '-은/-는'은 대조적 기능을 나타내는 반면, 명사형어미와의 결합에서는 [표별] 의 의미를 띠지 않는 主題와 [표별] 을 띠는 對照的 기능으로 구분되어 나타난다.

연결어미 중 '-면'과 결합하는 '-은/-는'은 후행하는 서술어의 특성과 [표별] 의 의미에 따라 主題와 對照의 기능을 보인다. '-고'는 同一主語, 時間的 先後關係라는 조건에 따라 대조적 기능만을 나타내는 '-은/-는'과 결합이 가능하다.

제4장 특수조사 '-은/-는'의 意味的 特性 및 機能

'-은/-는'은 여러 가지 의미를 지니고 있다. 즉 '대조, 강조, 한정, 지적' 등은 '-은/-는'의 어휘적인 의미이고, '주제'는 談話論的 측면에서 다룬 의미이다. 이들이 주장하는 각각의 의미설은 나름대로의 타당성을 가지고 있다. 본 장에서는 對照와 主題를 '-은/-는'의 대등한 의미적 기능으로 보고, 특수조사 '-은/-는'의 의미적 특성에 대해 살피기로 한다

   특수조사 '-은/-는'의 의미분석에 있어 前提(presupposition)와 含意(entailment)의 개념을 이용하였다. 특수조사는 하나의 의존형태소이므로 그 의미분석에 있어서 그 결합어와 함께 문내에서 제공하는 의미의 의존관계를 간과할 수 없다. 이런 의미에서 특수조사 '-은/-는'에 의해 유도되는 전제와 함의의 분석이 의미있을 것이라 생각한다.

   前提란 화자가 어떤 발화를 제시할 경우, 그 발화에 덧붙여서 전달되는 의미정보의 하나로, 문장의 참과 거짓을 결정하기 위해서 문제의 정보가 참이 되어야 하는 조건이 보장되어야 한다. 즉 X가 Y를 전제하고 있다는 것은 X가 참일 때 Y도 참이어야 하고, X아닌 것이 참일 때도 Y는 참이어야 하는 論理的 拘束關係이다.

    1) 동생은 지난 주에 산 옷을 입었다.

  1)에서 전달하려는 내용은 '동생이 옷을 입었다'인데, 그 명제 속에 '동생이 지난주에 옷을 샀다'라는 부차적인 정보가 언급되어 있다. 만약 이러한 전제가 부정이 되면 1)의 문장은 적절하지 못한 문장이 되고 만다.

  따라서 전제란 부정에 의해 부정되지 않은 요소로, 논리적으로 당초부터 참으로 인정된 명제이다.

  한편, 전제가 부정에 대해 영향을 받지 않는데 비하여, 含意는 주명제가 부정될 때 그 의미가 소멸되는 관계에 있다. 즉 實際文이 거짓이라 하더라도 前提文은 참이 된다. 그러나 함의문일 경우 참일 수도 있고, 거짓일 수도 있게 된다. 이것이 전제와 뚜렷이 구별되는 점이다.

  전제와 함의의 개념을 통해 '-은/-는'의 의미적 특성을 [표별] 이라 할 수 있다. 그리고 [표별] 의 의미가 나타날 경우의 '-은/-는'은 對照的 기능을 보이고, 반면 [표별] 의 의미가 나타나지 않을 경우에는 主題的 기능을 나타낸다.

  이와 같이 전제와 함의를 통해 '-은/-는'의 의미면을 살필 본 장의 순서는 다음과 같다. 1에서는 특수조사 '-은/-는'의 의미에 대한 선행연구를 살핀다. 2에서는 '-은/-는'이 지니고 있는 기본적 의미를 파악하고, 3에서는 '-은/-는'의 對照的 機能에 대해 그리고 4에서는 主題的 機能에 대해 살필 것이다.

1. 문제제기

  특수조사 '-은/-는'의 의미론적 접근에 대해서는 전통문법 이래로 지금까지 많은 연구자들에 의해 다양한 논의들이 진행되어 왔다. 그러한 각각의 주장들은 그 나름대로의 타당한 意味 설정 이유를 갖고 있다. 이들 연구에 나타난 결과를 내용별로 분류해 보면, '主題', '對照', '差異·相異', '表別·分揀·分別', '比較', '限定·制限', '感歎', '强調', '指示·指摘·指定' 등이다.

본고에서는 '-은/-는'에 대한 이러한 의미적 결과에 대해 국어의 다른 품사가 지니는 실질적인 어휘적 의미라고 보지 않는다. 다만 문맥이나 상황에 따라 이들 중 어느 하나의 의미유형으로 나타나는 것으로 본다.

대부분의 연구들에서는 특수조사 '-은/-는'을 특정한 하나의 의미로만 파악하기보다는 2-3가지 이상의 의미가 복합되어 있는 것으로 보고 있다. 따라서 동일한 연구가 여러 의미의 주장에 겹쳐 제시됨을 먼저 밝혀 둔다. 또한 形態論的 측면이나 談話論的 측면에서의 연구라 하더라도 '-은/-는'의 의미를 지적한 것도 같이 다루기로 한다.

우리 국어문법학사에 변형생성문법이 도입·적용되면서 가장 활발히 연구된 분야는 바로 主題, 主題化 부분이었다. 그런 가운데 특수조사 '-은/-는'을 주제의 성분으로 보기 시작하였다.

李崇寧(1961), 朴舜咸(1970), 南基心(1972), 成光秀(1974), 申昌淳(1975b), 許雄(1975), 蔡琬(1976), Sohn(1980), 洪思滿(1980, 1983), 박승윤(1981, 1986), 李乙煥·李喆洙(1981), 柳龜相(1981), 김영선(1988), 李翊燮·任洪彬(1983), 白恩璟(1990), 李奎浩(1993) 등은 '-은/-는'의 의미를 주제와 대조 2가지로 다루고 있다. 李喆洙(1993)에서는 相異, 限定의 의미로도 파악하였다.

한편, Kim(1967), Oh(1971), 李廷玟(1973), Yang(1975), 蔡琬(1977) 등은 특수조사 '-은/-는'의 의미를 '話題-評言' 구조(topic-comment structure)에 의해 주제를 나타내거나 대조를 나타낸다고 하였다. 任洪彬(1972)에서도 앞의 연구들과 동일한 전제하에 이의 의미를 바라보고 있다. 다만 그가 제시하는 주제의 개념 속에는 '對立, 限定, 完了, 繼續, 條件, 反復'을 포함하고 있다는 점이 차이점이다. Yang(1973)에서는 특수조사 '-은/-는'75)이 갖는 主題와 對照의 의미 형성이 이들과 같은 특정한 표지에 의한 것이 아니라 어순이나 문장구조에 따라 표시되는 것이라고 하여 다른 이들과 대립되는 점이 주목된다.76)

특수조사 '-은/-는'을 對照의 의미로 보는 견해에는 최현배(1937), 洪起文(1947), 金敏洙(1971), 서정수(1971) 등이 있다. 그리고 주제적 의미로 파악하고 있는 대부분의 연구들도 여기에 속한다.

周時經(1910), 김두봉(1922), 박창해(1946), 장하일(1947), 김윤경(1948), 李乙煥 · 李喆洙(1981), 李喆洙(1993)등에서는 '-은/-는'을 '差異 · 相異'의 의미로 보고 있다. 전통문법적 견지에서 문법서의 古典이라고 할 수 있는 최현배(1937:862-867)에서는 '-은/-는'이 어떤 것이 다른 것하고 서로 다름을 보이는 도움토씨라 하였다. 또한 그는 다름을 보임이 본뜻이로되 어떤 경우에는 특별히 무

---

75) Yang(1973)에서는 자매항목과 전제, 그리고 단언, 함의의 개념을 적용하여 특수조사를 다루는 가운데 '-은/-는'의 의미를 다음과 같이 설명하였다.
  (1) Presupposition: a. The nun - attached element is known or registered
                      b. Sister members explicity or implicity exist
  (2) Assertion: The nun - attached element is only concerned in an act or event.
  (3) Implication: a. The registered or expected sister members do not have the same value as the nun - attached element has.
                  b. The unregistered or unexpected sister members are neutral
  Yang의 이러한 시도는 특수조사 '-은/-는'의 의미분석에 있어서 편의성과 타당성을 지닐 수 있다.

76) 李崇寧(1961), Kim(1967), 朴舜咸(1970), Oh(1971), Yang(1975), 蔡琬(1976), 洪思滿(1983), 金元變(1984) 등은 특수조사 '-은/-는'만이 주제를 나타내는 표지라고 하는 반면에, 金敏洙(1971), 南基心(1972), 李廷玟(1973), Yang(1973), 成光秀(1974, 1977)에서는 '-이/-가, -을/-를, -도 …' 등의 조사가 결합한 요소도 문두에 오면 주제가 된다고 보는 점에 차이를 나타낸다.

엇과 다름을 보이는 것이 아니고 다만 어떤 사물을 論述의 제목의
표시를 나타낸다고 하였다.

朴勝彬(1935:332)에서 "'-는'은 代名詞 「나」의 表別的 關係를
表示함"이라 하여 '-은/-는'의 의미를 表別로 파악하였다. 정인승
(1956), 洪思滿(1976) 등에서도 동일하다.

이석규(1987, 1996)에서는 특수조사 '-은/-는'의 의미인 '상이,
차이, 대조', '지정, 지적, 지시', '제한, 한정', '주제' 등을 문맥상의
의미로는 인정할 수 있으나, 기본의미로 인정할 수 없다고 보았다.
이러한 모든 의미들은 '구별'이란 의미가 문맥상 그렇게 나타나 보일
뿐이라 설명하였다.77) 李喆洙(1994)에서도 이를 의미면에서 表別
과 協隨로 구분하고 '-은/-는'을 '主題, 相異, 限定'의 표별성으로 해
석하였다.

이명권·이길록(1971), 任洪彬(1972), 蔡琬(1976), 成光秀(1977),
李乙煥·李喆洙(1981), 金宗澤(1982), 康允浩(1971), 柳龜相(1981)
에서는 '制限'의 의미로 보았다. 兪吉濬(1905), 이희승(1959) 등에
서는 '감탄'의 의미로, 이승욱(1969), 朴舜咸(1970), 蔡琬(1976),
김영선(1988), 이주행(1991, 1992) 등은 '강조'의 의미로 보았다.

특수조사 '-은/-는'의 의미를 '지시'로 보는 견해로는 이승욱(1969),
이주행(1991, 1992) 정도이고, 金敏洙(1971), 金元燮(1984) 등
은 '지적'의 의미로 보았다. 成光秀(1978)에서도 이의 의미를 '대조'
보다는 '지적'의 의미로 보고 있다. 朴相埈(1932), 沈宜麟(1936)78),
朴勝彬(1937), 朴鍾禹(1946), 김승곤(1996) 등에서는 '지정'이라
하였다.

---

77) 북한의 김일성종합대학출판에서 1976년에 펴낸 〈조선문화어문법규범〉에서
　　도 "도움토" 가운데 '-는/-ㄴ(은)'은 찍어주는 관계를 나타내는 것으로 다
　　른 것들과의 대비 관계를 나타낸다고 하였다. 여기서 말하는 찍어주는 관
　　계란 우리 국어에서 '지정'의 의미정도 될 것이다.
78) 沈宜麟(1949:99)에서는 '-은/-는'을 '比較하여 相異한 點이라든지, 特別히
　　指定하는 뜻을 보일 때에 쓰이는 吐이다'라 하여 의미의 다양성을 보이고
　　있다.

　Kim(1983)과 윤재원(1989)에서는 앞의 연구들과 방법론상의
차이를 보인다. 먼저 Kim(1983)은 '-은/-는'을 注目(attention)의
하위단위로 보았다. 주목은 화자에게 있어 심리적으로 가장 관심있
는 요소로서 문두에 위치하는 것이며 문두요소에 결합된 조사는 모
두 注目의 조사가 될 수 있다고 하였다. 윤재원(1988)의 "국어 보
조조사의 담화분석적 연구"라는 박사학위 논문에서는 특수조사 '-은
/-는'을 '-야, -라도'와 함께 자체적 단언의 영역으로 분류하고 있다.
여기서 단언의 영역이란 담화상의 범위(domain of discourse) 안
에 있는 원소 중, 문장의 단언내용에서 술어의 언명에 직접적으로
관련되고 있는 원소의 범위를 일컫는 말이다. 이 가운데 '자체적 단
언'이란 문장의 단언내용에서 술어의 언명이 해당 문장의 논항에만
직접적으로 관련되고, 담화상의 범위에 속해 있는 여타의 원소들에
는 직접적으로 관련되지 않는 단언유형을 일컫는 것이라 설명하였
다.

　이상 특수조사 '-은/-는'에 대한 지금까지의 의미론적 연구들을 정
리하면 다음과 같다.

　　1) 특수조사 '-은/-는'의 의미적 유형
　　　┌주제
　　　├대조 : 차이·상이, 표별·분간·분별, 비교
　　　├지적 : 지시·지정
　　　├한정 : 제한
　　　└강조 : 감탄

　먼저 하나의 범주로 주제유형을 설정할 수 있다. 그리고 '差異·相
異, 表別·分揀·分別, 比較, 對照'를 대조유형의 하위의미로 묶을
수 있고, '限定'과 '制限'은 한정유형으로 설정할 수 있다. 강조유형에
'感歎'과 '强調'를 포함시키고, '指示·指摘·指定'을 지적유형으로 분
류할 수 있다.

그러나 이러한 '-은/-는'의 다양한 의미들은 '表別, 分揀, 分別'이라는 기본적인 의미를 문맥상황에 따라 각기 다르게 부르고 있는 것일 뿐이다. 결국 '對照, 差異, 相異, 比較'나 '指摘, 指示, 指定, 限定, 制限' 그리고 '強調, 感歎'들은 '-은/-는'의 문맥의미에 지나지 않는다.

따라서 본고에서는 '-은/-는'의 의미적 유형을 다음과 같은 체계로 파악하고자 한다.

※ '-은/-는'의 의미 체계

· '表別 · 分揀 · 分別' ┬ 對照 : 差異 · 相異, 制限, 感歎, 指示 · 指定
　　　　　　　　　　　 └ 主題

이와 같이 '-은/-는'의 [표별] 의 의미가 문맥적 상황에 따라 對照的 機能과 主題的 機能을 드러내고 있는데, 본 장에서 자세히 밝힐 것이다.

2. '-은/-는'의 의미적 특성

'-은/-는'의 기본적인 의미특성을 밝히기 위해서는 먼저 격조사와 구별되는 특수조사 전반의 의미를 찾고, 그 다음 특수조사 상호간에 드러나는 차이에서 '-은/-는'만의 의미적 특성을 찾아야 한다.

특수조사들이 지니고 있는 의미적 공통점은 반드시 둘 이상의 자매항목 가운데 어느 하나를 선택하는 것이다. 이러한 점을 격조사가 사용된 문장과 비교해 보면, 이들의 의미특성이 분명히 드러난다. (이석규, 1996).

　1) 철수가 이야기책을 읽는다.

위의 예문은 명사구에 각각 주격조사와 목적격조사가 결합한 것으로 이들과 결합한 명사구에는 선택되어질 수 있는 다른 가능성, 즉 자매항목 전제의 예상이 불가능하다. 단지 철수라는 행위자에 대해 '이야기책을 읽는다'는 행위만을 서술하고 있을 뿐이다.

그러나 동일한 문장구조에 특수조사들이 사용되면 이와는 다른 설명이 필요하다.

2) ㄱ. 철수는 이야기책을 읽는다.
　　ㄴ. 철수만 이야기책을 읽는다.
　　ㄷ. 철수라도 이야기책을 읽는다.
　　ㄹ. 철수나마 이야기책을 읽는다.
　　ㅁ. 철수나 이야기책을 읽지.

3) ㄱ. 철수도 이야기책을 읽는다.
　　ㄴ. 철수까지 이야기책을 읽는다.
　　ㄷ. 철수조차 이야기책을 읽는다.
　　ㄹ. 철수마저 이야기책을 읽는다.

2)와 3)의 문장에서는 모두 특수조사 '-는, -만, -라도, -나마, -나, -도, -까지, -조차, -마저'가 선행어인 명사구에 결합되어 있다. 이들을 예문 1)과 비교해 보면, 다음과 같은 전제, 함의 문장의 구조를 나타낸다.

4) ㄱ. 다른 행위자(슬기, 영아, 태훈 등)가 있다.
　　ㄴ. 여러 행위자 가운데 철수가 선택되었다.

4ㄱ)은 '철수'라는 행위자 외에, '슬기, 영아, 태훈' 등의 다른 행위자가 더 있다는 前提文이고, 4ㄴ)은 그들 가운데 한 사람인 '철수'가 선택되었다는 含意文을 나타내고 있다. 이러한 전제와 함의의 내용은 특수조사가 사용된 모든 문장구조에 적용될 수 있다. 따라서 격

조사와 달리 특수조사에는 선택이라는 공통된 의미자질이 부여될 수 있다.

그러나 2)와 3)의 특수조사들의 의미에는 차이가 있다. 즉 2)의 '-는, -만, -라도, -나마' 조사들은 둘 이상의 자매항 가운데 다른 자매항이 선택에서 배제된 의미를 지니고, 3)의 '-도, -까지, -조차, -마저'들은 다른 자매항도 함께 선택된다는 점이다. 본 절에서는 '-은/-는'의 의미적 특성을 밝히는 것이 목적이므로, 예문 2)의 특수조사들 사이에서의 의미차이에 중점을 두고자 한다.

먼저 '-은/-는'과 의미적 차이를 드러내는 특수조사가 '-라도, -나마, -나'인 것은 쉽게 짐작이 간다. 앞서 살펴보았던 타 특수조사와의 결합에서 이들 조사와 '-은/-는'의 결합이 불가능했던 것은 다른 자매항을 충분히 예상할 수 있지만, 그것이 선택의 범위를 벗어나 있어 다른 것을 선택한다는 것이 불가능하였기 때문이다.

蔡琬(1977:30-39)에서도 '-나, -나마, -라도'는 다른 자매항목에 대한 선택이 배제됨에 따라 하나가 남는 소극적 선택을 의미한다고 하였다. 제 2장에서 예로 들었던 문장을 다시 들어보기로 하자.

　5) ㄱ. 철수가 빵이라도 먹는다.
　　　 ㄴ. 철수가 빵이나마 먹는다.
　　　 ㄷ. 철수가 빵이나 먹는다.

예문 5)에 대한 前提와 含意 문장을 다음과 같이 정리할 수 있다.

　6) ㄱ. 다른 것(밥, 떡 등)이 있다.
　　　 ㄴ. 다른 것(밥, 떡 등)은 선택할 수 없다.

그러면 '-은/-는'과 '-만'의 의미적 차이는 무엇일까? 바로 여기서 이의 특성을 설정할 수 있다. 문중에 나오는 '-은/-는'의 경우를 보기로 하자.

7) ㄱ. 철수가 밥은 먹는다.

   ㄴ. 철수가 야구는 좋아한다.

예문 7)에 사용된 '밥'과 '야구'의 자리에는 '밥이 아닌', '야구가 아닌' 다른 자매항목을 선택할 수 있다. 이러한 점에서는 '-만'도 동일하다. 이를 윤재원(1989:112-113)에서 제시한 해석모형으로 나타내면 다음과 같다.

8) ㄱ. '-만'의 해석모형

```
D = {밥, 떡, 빵, 라면 등}
P = {밥}                    ⇒ S.I. = {밥}
P ⊂ D
```

   ㄴ. '-은/-는'의 해석모형

```
D = {밥, 떡, 빵, 라면 등}
P = {밥}                    ⇒ S.I. = {밥}
P ⊂ D
```

S.I. : sister item

D : domain of discourse

P : {x/x는 철수가 먹는 대상}

그러나 8)과 같은 해석모형으로는 '-은/-는'과 '-만'의 의미 차이가 명확히 드러나지 않는다. 다만, 8ㄴ)에서는 선택된 항과 다른 자매항과의 구별79)에 초점을 맞추고 있다.

---

79) 洪思滿(1974a)에서는 '-은/-는'이 연접되는 경우, 다음과 같은 공식이 적용된다고 보았다.

〈文內 形式〉		〈文外 形式〉
bCW_x + 는(은) ⋯⋯ P	→	bCW_y + 는(은) ⋯⋯ P(noF)
또는		
bCW_x + 는(은) ⋯⋯ P(noF)	→	bCW_y + 는(은) ⋯⋯ P

이석규(1996)에서는 '-은/-는'과 '-만'을 단독 선택한 피접어 하나만을 유일하게 한정하느냐 그렇지 않느냐에 따라 이 둘의 의미가 양분된다고 하였다. 그리고 다음의 예문에서 이러한 성격이 더욱 분명해진다고 하였다.

    9) ㄱ. 키만 크면 합격한다.
       ㄴ.*키는 크면 합격한다.

   10)ㄱ. 얼굴만 잘 생기면 출세한다.
      ㄴ.*얼굴은 잘 생기면 출세한다.

예문 9)와 10)에서 합격의 조건과 출세의 조건은 '키'와 '얼굴' 하나이다. 즉 다른 조건이 있을 수 있는 가정 하에서, 오직 이것들만 기준이 된다는 의미이다. 그런데 '-만'이 쓰이는 자리에 '-은/-는'이 교체되면 비문이 생성된다는 점에서 '-은/-는'과 '-만'의 의미가 다르다는 것을 알 수 있다.

따라서 '-은/-는'은 다른 자매항을 모두 배제하는 것이 아니라, 다른 것으로부터 구별하여 그것만을 대상으로 삼는다는 의미적 특성을 가진다. 즉 [표별] 이 특수조사 '-은/-는'의 중심의미가 된다.

3. 대조적 기능

특수조사 '-은/-는'이 主題로서의 기능과 함께 對照的 기능을 가지

↑_____ 敍述語 表別_____↑

그는 어사 bCWx 조사 '-은/-는'이 연접된 문내형식은 타어사 bCWy와 서술어가 부정 또는 상반의 의미 내용을 가진 문외형식을 내면적으로 연상시킨다. 그러므로 표별의 기능이라 함은 서술어 P↔P(noF) 및 P(noF)↔P의 대립을 뜻하는 것이며, 그의 상관관계도 상호 상대·부정·반의의 상응이라고 하였다.

고 있다는 점에 대해서는 대부분 인정한다. 그리하여 지금까지 이들 '-은/-는'의 의미는 문맥상황이나 조건에 의하여 결정되는 竝存的 관계로 설명 하였다. 그러나 주제는 談話論的인 측면에서 다룬 '-은/-는'의 기능으로 본질적으로 차원을 달리하는 개념이다.

한편, Yang(1973:88)에서는 對照的 機能이 '-은/-는'에 의해서만 나타나는 것이 아니라고 주장하고, 다음의 예를 들고 있다.

   1) ㄱ. 슈잔은 아들을 낳았고, 매리는 딸을 낳았다.
      ㄴ. 슈잔도 아들을 낳았고, 매리도 딸을 낳았다.
      ㄷ. 슈잔만 아들을 낳았고, 매리는 딸을 낳았다.

그는 위의 예문들이 성립하는 것으로 보아, '-도, -만'도 대조의 기능을 보인다고 하였다. 그러나 이는 이들이 사용되는 문맥상황의 의미를 전혀 고려하지 않은 것이다. 즉 서로 대치되어 나타날 수 있다는 이유 하나만으로 이들을 동일한 의미적 기능의 부류 속에 포함시킬 수 없는 것은 다양한 격자리에 나타날 수 있다고 해서 '-은/-는'을 격조사로 처리할 수 없는 것과 동일한 이치이다.

특수조사가 의미를 내포하고 있음은 격조사와 다른 특징이라 할 것이다.[80] 이들은 항상 일정한 의미를 지니고 있기 때문에 어떠한 환경하에서도 그 의미는 변하지 않는다. 본 장에서는 '-은/-는'이 [표별] 의 의미를 띨 때 나타나는 문맥적 의미기능을 대조라는 것으로 묶을 수 있음을 살필 것이다.

1) 지적 · 지시 · 지정 , 한정 · 재한 : 대조

成光秀(1979:164)에서는 「는」이 나타나는 문장에 指摘의 의미

---

80) 특수조사의 직능에 대해서는 종래 의미한정의 의미직능 외에 구문직능이 인정되어 왔으나, 특수조사에는 그러한 구문직능은 없다. 따라서 그 조사 자체가 지니고 있는 의미에 대해서만 검토되어야 한다. 成光秀(1979:160-161) 참조.

가 야기되기도 한다고 하여, 다음의 예를 들었다.

　2) ㄱ. 그 여자의 얼굴은 예쁘다.
　　　ㄴ. 그 여자의 다른 부분(손)이 예쁘지 않다(나쁘다).

　문장 2ㄱ)의 함의는 '그 여자의 다른 부분(손)이 예쁜지 안 예쁜지는 모른다(알 바 아니다)' 뿐이지만, '얼굴'과 대조가 될 수 있는 다른 부분이 예쁘지 않을 가능성이 배제되지 않기 때문에, '-은/-는'을 '지적'으로 보았다. 그러나 이 경우에도 '얼굴'을 포함하는 자매항목들을 충분히 설정할 수 있고, 그 가운데 다른 자매항과의 대조를 드러낸다고도 볼 수 있다. 즉 '지적'과 '대조'의 의미는 서로 병존하는 의미관계라고 할 수 있다.

　한편, 대조적 기능을 지니는 '-은/-는'은 내면구조상에서 '指摘, 限定'과 같은 동사성의 의미를 가진다.81) 내면구조를 의미구조로 나타내는 방법은 단순한 의미를 지닌 추상화된 의미원소로 분해하는 것이다. 특히 특수조사의 경우, 문맥적인 의미가 게재되어 있기 때문에 여러 의미소로 분석하기보다는 오히려 단일한 어휘의 의미로 대치하고, 이를 보완할 수 있는 적절한 전제의 의미관계를 구조화하는 것이 더 분명한 의미해석을 기대할 수 있다.

　이와 같이 내면구조에 드러나는 특수조사 '-은/-는'의 대조적 성격이 '指摘, 限定'의 동사적 성격과 병존한다는 것은 당연하다. 왜냐하면 '-은/-는'을 '指摘, 限定'으로 보느냐 '對照'로 보느냐 함은 상호보완적인 관계에서 이미 '指摘, 限定'의 의미에는 서로 다른 指向을 가지는 자매항목의 존재를 인정할 수밖에 없기 때문이다.

　그리고 국어의 어미체계 가운데 종결어미와 전성어미중 관형사형

---

81) 이러한 시도는 생성의미론자들의 제안으로 어휘분해(lexical decompostion)에서 비롯되었다. 즉 규칙성을 발견할 수 없는, 표면 구조상에만 나타나는 어휘에 대한 해결 방안으로 추상적인 의미소로 분해하는 것을 뜻한다.

어미에는 특수조사 '-은/-는'의 결합이 불가능하고, 명사형어미 그리고 일부 연결어미와 '-아/-어, -게, -지, -고'의 보조적 연결어미와 '-은/-는'의 결합이 자연스럽다는 것을 앞서 살폈었다. 특히 이 가운데 보조적 연결어미와의 결합이 가능하다는 점은 '-은/-는'의 동사적 직능을 암시한다고 볼 수 있다.

  3) ㄱ. 우리에게 손을 흔들기는 한다.
   ㄴ. 매일 공부하기는 한다

  예문 3)의 문장들은 명사형어미 '-기' 아래에 '-은/-는'이 결합된 경우로, 선행어에 대한 자매항목을 전제하고 있다. 다음과 같다.

  4) ㄱ. 반가워하지는 않는다.(마지못해 한다 등)
   ㄴ. 억지로 한다.(열심히 하지는 않는다 등)

  4)의 예문은 3)에 대한 含意文으로 예상할 수 있는 문장이다. 이와 같이 여러 가지 선택 가능한 자매항 가운데 오직 '흔들기는 한다, 공부하기는 한다'를 선택해 다른 자매항과의 구별을 나타내고 있다. 다음의 문장 또한 그러하다.

  5) ㄱ. 철수가 과자를 집어는 먹었다.
   ㄴ. 철수가 동생을 놀게는 하였다.
   ㄷ. 철수가 어머니의 말씀을 곧이 듣지는 않는다.
   ㄹ. 철수가 집에 가고는 싶었다.

  이처럼 특수조사 '-은/-는'과의 결합이 가능한 보조적 연결어미에 대해서도 그와 구별되는 자매항목의 전제를 충분히 예상할 수 있다.
  다음의 예는 하나의 문장에 4개의 '-은/-는'이 나타나지만 이의 일정한 의미는 변하지 않고, 다만 선행어의 뜻만을 限定하고 있다.

6) 그 아이는 집에서는 밥은 잘 먹지는 않는다.

이 경우, 특수조사 '-은/-는'의 일정한 의미를 정확하게 표현할 수는 없지만, 표면구조상의 어휘에 대한 의미구조를 내면의 논리적인 구조로 나타내면 충분히 그 의미가 밝혀질 수 있다. 즉 앞장에서 보았던 특수조사 '-은/-는'의 여러 의미들은 문맥상황 아래에서 충분히 설명이 가능하다.

7) ㄱ. 철수는 학교에 가지 않는다.
   ㄴ. 철수가 학교에는 가지 않는다.
   ㄷ. 철수가 학교에 가지는 않는다.

7ㄱ-ㄷ)은 모두 특수조사 '-은/-는'이 결합된 문장이다. 즉 7ㄱ)은 '철수+는', 7ㄴ)은 '학교에+는', 7ㄷ)에는 '가지+는'으로 나타나 있다. 이들 문장이 含意하고 있는 내용은 다음과 같다.

8) ㄱ. 다른 사람은 학교에 가는지 가지 않는지 어떤지 모른다.
   ㄴ. 철수가 다른 곳에는 가는지 가지 않는지 어떤지 모른다.
   ㄷ. 철수가 학교에 있는지 어떤지에 대해 모른다.

예문 7)에 대한 含意文의 표현을 8)로 인정할 경우, 7ㄱ-ㄷ)의 문맥의 의미는 9)로 나타날 수 있다. 그리고 '-은/-는'의 의미구조를 내면구조로 나타낼 경우, 이들 의미를 특수조사 '-은/-는'의 문맥의미로 설정할 수 있다.

9) ㄱ. 다른 사람이 있는 가운데 철수라는 사람을 지적, 한정해서 말한 경우, "철수는 학교에 가지 않는다"라는 의미
   ㄴ. 학교만을 지적해서 또는 다른 곳에는 자주 가는 것과 한정해서 말한 경우, "철수가 학교에만은 가지 않는다"는 의미
   ㄷ. 철수가 학교에 있는지는 몰라도 간다는 행위를 지적, 한정해

서 '가는 행위만을 하지 않는다'는 의미

결국 [표별]을 기본의미로 하는 특수조사 '-은/-는'은 선행어를 다른 자매항목들과 구별짓고자 '指摘, 限定, 對照' 등과 같은 문맥적 의미를 가진다고 할 수 있다. 그리고 이들 문맥적 의미를 포함하는 개념으로 '對照'를 설정할 수 있다.

2) 차이·상이, 비교 : 대조

전제체계에 의한 논의 중 염선모(1978:19-24)에서는 특수조사 '-은/-는'이 자매항을 가지지 않고, 自體性이라는 의미를 가진다 하여 다음과 같은 예를 들고 있다.

> 10) ㄱ. 言語는 文의 集合이다.
> ㄴ. 人間은 社會 動物이다.
> ㄷ. 지구는 태양을 돈다.
> ㄹ. 철수는 이 세상에 하나밖에 없다.
> ㅁ. 나는 아침을 먹지 않았다.

예문 10)의 경우, '-은/-는'은 모두 문두의 체언, 즉 10ㄱ-ㄴ)은 總稱名詞, 10ㄷ)은 有情名詞, 10ㄹ)과 10ㅁ)은 각각 고유명사 및 대명사와 결합하고 있다.

지금까지 대부분의 연구들은 이들 명사와 특수조사 '-은/-는'이 결합할 경우 자매항목의 존재를 인정치 않았다. 따라서 대조의 대상이 없는 주제화 문장으로 처리하였다.

그러나 이들 문장들에도 또 다른 문장차원의 상응하는 자매항목을 설정할 수 있다고 본다. 즉 '언어를 제외한 나머지 것은 문의 집합이 아닌데', '인간을 제외한 나머지 것은 사회적 동물이 아닌데'와 같은 전제가 주어질 수 있다.

이러한 설명은 결국 '-은/-는'의 주제와 대조적 기능이라는 것이 '-

은/-는'의 [표별] 이라는 의미에 따른다는 것이고, 다른 자매항과의 差異・相異를 드러내는 것이다. 즉 다른 것과의 차이를 밝힌다는 것은 그들과의 區別을 의미하는 것이다.

이와 같이 구별의 의미를 지니는 差異・相異의 문맥의미를 '대조'라 고도 할 수 있다.

37 강조・감탄 : 대조

Yang(1975)에서는 특수조사 '-은/-는'이 'contrastive particle'인데 문장 앞에서는 대조성을 상실하고, 'topic particle'로 쓰인다고 하였다. 그리고 '-은/-는'이 對照性을 나타낼 때에는 'focus'를 수반한다고 하였다.

다음은 특수조사 '-은/-는'의 의미를 강조로 볼 수 있는 예를 살펴보기로 하자.

11) ㄱ. 시골에 버스는 다닌다.
　　ㄴ. 수술환자에게 물은 주어도 좋다.
　　ㄷ. 말이 빨리는 달린다.

예문 11ㄱ-ㄷ)에서 화자가 '버스, 음식물, 빨리'를 제외한 다른 자매항목과 상관 없이 오직 '버스, 음식물, 빨리'만을 사실적으로 표현하고자 했다면, 이 때 '-은/-는'의 의미는 분명 '强調'를 나타낸다. 그러나 위의 표현은 다음과 같은 의미를 드러내기도 한다. 예문 12)를 보기로 하자.

12) ㄱ. 시골에 버스 이외에 다른 운송 수단이 없다.
　　ㄴ. 수술환자에게 물 이외에 어떤 것도 주어서는 안 된다.
　　ㄷ. 말이 빨리는 달리지만 다른 어떤 것은 잘 못한다.

이 경우에도 '-은/-는'의 含意를 12ㄱ-ㄷ)으로 본다면, 다른 어떠한 것들(姉妹項目)과는 별도로 오직 '버스, 물, 빨리'만을 강조한다고 할 것이다.

그러나 '强調'의 정도는 언제나 균등한 것이 아니다. 강조의 경우는 서술어와 선행요소의 의미라는 문법적인 요소에 영향을 받기도 하지만, 때에 따라서는 문맥적인 인간의 심리나 감정의 여하에 따라서도 그 정도가 달라진다. 다음 특수조사 '-도'가 지니는 강조의 의미를 보기로 하자.

13) ㄱ. 철수가 인기도 많다.
   ㄴ. 철수가 인기는 많다.

예문 13)에는 특수조사 '-도'가 결합한 명사구에 강조의 의미를 부여할 수 있다. 그러나 이러한 强調의 의미는 '-도'에만 국한되는 것이 아니라, 13ㄴ)의 '-은/-는'에서도 찾아볼 수 있다.

따라서 모든 특수조사가 지니는 '强調'의 의미를 개별적인 특수조사의 의미 기능으로 설정하기는 무리가 따른다. 다만 특수조사 전체의 공통된 의미라고는 볼 수 있을 것 같다. 또한 强調를 특수조사의 의미적 기능으로 인정할 경우에도 13ㄴ)에서는 철수가 다른 점과는 달리 인기 측면에서 두각을 나타낸다는 對照的 機能을 띠고 있다.

한편, 체언에 결합하는 '-은/-는'과 함께 일부 부사에 결합하는 '-은/-고'에도 强調的 機能이 나타나는데, 이 경우에는 자매항목을 설정하기가 어렵다.

14) ㄱ. 그 사실에 대해서 어렴풋이 안다.
   ㄴ. 그 사실에 대해서 어렴풋이는 안다.

14ㄱ)은 實際文 그 자체가 비중을 가지게 되나, 14ㄴ)은 '-은/-는'의 연결에 의해 含意文, 즉 '확실히는 모른다'는 것이 명확히 드러난다. 그리고 이 含意文에는 화자가 실제문과 동등하거나 또는 그것

이상의 비중을 두고 있다는 점이 두드러진다. 따라서 이러한 '-은/-는'의 强調的의미도 含意文과의 비교를 통해 볼 때 對照의 의미에 포괄할 수 있다.

이상과 같이, '-은/-는'만이 姉妹項目의 존재를 전제하고, 그 가운데 특정한 어느 대상을 '區別', 또는 '表別'하고자 하는 것을 기본으로 하고 있다. 왜냐하면 對照의 의미는 자매항목의 有無와 직접적인 관련을 맺고 있기 때문이다. 그렇다면 '差異·相異, 比較, 限定·制限, 感歎, 强調, 指示·指摘·指定'과 같은 문맥적 의미들은 모두 선택가능한 다른 項目과 구별되는 對照的 의미 기능으로 통합할 수 있다. 이와 같이 특수조사 '-은/-는'의 다양한 의미를 되도록 統合·縮小해 나가는 것이 국어 문법의 기술에도 도움이 되리라 생각한다.

4. 주제적 기능

앞에서 '-은/-는'이 다른 자매항 가운데 나머지 항목과의 區別 또는 表別이라는 의미적 특성을 나타낼 때, 그 선행요소의 의미적 기능은 對照性을 띤다고 하였다. 그러나 '-은/-는'이 항상 [표별] 을 드러내는 것은 아니다. 즉 다른 자매항의 전제 없이 단지 어떤 것에 대한 설명을 하는데 사용되기도 한다. 담화적 측면의 주제화에 대해서는 제2장에서 자세히 다루었다. 따라서 본 절에서는 '-은/-는'의 주제적 기능에 초점을 둔다.

인간은 의사소통의 수단으로 언어를 사용한다. 언어를 의사전달의 수단이나 도구라는 관점에서 본다면, 화자가 청자에게 전달하고자 하는 정보단위는 문장이다.82) 화자와 청자간의 명확한 의사소통은

---

82) Hermann Paul은 문장이란, 말을 할 때 정신 영역에서 서로 연결되는 여러 생각을 상징적으로 나타내주는 것이며, 또한 청자로 하여금 화자가 엮어내는 생각들의 고리를 재생시켜 주는 수단이라고 하였다. 지광신 (1900:41) 재인용.
결국 언어란 인간의 사고와 밀접한 관련을 맺고 있다. 보통 화자는 청자와

그들 사이의 정보전달이 효율적으로 이루어졌을 때 가능하고, 그러한 정보의 흐름은 독립된 하나의 문장이나 發話에서보다는 연속된 문장 또는 談話를 전제할 때에만 확연할 것이다. 국어에서도 화자와 청자가 서로 알고 있는 내용은 문두에 위치하고, 문두의 명사구에 결합하는 대표적인 표지인 특수조사 '-은/-는'이 있다. 과연 이러한 주장이 타당한 지에 대해 살펴보기로 하자. 그리하여 우리 국어는 주어중심의 교정보다 주제중심의 문장구조에 가깝다는 주장이 있어왔다. 그렇다면 국어가 주제가 우세한 언어라는 주장에 대해 몇 가지 살펴보기로 하자.

미국 학계를 중심으로 하는 이론들 가운데 Li & Thompson(1976)에서는 주어와의 차이를 중심으로 주제를 설명하고 있다. 그는 언어의 기본구조를 '主語-敍述語' 구조로 파악하는 전통적 言語類型論(language typology)으로는 설명이 불가능했던 일부 언어들에 대해 '主題-解釋' 구조의 설정을 제시하였다. 그리고 모든 언어의 기본적인 문장구조를 아래의 네 가지 유형83)으로 분류하고 있다.

첫째, Tp에서는 주제가 표면구조상의 표지를 드러내지만, Sp에서는 반드시 그렇지 않다. 국어에는 주제를 나타내는 표지로 '-은/-는'이 존재하고, 주어를 나타내는 격조사 '-이/-가'도 존재한다. 앞에서

서로 인식을 공유하고, 중요하지 않은 것, 즉 정보전달 가치가 떨어지는 것을 화제로 삼는다.

83)

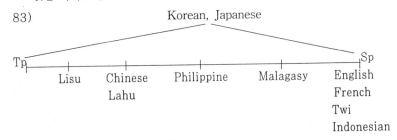

※ Tp : Topic prominent language
※ Sp : Subject prominent language

문두의 위치와 함께 주제의 성분은 '-은/-는'의 형태적 표지를 수반하고 있음을 보았다.

둘째, Tp에서는 가주어(dummy subject)의 필요성이 없지만, Sp에서는 의미론적 기능을 하든 그렇지 않든 주어가 필요하다. 국어는 오히려 주어의 생략현상이 흔하다. 즉 국어에서는 주어가 반드시 표면화되지 않으며, 화자와 청자의 상호 이해가 가능한 경우에 얼마든지 주어가 생략될 수 있다. 따라서 국어에는 문법적 형식을 갖추기 위한 주어는 필요하지 않고, 다음과 같이 주어 없는 문장이 빈번하다.84)

> 1) ㄱ. 어디에 가십니까?
> ㄱ'. 동회에 갑니다.
> ㄴ. 세상이 이러니 참 큰일이다.

셋째, Sp에서는 이중주어의 문장구조가 현저함에 비해, Tp에서는 드물거나 거의 없다. 그는 이중주어 문장을 주제와 주어가 동시에 나타난 문장으로 보고, 주어가 현저한 언어에서는 생성될 수 없는 문장구조라고 하였다.

넷째, Sp에서는 동사가 문장 뒤에 오는 경향이 있는 반면(SOV), Tp에서는 동사가 문장 뒤에 오지 못한다(SVO). 국어의 문장구조가 전형적인 SOV 언어라는 것은 더 언급할 필요가 없다. 그래서 서술어가 文尾에 오는 제약만 제대로 지켜진다면 어순의 이동은 비교적 자유롭다.

---

84) 국어의 문장에 주어가 표면화되지 않고, 서술어 중심으로 문장이 이루어지는 일이 많기 때문에 국어의 무주어설을 주장(이승욱 1969, 1982, 김종택 1982 등)하기도 한다. 국어의 주어는 서구어에서처럼 서술어의 문법적인 형태, 곧 시제나 수범주 형태를 제어하는 기능을 드러내지 않기 때문에 문법적 기능은 그만큼 약하다. 따라서 이러한 주장은 주제개념과 관련하여 국어의 특성을 반영하는 면도 있다. 그러나 일부 특수한 환경에서 주어가 생략되는 현상만을 근거로 무주어설을 내세우기에는 많은 무리가 따른다.

2) ㄱ. 철수가 책을 읽었다.
  ㄱ'. 책을 철수가 읽었다.
  ㄱ''.*읽었다 철수가 책을.

3) ㄱ. 그는 집에 갔니?
  ㄱ'. 집에 그는 갔니?
  ㄱ''.*갔니 그는 집에?

2ㄱ'-ㄱ'')과 3ㄱ'-ㄱ'')의 예문은 각각 정상어순인 2ㄱ)과 3ㄱ) 의 도치문이다. 예문 2)와 3)의 ㄱ)이 문법적임에 반해, ㄱ'')이 비 문법적임을 드러내는 것은 결국 국어의 어순이 주제가 현저한 언어 들이 지니고 있는 SOV 구조임을 나타내는 것이다. 이는 주제가 현 저한 언어들이 지니고 있는 특성과 일치한다.

다섯째, Sp에서는 수동태가 잘 나타나지 않음에 비해, Sp에서는 수 동태의 구조가 잘 나타난다. 국어는 본시 수동문이 발달되어 있 지 않다. 영어와 같은 印歐語들에서는 모든 타동사가 수동화될 수 있지만 국어는 아주 제한된 부류의 동사들만 수동태 문장을 이룰 수 있다. 무엇보다도 국어 수동태 문장구성의 수를 줄이고 있는 요인은 '하다'와 '-하다'계 동사들이 수동화될 수 없기 때문이다. 또한 '주다, 받다, 드리다, 바치다'와 같은 수여동사 및 '얻다, 읽다, 찾다, 돕다, 입다' 등의 受惠動詞가 수동태 문장구성을 이루지 못하는 때문이기 도 하다.

그리고 수동과 능동이 거의 같은 의미를 표현할 수 있는 印歐語的 인 중립수동과 달리 국어의 수동태에는 非行動性, 脫行動性 혹은 상 황의존성이 두드러진다. 국어의 이러한 특징은 다음의 예에서 확인 할 수 있다.

4) ㄱ. 철수는 옷이 못에 걸렸다.
  ㄴ. 요즈음은 돈이 잘 안 걷힌다.
  ㄷ. 박씨는 손에 못이 박혔다.

4ㄱ)에 대응하는 능동태 문장은 "철수가 못에 옷을 걸었다." 정도 이다. 이 경우, 수동문과 능동문의 양 표현의 의미가 상당히 다르다 는 것을 쉽게 알 수 있다. 즉 수동문의 의미는 '철수'가 조심성이 없 어 옷이 못에 걸리게 되었다는 것으로 '철수'의 의도에 의한 것이 아 니라 상황에 의해 문제가 결정되었다. 반면, 능동문의 경우는 화자 의 의도가 분명히 드러남을 알 수 있다. 그리고 4ㄴ)과 4ㄷ)의 예문 은 상황의존성의 정도가 보다 커 이에 대응하는 능동문을 설정하기 조차 어렵다.

여섯째, Tp에서는 동일 NP 탈락규칙이 주제에 의해서 설명됨에 비해, Sp에서는 주어가 NP 탈락을 설명한다.

    5) ㄱ. 그 여자는 손이 커서 [ ] 싫다.
       ㄴ. 여름은 날씨가 더워서 [ ] 싫다.
       ㄷ. 이 소설책은 재미가 있어서 [ ] 잘 팔린다.

예문 5)에서 [ ] 속의 생략된 명사구의 표현에 대한 해석에는 두 가지의 가능성이 있다. 즉 첫 번째 명사구인 '그 여자, 여름, 이 소 설책'일 수도 있고, 두 번째 명사구인 '손, 날씨, 재미'가 될 수 있다 는 것이다. 그러나 탈락된 요소와 동일물 지시관계에 있는 것이 첫 번째 명사구들이고, 이들은 모두 주제성분이다.

일곱째, Tp에서는 어떠한 문장성분도 주제가 될 수 있지만, Sp에 서는 그러한 성분에 제한이 있다. 국어는 비록 의미면에서 제약이 존재 하지만 모든 명사적 요소를 주제화시킬 수 있다.

    6) ㄱ. 영희가 눈이 예쁘다.
       ㄱ'. 영희는 눈이 예쁘다.
       ㄱ''. 눈은 영희가 예쁘다.

예문 6)의 문장은 각각 주어와 목적어인 명사구 '영희', '눈'에 특수조사 '-은/-는'이 결합된 주제화 문장이다.

지금까지 Li & Thompson(1976)이 주장한 주제와 주어에 관한 몇 가지 가설을 우리의 언어현실에 적용해 보았다. 그 결과 국어는 주제가 현저한 언어들이 지니고 있는 다양한 성질을 공통점으로 지니고 있음을 확인할 수 있었다.

이상과 같이 특수조사 '-은/-는'의 의미적 기능 가운데 빼놓을 수 없는 것이 바로 主題的 機能이다. 주제(topic)라는 개념이 근래에 도입되면서부터 국어문법에서도 상당한 관심거리가 되어 왔다. 그것은 국어문장이 주제성이 강하다는 특성과 함께, 특히 국어의 독특한 구조인 이중주어 문장을 설명하는데 이 주제개념이 유용한 것으로 생각되어졌다. 그리하여 국어의 문장에 나타나는 이중주어 문장을 아래와 같은 구조, 즉 '주제+주어+서술어'로 분석하기도 하였다(金鎭浩, 1996:61).

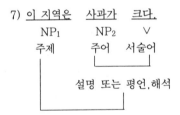

7) 이 지역은 사과가 크다.
    NP₁   NP₂   V
    주제   주어 서술어
          설명 또는 평언.해석

일반적으로 국어에서는 주제를 표시하는 조사로 '-은/-는'을 들 수 있다.논자에 따라서는 주격조사 '-이/-가'나 목적격조사 '-을/-를'[85], 다른 특수조사도 주제표지의 형태가 될 수 있음을 지적하였다.

그러나 본고에서는 이러한 입장을 따르지 않는다. 이렇게 '-은/-는' 뿐만 아니라 다른 격조사나 특수조사까지 주제표지의 역할을 한다고 국어의 주제를 확대했을 경우, 주제 설정의 의의가 사라질 수

---

85) '-을/-를' 주제화의 대표적인 연구로 任洪彬(1972), 柳東碩(1987) 그리고 李珖鎬(1988) 등을 들 수 있다.

있기 때문이다.

따라서 문두의 특수조사 '-은/-는'만을 주제표지로 보고자 한다.86) 談話上의 주제표지 '-은/-는'은 특별히 다른 姉妹項目의 전제 없이, 즉 '표별성'이 드러나지 않을 경우에 나타나기 때문이다.

任洪彬(1972:137)에서는 국어의 주제 문제와 관련하여 '-이'와 '-는'의 의미 기능에 관해 논의하면서 전자를 '排他的 對立'으로, 후자를 '對照的 對立'의 의미를 지니는 것으로 보았다. 그리고 모두가 주제화의 기능을 지닌다고 하였다.

柳亨善(1995:42-44)에서는 주격중출문의 기존 논의에서 주제와 대조(강조)를 구분하지 않았기 때문에 주제 논의에 많은 혼선이 빚어졌다고 보고, 문장에서의 의미 차이를 근거로 이들을 구분하고 있다.

　　8) ㄱ. 밥은 철수가 먹었다.
　　　　ㄴ. 철수가 밥은 먹었다.

8ㄱ)은 누군가가 분명히 밥을 먹었는데 다른 사람이 먹은 것이 아니라 바로 철수가 먹었다는 의미가 전제되어 있고, 8ㄴ)은 철수가 밥을 먹기는 먹었는데 조금 먹었다거나 또는 밥을 먹은 후에 물은 마시지 않았다는 의미가 전제되어 있다고 하였다. 그리고 이들의 문장의미를 다음과 같이 표현하였다.

　　9) ㄱ. 밥은 철수가 먹었어 그런데 우리는 아직 먹지 못했어.
　　　　ㄴ. 철수가 밥은 먹었어 그런데 물은 마시지 못했어.

---

86) 임규홍(1993:24-25)에서는 국어의 주제를 나타내는 표지로 '-은/-는' 이 외에 '(이)란'을 설정하고 있다. 이는 '-(이)라고 하는 것(뜻, 말, 의미)은' 이 줄어서 굳어진 형태이다. 이것은 '-을 말하다(뜻하다, 의미하다), -(라)는 뜻(의미, 말, 것)이다'와 같은 풀이말과 호응이 되면서 주로 주제 말의 '뜻넓이'(definition)를 표현할 때 쓰인다고 하였다.

이와 같이 예문 8)의 두 문장이 나타내는 의미 차이를 통해 8ㄱ)
은 문장단위를 비교 또는 강조의 대상으로 삼고 있지만, 8ㄴ)은 술
부만을 비교 또는 강조의 대상으로 삼고 있다.

이러한 설명은 결국 주제를 나타내는 성분은 다른 자매항과의 연
관을 가지지 않는 반면, 대조의 성분에는 그와 구별되는 자매항을
가진다는 본고와 일치하는 점이라 할 수 있다. 즉 8ㄱ)의 '밥'은 그
와 구별되는 것이 없고, 8ㄴ)의 '밥'에는 '물'을 포함하는 다른 것과
의 구별이 전제되어 있다는 것을 9)의 두 예를 통해 알 수 있다.

일반적으로 주제는 情報的(information), 統辭的(syntactic), 形
態的(morphological)의 3가지 측면에서 정의되어 왔는데,[87] 이러
한 주장은 주제를 다분히 형태적인 측면에서 바라보고 있는 것이다.

    10) ㄱ. 그 사람은 마음이 곱다.
         ㄴ. 코끼리는 코가 길다.

---

[87] 첫째, 문장의 통사구조를 전혀 고려하지 않고, 주제를 '언급된 요소'(given
or old information)로만 정의하는 것이 정보적 측면의 정의이다.
    1) ㄱ. 철수는 어디에 있니?
       ㄴ. 철수는 집에 있어요.
    2) ㄱ. 그 사람의 고향은 어디니?
       ㄴ. 그 사람의 고향은 서울이다.
정보적 측면에서 예문 1)과 2)의 '철수, 그 사람의 고향'은 앞 문장에서
언급된 요소들로서 주제의 성분으로 인식된다.
둘째, 통사적 측면에서의 정의이다. 정보적 측면에서처럼 문장의 담화구조
에 입각하여 정의했다기보다는 문장의 첫 번째 구성요소로만 처리하는 경
우이다.
    3) ㄱ. 철수는 책을 읽었다.
       ㄴ. 나는 학교에 간다.
       ㄷ. 그 꽃은 매우 아름답다.
 첫 번째로 문장에 등장하는 '철수, 나, 그 꽃'이 바로 주제로 인식되고
있다. 이 경우 전통적인 인구어적 문장구조 '주어-서술어'의 관계에 대한
재정립을 필요로 한다.
다음으로 형태적 측면에서는 주제를 어떤 특정한 형태적 요소에 의해서
실현되는 것으로 정의한다. 그리하여 국어에서는 주제 표지의 기능을 갖
는 일정한 형태소로 '-은/-는'을 인식하고 있다.

국어 사용자들은 예문 10ㄱ-ㄴ)에서처럼 특수조사 '-은/-는'을 주제와 곧바로 관련시켜 왔다. 그리하여 문두의 명사구에 '-은/-는'이 결합된 성분, '그 사람은, 코끼리는'을 주제 성분으로 보았다.

한편 '-은/-는'의 의미와 관련해 '대하여성(aboutness)'이라는 성질이 그대로 주제의 의미가 될 수는 없지만, '-은/-는'과 관련된 한 특성을 잘 반영해주고 있음은 틀림없다.

성기철(1985:83)은 주제의 의미개념 규정에 있어 그 기본적인 의미특성인 '대하여성'은 모든 언어를 초월해서 나타난다고 보고, 국어에서도 주제의 제일의적인 특성으로 보는 데에 '대하여성'을 들고 있다. 다음을 보기로 하자.

11) ㄱ. 고래는 포유동물이다.
ㄴ. 사람은 이성적 동물이다.

예문 11)에는 '고래'와 '사람'에 특수조사 '-은/-는'이 결합되었다. 이들은 아래에서와 같이 주제의 의미적 기능을 나타내고 있다.

12) ㄱ. 고래로 말하면, 그것은 포유동물이다.
ㄴ. 사람으로 말하면, 그것은 이성적 동물이다.

이것이 바로 주제의 의미적 기능을 보이는 '-은/-는'의 제 1차적이고, 기본적인 의미라고 할 수 있다. 즉 문두의 'NP-은/-는'을 'NP에 대하여 말하면'으로 해석하는 경우[88]이다. 그리고 이 경우 '고래, 사람'을 제외한 다른 자매항을 예상하여 그것들과 구별한다는 의미는 전혀 없다.

이와 같이 국어에서 어떤 요소가 주제라는 것을 가장 잘 나타내어 주는 의미적 특징은 '-에 대하여 말하면'이다. 그런데 이 '-에 대하여

---

88) 결국 주제의 이러한 성질은 전통문법에서부터 다루어진 '어떤 말이 한 문장의 제목'(최현배, 1937)으로 되는 현상과 연관될 수 있다.

말하면'이라는 주제의 의미는 不定의 특수개체와 같이 쓰일 수 없다. 왜냐하면 주제와 不定의 특수개체는 의미론적으로 양립할 수 없기 때문이다. 즉 무엇에 대하여 이야기하면서 그 무엇을 모른다는 것은 모순이다.

특수조사 '-은/-는'의 主題的 機能과 관련하여 '대하여성'이라는 기준에 못지 않게 중요한 요소는 어순과 관련된 문제이다. 문장의 모든 성분이 주제화되어 표현될 때에는 'NP+-은/-는' 성분이 문두에 나타난다는 점이다.[89] 이러한 문두성을 주제 결정의 중요한 요인으로 보는 것은 Yang(1973:87-88)에서이다. 그러나 그는 격조사나 한정사의 구별 없이 '-은/-는'이 결합하는 어떠한 요소라도 문장의 첫머리에 올 수 있다면 주제화가 된다고 보았는데, 이러한 점이 본고와의 차이를 나타내는 점이다.

  13) ㄱ. 순이는 왔다.
    ㄴ. 철수는 내가 보았다.
    ㄷ. 서울에는 사람이 많다.
    ㄹ. 그에게는 걱정이 있다.
    ㅁ. 나무로는 책상을 만든다.

예문 13)은 모두 주격, 목적격, 처소격, 여격, 도구격의 주제화를 나타내고 있다. 이들과 같이 특수조사 '-은/-는'은 모든 격자질의 명사 뒤에 결합하여 주제로 기능한다. 물론 그렇다고 하여 주어나 목적어 등과 같은 통사적 기능이 '-은/-는'에 의해 대용된다는 뜻은 아니다. 주제란 대체로 말의 시발점이 되기 때문에 자연히 문두에 오기 마련이다. 따라서 국어에서 주제성분은 문두에 위치하는 'NP+-은/-는'으로 볼 수밖에 없다. 다음 예를 보자.

---

89) 사실 주제의 문두성이라는 성격은 '대하여성'에서 파생된 것으로 볼 수 있다. 왜냐하면 문장에서 주제로 다루어지는 요소가 맨 처음에 등장하는 것이 당연하기 때문이다.

14) 서울은 교통이 혼잡하다.

예문 14)의 문장에서 주제성분을 결정한다고 할 때, 'NP은'인 '서울은'이 일차적으로 주제의 대상이 될 것이다. 왜냐하면 위의 문장은 '서울에 대해서 말하자면'이라는 주제의 부분에 대해 '교통이 혼잡하다'라는 내용을 설명하고 있는 문장구조이기 때문이다. 물론 두 번째 명사구인 '교통'이 주제의 역할을 담당할 수도 있다. 즉 '교통으로 말하자면' 그 어떤 도시보다도 '서울이 혼잡하다'라는 설명이 가능하기 때문이다. 그러나 두 번째 명사구인 '교통이'를 주제로 볼 수 있다고 하더라도, 문장 어순에 있어서 문두에 위치하는 '서울은'에 비하면 제 2차적인 성격을 갖는다.

15) 교통은 서울이 복잡하다.

14)의 문장구조에서 성분요소 '교통'이 주제의 성분임을 확실히 드러내기 위해서는 예문 15)와 같은 표현이 더 효과적일 것이다.

16) 교통이 서울이 혼잡하다.

또한 이것이 NP에 '-이/-가'가 결합한 예문 16)의 문장구조보다도 주제의 의미를 드러내는 데 더욱 효과적임을 알 수 있다. 즉 문두의 'NP+-은/-는'만을 주제라고 본다면, 주제의 의미적 측면 즉, '대하여성'에 대한 설명도 타당성을 이끌어 낼 수 있다. 그러나 주제의 문두성은 문장구조의 표면적인 현상만을 의미하는 것은 아니다. 그리고 예문 16)에서도 다른 것과의 구별의 의미가 없이 단지 교통 면에서 볼 때 '서울이라는 도시가 혼잡하다'는 것을 나타낸다. 따라서 이 경우 '-은/-는'에서 對照的 機能을 발견할 수 없다.

이와 같이 [표별]의 의미적 특성을 드러내지 않는 '-은/-는'은 주제로서 기능을 하고 있음을 알 수 있다. 특히 주제의 의미특성 가운데 '대하여성'은 다른 대상과의 區別 또는 分別을 부각시키지 않는한, '-은/-는'이 對照的 機能을 띤다고 볼 수 없다. 이 경우, '-은/-는'은 [표별] 의 의미를 띠지 않는 主題的 機能으로 나타난다.

5. 요약

본 장에서는 前提와 含意 분석을 통해 특수조사 '-은/-는'의 意味的 特性과 機能에 대해 고찰하였다.

첫째, 지금까지 '-은/-는'의 의미적 특성을 '主題', '對照', '差異·相異', '表別·分揀·分別', '比較', '限定·制限', '感歎', '強調', '指示·指摘·指定' 등과 같이 매우 다양하게 다루어 왔다.

그러나 격조사와 비교해 이들 특수조사가 지니는 의미적 공통성은 姉妹項目 가운데 어느 하나를 선택하는 것이다. 한편, 다른 姉妹項을 배제하고 오직 하나만을 선택하느냐 아니면 다른 자매항과 함께 선택하느냐에 따라 특수조사를 '-는, -만, -라도, -나마, -나'와 '-도, -까지, -조차, -마저'로 구분할 수 있었다. 이 가운데 '-은/-는'은 다른 姉妹項에 대한 선택의 여지가 없는 '-라도, -나마, -나'와 그리고 선택되어진 하나만을 限定하는 '-만'과도 다르다. 결국 '-은/-는'의 기본적 의미자질은 선택되어진 자매항을 다른 자매항과 구별짓기 위한 [표별] 을 바탕으로 하고 있다.

둘째, '-은/-는'의 의미적 특성을 [표별] 로 볼 때, 문맥상황에서 이의 기능은 먼저 對照性을 띠었다. 즉 선택될 수 있는 여러 姉妹項 가운데 어느 한 대상을 구별짓기 위해 선택했다는 것 자체에 벌써 '-은/-는'의 對照的 機能이 내포되어 있다. 그리고 '差異·相異', '比較', '限定·制限', '感歎', '強調', '指示·指摘·指定' 등의 문맥적 의미들은 '-은/-는'의 對照的 機能 속에 묶을 수 있었다.

셋째, '-은/-는'이 지니고 있는 主題的 機能에 대해 살펴보았다. 물론 국어에는 주제적 기능을 나타내는 표지가 여러 가지 있을 수 있으나 본고에서는 '-은/-는'을 가장 적절한 표지로 보았다. 그리고

'-은/-는'이 주제적 기능을 보일 때는 [표별] 의 의미가 드러나지 않는, 즉 다른 姉妹項과의 구별을 전제하지 않는 경우였다.

제5장 결론

본고는 변형생성문법의 도입 이래로 큰 관심을 가지게 된 '-은/-는'의 談話的 特徵 및 統辭的 特徵 그리고 意味的 特徵에 대해 고찰하였다. 결론으로 각 장의 내용을 요약, 정리하면 다음과 같다.

1. 특수조사 '-은/-는'의 主題化

1) 국어 주제의 특성

특수조사 '-은/-는'의 주제적 기능에 대해서는 국어의 문장이 '주제-설명'의 주제성이 강한 면을 보인다는 연구이래 꾸준히 이루어졌다. 이 주제개념은 '-은/-는' 및 '-이/-가'와 관련해 주어문제, 특히 이중주어의 문장을 해결하고자 하는데 상당한 기여를 하여 왔다. 그리하여 국어의 주제표지에 대해 다양한 주장이 있어 왔으나, 본고에서는 주제의 형태적·의미적 특성에 기반을 두었다. 물론 국어에는 주제를 나타내는 형태적 표지 중 주제의 가능성이 있는 표지는 다양하다 할 것이다.

그러나 언어에 나타나는 다양한 현상들을 하나의 문법범주로 묶기 위해서는 의미나 기능면에서 일치를 무엇보다도 중시해야 할 것이다. 그러한 차원에서 특수조사 '-은/-는'만을 주제표지로 설정하였다.

주제의 형태적, 의미적, 담화적 측면의 특징들에 대해 살펴보았고, 그 가운데 일반적인 의미특징으로 舊情報性, 限定性 그리고 總稱性, 特定性을 들 수 있다. 이 가운데 주제는 구정보성과 한정성이 서로 보완적인 관계를 형성하거나 또는 특정성을 지닐 경우 두드러졌다.

2) 주재 유형 구분의 전재

본고에서는 국어의 주제가 담화적 현상임을 지적하고, 주제를 두 가지 방향에서 고찰하였다. 그러한 구분의 중요한 기준으로 설정한 것이 논항구조와 관련된 의미역이었다.

첫째는 가시성 조건과 별개로 적용되는, 즉 논항에 따르는 의미역을 할당받지 않고서도 격을 부여받을 수 있는 주제어를 설정하였다. 또 다른 한 가지는 이미 심층구조에서 의미역을 할당받은 후에 자리이동을 통해 주제화로 쓰이는 경우가 있다.

統辭的 主題化는 문장에서 의미역을 지닌 어느 문장성분이 주제화로 나타나는 현상이다. 따라서 통사적 주제화를 살피기 위해서는 문장성분(주어, 목적어, 부사어)에 따르는 주제화의 가능성에 대한 고찰이 필요하였다. 이의 기준은 다음과 같다.

첫째, 기저구조의 통사적 성분요소로서 주제위치에서 특수조사 '-은/-는'의 형태론적 표지가 자연스럽게 결합할 수 있어야 한다.

둘째, S. Kuno(1973, 1976)가 제기한 바와 같이 관형구조의 표제명사는 본래 주제어였다는 가설에 따라 관형의 변형화 과정에서 주제어는 표제명사가 될 수 있어야 한다.(이상태, 1981) 그 결과 주어>목적어>부사어에 따르는 주제화 정도의 차이가 있었다.

한편, 의미역 할당의 대상이 아니기 때문에 통사적 성분이 아닌 요소가 주제성을 획득하여 나타나는 것이 談話的 主題이다. 이러한 유형의 주제가 통사적 주제화와 비교해 가지는 커다란 차이점은 바로 서술어와의 관계에서이다. 통사적 주제화가 서술어 자리에 대한 하나의 의미역을 지닌 논항으로서 서술어와 관형화 구조에서 표제명사로 사용될 수 있음에 비해, 의미역 관계를 형성하지 못하는 담화적 주제성분은 관형화의 표제명사로 기능할 수 없다.

일반적으로 의미역이 있는 경우 당연히 격을 할당받아야 함에도 불구하고, 주제화 구문에서는 그 사정이 다르게 나타났다. 즉 담화적 주제문장의 첫 번째 명사구는 의미역이 없음에도 불구하고 격이 부여되어 있다. 이는 가시성 조건에 위반되는 현상이지만 국어의 이러한 현상은 격여과 현상으로 설명이 가능해진다. 즉 '어휘적 명사구는 격을 가져야 한다'라는 조건에 따라 국어에서는 의미역을 받지 못하는 명사구도 반드시 격을 받을 수 있다.

다음은 담화적 주제문장과 이중주어 문장구조의 차이에 대해 살폈다. 이는 다음과 같다.

> * 이중주어 문장의 구조
> 1. 코끼리가 [코가 길다] : 서술어와의 의미선택관계
> 2. [코끼리의 코가] 길다 : 두 명사구 사이의 의미관계(동심구조)
>
> * 담화적 주제문장의 구조
> 1. 꽃은 [장미가 예쁘다] : 서술어와의 의미선택관계
> 2.* [꽃의 장미가] 예쁘다 : 두 명사구 사이의 의미관계(이심구조)

談話的 主題문장과 관련해 이중주어 문장은 첫째 명사구가 서술어에 대한 의미역을 할당받지 못한다는 점에서 공통점을 지닌다. 그러나 생략의 측면에서 주제문장의 명사구가 생략될 수 있음에 비해 이중주어 문장의 명사구는 생략이 어렵다. 즉 담화적 주제문장의 문두 명사구는 문장의 표면구조에 나타나기도 하고 생략되기도 한다. 이 경우 空範疇의 개념을 통해 주제가 생략되면 그 자리에 空主題를 설정할 수 있다. 반면 이중주어 문장의 구조는 첫째 명사구가 둘째 명

사구의 의미를 한정해주는 역할을 하기 때문에 생략되면 어색한 문장이 되고 만다.

2. 특수조사 '-은/-는'의 統辭的 特徵

1) 체언
(1) 명사
① 일반명사
　※ 일반명사 + '-은/-는'의 통합 및 의미적 기능

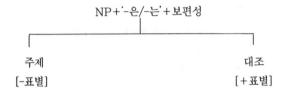

일반명사의 경우, '-은/-는'의 결합에 제약이 일어나는 것은 일반명사의 자체적인 특성에 의한 것이 아니고 후행하는 서술어와의 관계에 의해서이다. 그리고 [표별] 의 의미적 특성에 의하여 '-은/-는'의 주제, 대조의 의미적 기능이 표면에 나타난다.

② 고유명사
　※ 고유명사 + '-은/-는'의 통합 및 의미적 기능

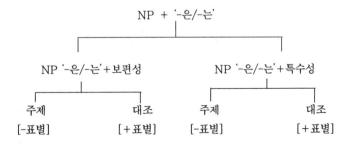

고유명사의 경우, 서술어와의 共起 制約과 限定性이라는 특성에 따라 '-은/-는'과의 통합 및 의미적 기능을 달리하였다. 고유명사가 보편적 및 특수적 특성을 나타내는 서술어와 결합하여 對照의 의미적 기능을 가질 경우는 이에 내재돼 있는 [표별] 의 의미가 부각된다. 그러나 [표별] 의 의미 없이 단순히 일반적이고 보편적인 사실을 알리는 문장구조에서 '-은/-는'은 主題의 의미적 기능을 나타내었다.

③ 의존명사

   ※ 의존명사 + '-은/-는'의 결합 및 의미적 기능

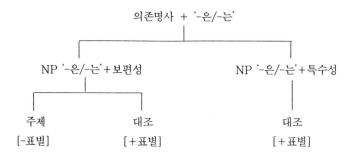

의존명사를 다른 조사와의 통합성 여부에 따라 보편성, 특수성의 의존명사로 나누어 보았을 때, 전자의 경우 '-은/-는'의 결합이 자연스러운 반면에, 후자의 경우 결합에 제약을 보이기도 한다.

의존명사와 결합하는 '-은/-는'에는 [표별] 의 의미조건에 따라 主題와 對照의 意味的 機能이 나타난다.

한편, '-은/-는'과의 결합에 제약을 받는 의존명사들의 공통점은 한 動作의 進行을 前提로 하고, 또 다른 動作의 연속상을 필요로 하는 非限定的인 성격을 가지는데, 여기에서 통사상 결합의 제약원인을 찾을 수 있었다.

(2) 대명사

① 인칭대명사

※ 인칭대명사 + '-은/-는'의 결합 및 의미적 기능

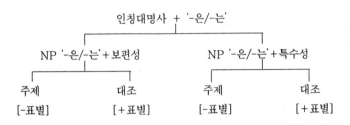

인칭대명사의 경우, '-은/-는'의 결합양상은 서술어 및 각각의 인칭대명사가 지니는 限定性과 관련이 깊고, [표별]의 의미 또한 중요한 역할을 담당한다.

② 不定·未知稱 代名詞

※ 부정·미지칭대명사 + '-은/-는'의 결합 및 의미적 기능

不定·未知稱 代名詞 + '-은/-는'(反語的)
|
대조
[+표별]

不定·未知稱 代名詞에 '-은/-는'이 결합하는 경우는 정상적인 문장구조가 아닌 특수하게 反語的 또는 設疑의 뜻을 나타낼 때로, 이 경우 '-은/-는'은 [표별]의 의미만을 드러내는 對照的 機能의 역할만 한다.

(3) 수사

※ 수사와 '-은/-는'의 결합 및 의미적 기능

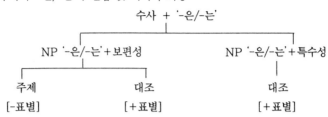

수사가 주제 의미적 기능을 나타내는 경우는 반드시 '무엇은-무엇이다'와 같이 보편적이고 單純論理的인 서술어와 부합하여야 한다. 따라서 수사와 결합하는 특수조사 '-은/-는'의 경우 주제적 기능보다는 상대적으로 대조적 기능이 우세하게 나타난다.

27 부사

※ 부사 + '-은/-는'의 결합 및 의미적 기능

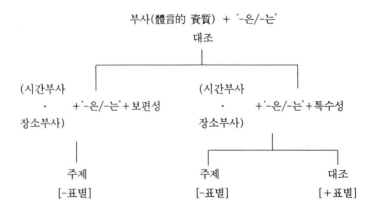

부사와 '-은/-는'의 결합에 있어서는 이에 선행하는 부사 자체의 의미적 특징에 의한 결합제약을 보였다. 이들과 결합이 가능한 시간 및 장소부사, 일부 양태부사, 서법부사들은 모두 體言的 資質을 가지

고 있었다.

37 조사

조사와의 결합에서는 격조사 및 특수조사와 '-은/-는'의 결합양상
을 고찰하였다. 이들과의 결합에 있어서 선행하는 조사들의 특성에
따른 제약이 일반적이었다.

(1) 격조사
　※ 격조사 + '-은/-는'의 결합 및 의미적 기능

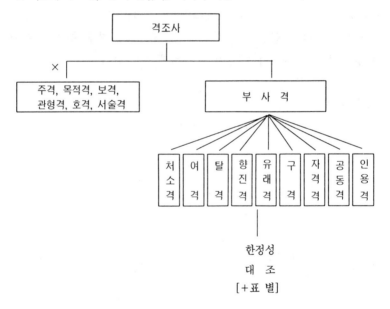

이상에서 보는 것처럼, 특수조사 '-은/-는'의 결합은 격조사 가운
데 오직 부사격조사와만 가능하다. 이러한 이유는 주격, 목적격, 보
격, 관형격, 호격, 서술격조사들은 특별한 의미적 기능을 보이지 않
고 이에 결합하는 성분들에 자리만을 부여할 뿐이다. 거기에 비해
부사격조사는 格資質보다는 意味 限定이라는 기능이 존재하기 때문

인 것으로 보인다.

(2) 특수조사

※ 특수조사 + '-은/-는'의 결합 및 의미적 기능

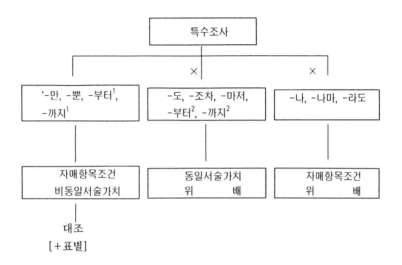

'-은/-는'과 특수조사의 결합에 있어서 '-만, -뿐, -부터₁, -까지₁' 는 '姉妹項目'을 예상하고, 實際文과 含意文의 서술어가 서로 대립되어 결합이 가능하였다. 그리고 이와 제약을 보이는 특수조사들 가운데 '역시'의 의미범주에 포함되는 특수조사와 '-은/-는'이 결합에 제약을 보이는 이유가 '同一敍述價値' 위배에 있다면, '양보'의 의미를 나타내는 특수조사들은 '姉妹項目'의 조건에 위배되기 때문이었다.

4기 어미

어미와 특수조사 '-은/-는'의 결합에서는 어미들이 지니고 있는 의미적 특성에 따른 제약이 두드러졌다.

※어미 +'-은/-는'의 결합양상 및 의미적 기능

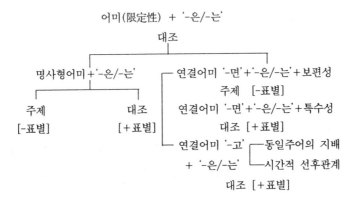

명사, 대명사, 수사와 '-은/-는'의 결합과는 달리 어미와 '-은/-는'의 결합에서는 어미가 지니고 있는 限定性에 의한 제약이 두드러진다. 그리고 이 때 '-은/-는'은 대부분 對照的 機能을 나타내는 반면, 명사형어미와의 결합에서는 [표별] 의 의미를 가지지 않는 주제적기능과 [표별] 의 의미를 띠는 對照的 機能으로 구분되어 나타난다.

한편, 연결어미 중 '-면'과 결합하는 '-은/-는'은 후행하는 서술어의 특성과 [표별] 의 의미에 따라 主題와 對照를 나타낸다. '-고'는 同一主語, 時間的 先後關係라는 조건에 따라 대조적 기능만을 나타내는 '-은/-는'과 결합이 가능하다.

3. 특수조사 '-은/-는'의 意味的 特性 및 機能

1) 의미적 특성

지금까지 '-은/-는'의 의미적 특성은 '主題', '對照', '差異·相異', '表別·分揀·分別', '比較', '限定·制限', '感歎', '强調', '指示·指摘·指定' 등과 같이 매우 다양하게 다루어져 왔다.

그러나 격조사와 비교해 이들 특수조사가 지니는 의미적 공통성은

姉妹項目 가운데 어느 하나를 선택하는 것이다.

한편, 다른 姉妹項目을 배제하고 오직 하나만을 선택하느냐 아니면 다른 자매항과 함께 선택하느냐에 따라 특수조사를 '-는, -만, -라도, -나마, -나'와 '-도, -까지, -조차, -마저'로 구분할 수 있었다. 이 가운데 '-은/-는'은 다른 姉妹項에 대한 선택의 여지가 없는 '-라도, -나마, -나'와 그리고 선택되어진 하나만을 限定하는 '-만'과도 다르다.

결국 '-은/-는'의 기본적 의미 자질은 선택되어진 자매항을 다른 자매항과 구별짓기 위한 [표별] 을 바탕으로 함을 알았다.

2) 대조적 기능

'-은/-는'의 의미적 특성을 [표별] 로 볼 때, 문맥상황에서 이의 기능은 먼저 對照性을 띠었다. 즉 선택될 수 있는 여러 姉妹項目 가운데 어느 한 대상을 구별하기 위해 선택했다는 것 자체에 '-은/-는'의 대조적 기능이 내포되어 있는 것이다.

지금까진 특수조사 '-은/-는'의 의미는 매우 다양하게 설정되었다. 그러나 '-은/-는'의 동사적 직능을 통해 이의 다양한 문맥적 의미들이 '-은/-는'의 대조적 기능으로 묶일 수 있었다. 결국 그러한 세분화된 의미는 상황, 즉 문맥의미일 뿐이다.

3) 주제적 기능

특수조사 '-은/-는'이 지니고 있는 주제적 기능에 대해 살폈다. 물론 국어에서 주제적 기능을 나타내는 표지로는 여러 가지가 있을 수 있으나, 본고에서는 '-은/-는'을 가장 적절한 표지로 보았다. 그리고 '-은/-는'이 주제적 기능을 보일 때는 [표별] 의 의미가 드러나지 않는, 즉 다른 姉妹項目과의 구별을 전제하지 않는 경우였다.

특수조사 '-은/-는'의 주제 구문*

1. 서론

본고는 특수조사 '-은/-는'의 주제적 기능에 대하여 밝히는 것을 그 목적으로 한다.

지금까지 '-은/-는'의 의미적 기능에 대하여 연구자들마다 각기 다른 주장을 하여왔다. 이는 '-은/-는'이 지니고 있는 다양한 문맥의미 또는 상황의미에 따른 혼란에서 그 원인을 찾아볼 수 있다. 즉 이의 의미는 '주제', '대조', '차이·상이', '표별·분간·분별', '비교', '한정·제한', '감탄', '강조', '지시·지적·지정' 등이다. 실제로 '-은/-는'에는 이와 같이 다양한 문맥의미들이 존재한다.

그러나 이러한 '-은/-는'의 다양한 의미들은 '표별·분간·분별'이라는 기본적인 의미를 문맥상황에 따라 각기 다르게 부르고 있는 것일 뿐이다.

결국 '대조, 차이, 상이, 비교, 지적, 지시, 한정, 제한, 강조, 감탄' 등은 문맥의미에 지나지 않는다. 따라서 본고에서는 '-은/-는'의 의미기능을 '대조'와 '주제'로 대별하고자 한다.

---

* 본 논문은 1996년 2월 "현대국어의 주어에 관한 연구"(석사학위논문) 중에서 주제와 관련된 장을 수정·보완한 것임.

국어에는 기존 인구어 문장구조의 '주어-서술어' 구조로는 해석이 불가능한 문장들이 있다. 이러한 현대국어의 문장구조를 밝히기 위해 기존의 '주어-서술어' 구조가 아닌 '주제-평언' 구조에서 '-은/-는'의 기능에 대하여 살피고, 주제의 일반적인 특징과의 관계에 대해서도 고찰할 것이다.

2. 주제의 개념

다음은 국어의 주제가 形態的, 意味的, 談話的 측면에서 어떠한 특성을 나타내는지 알아보기로 한다.

1) 形態的 측면의 특성

주제의 형태적 표지는 개별 언어에 따라 다르게 나타난다. 국어의 주제표지에 대해서도 연구자마다 다양한 주장을 보이고 있다.[1] 지금까지 주제연구에 대한 대부분의 연구들에서 공통적으로 지적하고 있는 주제의 형태적 특성을 다음과 같이 요약할 수 있다.

※ 주제 : 강세가 놓이지 않은 문두의 '-은/-는'

위에서 주제의 형태적 특징으로 들고 있는 것은 크게 3가지이다. 첫째, 특수조사 '-은/-는'의 결합을 들고, 둘째는 그러한 성분이 문두에 와야 하고, 마지막으로 주제에는 강세가 놓이지 않는다는 것이다. 이를 중심으로 주제의 형태적 특징을 살펴보자.

국어에서 주제임을 나타내는 형태적 표지는 '-이/-가', '-을/-를',

---

1) 지금까지 국어의 주제표지에 관한 연구는 크게 네 부류로 나눌 수 있다. 첫째, '-은/-는'만을 주제표지로 보는 경우, 둘째, '-은/-는'과 함께 주격조사 '-이/-가'를 포함하는 경우, 셋째, '-은/-는', '-이/-가'에 '-을/-를'도 주제 표지로 보는 경우, 마지막으로 국어에는 이상과 같이 주제를 나타내는 특별한 표지 없이 격조사나 한정사들이 주제를 나타낸다는 주장이 있다.

'-에게', '-에', '-(으)로', '-에서' 등이 있다. 일반적으로 언어에 나타나는 다양한 현상들을 하나의 문법범주로 묶기 위해서 반드시 전제되어야 할 것은 의미나 기능면에서 일치하는 점이 있어야 한다는 것이다.

그러나 이들 표지들이 지니고 있는 의미나 기능이 같다고 볼 수 있는지는 의문이다. 국어문법 기술에서 주격조사 '-이/-가'와 목적격조사 '-을/-를' 그리고 기타 조사들의 의미나 기능이 같다고 보기는 어렵다. 특히 任洪彬(1974)에서 언급된 바와 같이 排他的 關係에 있는 '-이/-가', '-을/-를'과 對照的 關係에 있는 '-은/-는'은 서로 統辭的 측면과 談話的 측면에서 해결이 가능한 다른 차원의 문제이기 때문이다. 다음 예문을 보자.

  1) ㄱ. 철수가 사과를 먹었다.
     ㄴ. 철수는 사과를 먹었다.
     ㄷ. 철수가 사과는 먹었다.

1ㄱ)의 '철수가'는 '철수'와 대립되는 다른 행위자, 즉 '영희, 순이, 영호…'와 같이 여러 대상 가운데 '철수'가 排他的[2]으로 선택되었음을 나타낸다. '사과를'도 排他的 관계를 형성하고 있다. 그러나 1ㄴ)과 1ㄷ)의 경우 조사 '-은/-는'이 결합한 명사 '철수'와 '사과'는 다른 행위자 및 대상들과 대조적 관계에 있다. 이 경우에도 1ㄴ)과 1ㄷ)의 '-은/-는'의 성격에는 차이가 있다. 즉 전자는 문두에 '-은/-는'이 위치한 것으로 특별한 사항이 아닌 한 대조의 의미보다는 단순히 화

---

2) 조사 '-이/-가'는 새로운 정보를 도입하는 성분에 일반적으로 붙는다. 즉 질문의 대상이 되는 성분에는 '-은/-는'보다 '-이/-가'의 결합이 자연스럽다.
   ㄱ. (이 중에) 누가 영어를 잘 하느냐?
   ㄴ. 철수가 영어를 잘 한다.
   ㄷ. (?)영호는 영어를 잘 한다.
   ㄱ)에서 여럿 가운데 영어를 잘 하는 사람이 누구인지 의문의 대상이 될 경우, 그 성분은 조사 '-이/-가'에 의해 배타적으로 선택된다.

자의 전달의도가 반영된 '主題'의 성격이 짙고, 후자는 '對照焦點'의 기능만 보인다. 따라서 주제의 범위를 확대 해석해서 모든 성분을 주제로 본다면 주제 설정의 의의가 사라질 우려가 있기 때문에, '-은/-는'만을 주제표지로 보고자 한다.

다음은 주제의 文頭性에 대해 살피기로 한다.

국어의 주제를 문장에서의 위치와 관련하여 설명하려는 시도가 있어 왔다. 그 가운데 주제의 필수적 위치로 문두성을 들었다. 그러나 주제의 한 특성으로 문두성은 단순히 문장의 맨 앞자리만을 의미하는 것은 아니다.

> 2) ㄱ. 선생님은 돌이에게 상을 주었다.
>   ㄴ. 돌이에게 선생님은 상을 주었다.
>   ㄷ. 상을 선생님은 돌이에게 주었다.

柳龜相(1983:96-98)에서는 국어가 자유어순인 점을 들어 주제의 문두성을 비판하고 있다. 즉 문두성을 주제의 특성으로 볼 때, 예문 2)의 첫 번째 명사구인 '선생님, 돌이, 상'도 주제가 된다. 그러나 이들은 '돌이에게 다른 사람은 상을 주지 않았지만'이 전제되었을 때 그 대답으로 나올 수 있는 문장들로 아무런 의미 차이를 발견할 수 없다. 따라서 문두에 놓였다는 이유만으로 주제의 기능을 부여한다는 것은 문제가 있다고 하였다. 이는 주제의 문두성을 표면적인 현상으로 파악하려는 오류를 잘 지적하고 있다.

모든 문장들은 화자가 전달하고자 하는 의도를 적절하고 효율적으로 실현시키려 한다. 그러한 전달의도의 실현 가운데 하나로 나타나는 문법현상이 바로 주제이다.

인간의 의사소통을 위한 수단으로서의 기능이 언어의 본질적 기능이라면, 언어가 발신자의 의사, 또는 의도를 수신자에게 보다 명확하게 능률적이고 효과적으로, 동시에 합리적이며 신속하게 전할 수 있는 구조로 되어 있을 것이라고 보는 것은 자연스럽다. 언어를

통한 의사소통의 주체는 인간이고, 의사소통을 자신의 의도대로 수
행하려는 욕구에 의해 언어의 형식이 짜여지게 때문이다.

따라서 주제의 文頭性이라는 특성을 살피기 위해서는 그러한 문장
이 생성되는 과정을 동시에 고려해야만 한다. 위의 예문에서 그 문
장이 담고 있는 전제에 대한 문법적인 문장은 2ㄱ)이다. 2ㄴ)과 2
ㄷ)은 2ㄱ)의 문장에서 그 때의 담화상황에 알맞게 쓰인 문장이라
할 수 있다. 그리고 화자에 의해 전달되는 의도의 실현과정에 대해
어떤 논리적인 순서를 매길 수 있을 것이다.

최규수(1990:93)에서도 이 논리적 순서 매김에서 맨 처음에 실
현되는 것이 주제라고 설명3)하고, 다음의 예문들은 모두 주제가 사
용된 문장이 아니라 하였다.

  3) ㄱ. 학교에는 간다.
     ㄴ. 다행스럽게도 우리는 배를 탈 수 있었다.
     ㄷ. 결혼, 그것은 문제가 아니다.
     ㄹ. 이긴다, 우리는.

먼저 그는 3)의 예문들에 해당하는 기저 문장구조를 4)로 보았고,
이들이 다시 5)와 같은 주제화 문장구조를 이루고 있다고 보았다.

  4) ㄱ. 영이가 학교에 간다.
     ㄴ. 우리가 다행스럽게 배를 탈 수 있었다.
     ㄷ. 결혼이 문제가 아니다.

---

3) 그는 "모든 쓰인월은 주제월 아니면 비주제월 가운데 하나인데, 주제화가 적
   용되고 안되고에 따라 적절한 담화상황에 놓여 쓰인다는 것이다. 그리고 주
   제월이 월의 엮음에서 가장 많이 되풀이되어 쓰인다. 따라서 주제어는 담화
   에서 가장 기본이 되는 전달의도의 실현이라 할 수 있다. 이러한 사실로 미
   루어 생각하면, 주제화는 다른 어떠한 전달의도의 실현과정보다도 앞서는
   것으로 생각된다. 이렇게 쓰인월의 생성과정에서의 '순서매김'을 고려한다면,
   '주제어는 월머리에 내세워지는 것'이라 할 수 있게 된다."고 하여 주제의 문
   두성을 설명하고 있다.

ㄹ. 우리가 이긴다.

5) ㄱ. 영이는 학교에 간다.
　 ㄴ. 우리는 다행스럽게 배를 탈 수 있었다.
　 ㄷ. 결혼은 문제가 아니다.
　 ㄹ. 우리는 이긴다.

결국 3)의 문장들의 첫 번째 명사구는 주제의 기능을 지니고 있는 것이 아니다. 3ㄱ)은 '대조 초점화'와 '주제생략'의 결과로 3ㄴ)은 상황말이 문두로 옮겨간 결과로, 3ㄷ)은 주제와 동일한 지시대상을 가리키는 어휘의 되풀이(강조)로 3ㄹ)은 주제가 문미로 옮겨간 것으로 볼 수 있다.

그러나 3ㄴ)과 같은 예문은 문두에 주제가 나타난 형태라고도 볼 수 있다. 왜냐하면 문장부사 '다행스럽게'는 문장의 論項構造에 구속되기보다는 독립적이기 때문에 이를 제외하고 생각해 보면 주제의 의미적 기능을 보이는 '우리는'이 문두에 실현되었다고 할 수 있다.

주제의 마지막 형태적 특성으로 強勢가 놓이지 않는다는 주장이 있다. '-은/-는'이라는 형태적 표지와 결합한 성분에 강세가 놓이지 않으면 주제의 역할을 하고, 강세가 부여되면 대조초점이 된다는 것이다.

주제의 이러한 특성은 이미 주제가 가지는 정보의 가치에 의해 설명될 수 있다. 즉 담화에서의 강세는 화자의 의도를 두드러지게 나타내는 상황정보의 하나로 강세의 정도에 따라 情報負擔量이 달라지는데, 강세가 강하면 강할수록 그 정보는 청자에게 더욱 중요한 정보임을 나타내고, 약할수록 그 정보는 덜 중요한 정보임을 나타내는 有標的 기능을 한다.

이와 같이 문장 내에서 정보전달의 중요성이 낮은 주제에는 강한 강세가 실현되지 않는 것이다. 반면에 주제에 대한 설명말에는 새로운 정보로서 화자의 중심의도가 담기기 때문에 강한 강세가 놓인다.

한편, 주제의 표지에서 강세의 역할은 그렇게 크지 않고, 우리말에서 정보구조의 해석은 형태적 표지나 어순으로서 대체로 드러나지만, 이것만으로 분명하게 드러나지 않는 경우에 강세로서 구별된다는 주장(최규수, 1990)이 있다. 즉 강세는 정보구조의 해석에서 형태적 표지나 어순의 모자라는 부분을 메꾸어주는 역할을 한다는 주장이다. 또 주제에 강세가 놓이지 않는다는 주장에 대해 任洪彬(1987)에서는 화자가 새로운 주제를 설정하여 청자에게 그것을 받아줄 것을 요청하는 경우에는 강세가 부여되지 않지만 특수한 경우 강세가 부여될 수도 있다고 하였다.4) 그 경우 주제적 의미로 기능하는 성분은 '强調'로 해석되며 아주 특수하게 '對照焦點'으로 볼 수 있다고 하였다. 그러나 이 경우에도 그 쓰임이 어색하다고 하였다. 이처럼 두 주장에서도 주제의 非强勢를 전적으로 부정하지는 않고 있다. 아래의 예를 보자.

6) ㄱ. 철수는 대학에 합격했어.
　 ㄴ. 한국은 날씨가 좋아.
　 ㄷ. 너는 그 일을 못할 걸.

예문 6)에서 문두의 성분들이 주제적 기능을 드러내기 위해서 필요한 조건은 강세가 놓이지 않아야 한다는 것이다. 비록 문두의 체언일지라도 강세를 받는 경우는 '대조'의 기능을 나타낸다. 즉 '철수', '한국', '너'는 강조됨으로써 다른 사람(ㄱ, ㄷ), 다른 나라(ㄴ)와의 대조를 부각시키고 있다.

앞서도 살핀 것처럼 문두의 '-은/-는'이 강세초점으로 해석되는 경우는 아주 드물다. 경우에 따라 이들 요소에 강세가 놓인다 할지라도 주제로서의 기능이 없어진다거나 대조초점으로 해석되는 경우는

---

4) 주제에 강세가 놓인다는 주장은 이 외에도 일찍이 Kim(1967), 朴舜咸(1970)에서 지적되었고, 任洪彬(1972), 蔡琬(1976)에서는 주제를 비강조로 보았다.

아주 드물다. 만약 대조초점으로 해석되는 경우가 있다 하더라도 그
러한 경우는 아주 특별한 용법으로 일반적인 언어현상이라 할 수 없
다.

따라서 非强勢의 이들은 각각 '대학에 합격했어, 날씨가 좋아, 그
일을 못할걸'이라는 설명에 새로운 정보로서의 초점이 놓여지므로
문두의 성분들은 모두 주제로 기능하고 있다.

이상으로 주제의 형태적 특성에 대해 알아보았다. 결국 국어의 주
제에는 이들 세 가지 주제의 형태적 특성들이 적용된다고 할 것이
다.

2⟩ 意味的 측면의 특성

다음은 주제의 특성 중 의미적인 면을 살펴보기로 하자.

성기철(1985)에서 지적한 주제의 특성들은 그 타당성 면에서 순
위가 있다고 여겨진다. 어떤 특성은 어느 언어에서나 적용될 수 있
고, 공통적으로 인정되는가 하면, 그 적용 범위가 일부에 한정되기
도 한다.

주제가 언어적인 상황에 따라 유동적이기 때문에 주제와 관련된
언어의 중요한 의미적 조건은 대체로 總稱性(generisity)과 舊情報
性, 限定性(definiteness)5) 그리고 特定性(specificity)6)이다. 지

---

5) 한정성의 언어적 보편성에 대한 논의는 柳亨善(1995:89-102)을 참조 바
란다. 그는 문두명사는 구정보이기 때문에 한정적(definite)이어야 하고,
반면에 문미정보는 신정보이기 때문에 한정(definite)과 비한정(indefinite)
지시체(referents)가 모두 허용된다고 하였다. 또한 관사가 있는 언어를
관사가 없는 언어로 번역했을 때, 관사 언어의 한정성이 무관사 언어에서도
무시되지 않고 표현되기 때문에, 그 한정성 표현이 어떤 방식으로 나타나
든, 한정성은 언어보편적인 것이라고 하였다.

6) '총칭성'은 어떤 특정한 상황(때, 장소, 대상)에서만 나타나는 의미가 아니
라, 모든 상황에서 해당되는 의미로 그 개체가 속하는 모든 범주를 지칭한
다. 즉 '고래는 포유동물이다.'에서처럼 '고래'는 고래라는 부류 전체를 가리
키는 경우로서 'NP+은/는-(이)다.'의 문장짜임을 보인다. '확정성'은 어떤
사항을 청자가 이미 알고 있다고 화자가 믿는 경우를 가리킨다. 즉 화자와
청자가 공유한다고 여겨지는 화제 대상이다. '특정성'은 화자가 특정한 지시

금까지 이들 의미적 속성과 관련하여 국어의 주제가 다루어져 왔다. 따라서 이러한 연구들을 바탕으로 하여 국어 주제의 의미적 특성을 알아보기로 한다.

일반적으로 주제를 나타내는 의미특성 가운데 가장 가능성이 높은 것이 總稱性이라고 알려져 왔다. 이에는 類概念으로 쓰이는 일반명사가 대표적이다.

1) ㄱ. 사람이 사회적 동물이다.
   ㄴ. 사람은 사회적 동물이다.

1) 예문에서 문두의 '사람은'은 사람에 대한 일반적 속성 따위를 나타내는 경우이며, 특정한 사람을 나타내는 '사람이'는 많이 쓰이지 않지만, 만일 어떤 특정한 대상인 사람을 가리킨다면 '사람이'가 더 적절할 것이다. 이는 주제적 의미를 나타내는 '-은/-는'이 주격조사 '-이/-가'로 전환되면 어색한 문장이 된다는 점에서 이해될 수 있다. 이렇게 '-은/-는'은 어떤 특정한 상황(때, 장소, 대상)을 나타내는 것이 아니고, 그 개체가 속하는 범주 전체를 나타내면서 총체적 대상을 가리킬 때에도 사용된다. 이 때 문장에서는 주제의 역할을 하게 된다.

2) ㄱ. 고래는 포유동물이다.
   ㄴ. 고래가 포유동물이다.

2ㄱ)은 고래의 일반적인 속성을 진술하는 문장으로, 이 경우 '고래'는 그 類의 전체를 가리키고 있다. 반면 2ㄴ)은 의문사로 유도되는 의문문, 즉 '무엇이 포유동물이냐?' 등의 대답으로서는 적당하겠지만, 문법적인 문장임에도 불구하고 그 자체만으로는 잘 쓰이지 않는다. '무엇, 누가' 따위의 질문에 대해 대답을 하는 경우에는 일반적

대상을 한정하여 표현한 것이다.

사항이 아니고 특정한 사항을 지정하기 때문이다. 이 경우 '고래'는 초점요소가 되어 비록 總稱性의 의미를 띠고 있지만 주제의 기능을 드러내지 못한다.

> 3) ㄱ.*누구는 걸어간다.
> ㄴ. 누가 걸어간다.

예문 3)과 같은 경우도 특정한 사람이 걸어가는 상황이므로, 특수조사 '-은/-는'이 결합한 3ㄱ)이 비문인 반면, 주격조사 '-이/-가'가 결합한 3ㄴ)이 문법적인 문장을 이룬다. 따라서 주제에는 2ㄱ)에서처럼 형태적 표지인 '-은/-는'이 결합되어야 한다.

蔡琬(1976)에서는 어떤 사실을 일반화해서 표현하는 명제, 일반적 속성을 나타내는 표현, 속담[7], 금언 등도 총칭성 개념에 포함되므로 '-은/-는'이 첨가되어 쓰일 수 있다고 하였다.

그러나 일반명사가 총칭성을 띠는 경우는 명사 자체의 의미적 특성보다는 뒤에 결합하는 서술어의 특징에서 비롯되고 있음을 간과해서는 안된다. 따라서 총칭성이 주제의 의미적인 한 특성은 될 수 있을지언정 모든 주제문장을 포괄하는 특성은 될 수 없다.

다음은 주제의 舊情報性에 대해 살펴보자.

> 4) ㄱ. 누가 밥을 먹느냐?
> ㄴ. 철수는 무엇을 하느냐?

예문 4ㄱ)은 서술내용이 알려진 반면, 4ㄴ)은 서술대상이 이미 알려진 경우로, 4ㄱ)의 물음에 대한 문제의 초점은 밥을 먹는 '행위자'에 놓이고, 4ㄴ)은 서술내용에 초점이 놓여 있다. 따라서 그 대답으로 다음 문장이 가능하다.

---

7) 속담문에 나타난 '-은/-는'의 연구는 白恩璟(1990) 참조.

5) ㄱ. 철수가 밥을 먹는다.
    ㄴ. 철수는 책을 읽는다.

5ㄱ)에서 '철수'는 舊情報(밥을 먹는)에 대한 대상으로 신정보의 역할을 한다.8) 5ㄴ)에서는 '책을 읽는' 행위가 新情報로서 기능하고, '철수'는 舊情報의 역할을 한다.

일반적으로 특수조사 '-은/-는'이 결합한 명사구는 이미 알려진 구정보 즉 한정성을 나타내고, '-이/-가'가 결합하는 명사구는 새로운 정보를 가리킨다. 따라서 담화에서 주제가 복원 가능하거나 예측 가능한 경우에 이의 생략이 가능한 점도 주제의 이러한 성질에 기인한다고 할 것이다. 이런 점에서 주제의 구정보성을 주장하기도 한다.

그러나 구정보 역시 주제의 필수적 조건이 될 수는 없다. 여기에는 두 가지 조건이 더 필요하다. 먼저 구성요소간 상대적인 중요성이 낮아야 한다. 다음의 예를 보기로 하자.

6) 누가 밥을 먹느냐?

7) ㄱ.*철수는 밥을 먹는다.
    ㄴ. 밥은 철수가 먹는다.

6)의 질문에 대한 초점은 행위자이고 상대적으로 '밥'은 화자와 청자 사이에 이미 알고 있는 존재로 주목을 받지 못한다. 이 경우, 행위자의 성분이 주제로 쓰인 7ㄱ)은 비문이 되지만, 7ㄴ)처럼 초점의

---

8) 주격조사 '-이/-가'의 의미를 다룸에 있어 '신정보' 자질을 넣기도 한다. 아래에서 새로운 정보를 나타내는 명사구에는 '-은/-는'(ㄴ)보다 '-이/-가'(ㄱ)가 더 자연스럽다. 반면, 앞서서 언급된 명사구일 경우에 '-은/-는'(ㄷ)의 결합이 자연스러움을 나타낸다.
    ㄱ. 어느 시골에 한 구두쇠가 살고 있었다.
    ㄴ.*어느 시골에 한 구두쇠는 살고 있었다.
    ㄷ. 그 구두쇠는 반찬으로 천장에 굴비를 매달아 놓고 먹었다.

대상이 아닌 목적어는 '-은/-는'의 결합과 함께 주제로 쓰일 수 있
다.

    8) 철수는 무엇을 하느냐?

    9) ㄱ. 철수는 공부를 한다.
       ㄴ.*공부는 철수가 한다.

  8)의 예문은 목적어 '무엇'에 초점이 놓이는 질문으로 '공부'라는
대상이 '철수'라는 행위자보다 상대적인 위치에서 중요한 성분이다.
따라서 '공부'가 주제어로 쓰인 9ㄴ)은 질문에 대한 부적격한 문장이
되고 마는 것이다. 다음의 예도 이와 일맥상통하다.

    10) ㄱ. 누가 어디에서 무엇을 했나?
        ㄴ. 누가 어디에서 공부를 했나?
        ㄷ. 철수가 어디에서 공부를 했나?
        ㄹ. 철수가 학교에서 무엇을 했나?

  예문 10)의 각각의 물음에 대한 대답으로 적당한 것은 다음과 같
다.

    11) ㄱ. <u>철수가 학교에서 공부를 했다</u>.
            신정보   구정보
            (초점)   (전제)
        ㄴ. <u>철수가 학교에서 공부를 했다</u>.
            신정보   구정보
            (초점)   (전제)
        ㄷ. <u>철수는 학교에서 공부를 했다</u>.
          구정보   신정보   구정보 구정보
          (전제)   (초점)   (전제) (전제)

ㄹ. <u>철수는</u> <u>학교에서</u> <u>공부를</u> <u>했다</u>.
　　구정보　　　　신정보　구정보
　　(전제)　　　　(초점)　(전제)

이와 같이 구정보를 가진 명사구를 주제로 본다면, 주제의 역할을 할 수 있는 문장의 성분은 서술어 '했다', 주어인 '철수는', 목적어 '공부를', 부사 '학교에서' 등도 주제로 쓰일 수 있다는 것이다. 주어, 목적어, 부사 성분은 통사상의 자리의 변동으로 주제의 성질을 획득할 수 있지만 서술어의 경우 구정보임에도 불구하고 주제성을 가지지 못한다. 따라서 단순히 구정보라는 이유 때문에 주제가 되는 것은 아니다.

Sohn(1980)에서도 같은 주장을 하고 있다.

12) ㄱ. 원숭이가 사람의 조상이니?
　　　ㄴ. 어떤 사람은 그렇게 생각해.
　　　ㄷ. 우리 형은 그렇게 생각해.

12ㄱ)의 질문에 12ㄴ)과 12ㄷ)이 자연스럽다고 할 때, 특수조사 '-은/-는'의 구정보성을 설명할 수 없다는 것이다.

주제의 구정보성과 관련해 한 가지 더 언급되어야 할 성질로 '限定性'을 들 수 있다. 주제의 한정성은 화자와 청자가 어떤 개념에 대하여 동일한 정보를 가지고 있는지의 여부를 의미한다. 즉 선행하는 문맥 중에 이미 나왔거나 발화의 장면, 또는 일반적 경험으로 화자와 청자가 공통적으로 이해할 수 있는 旣知 知識을 의미하는 것으로 구정보성과 긴밀한 관계를 지닌다. 이는 화자가 효율적인 주제의 표현을 위해 非限定的인 명사구보다는 한정적인 명사구를 선호하는 것과 같다. 한정명사구가 주제로 사용될 경우 청자의 확인이 용이한 반면, 비한정성 명사구가 주제일 경우는 청자의 주제확인이 어려워지기 때문이다.9)

그러나 주제가 한정성을 띤다고 해서 모든 한정명사구가 주제의 역할을 하는 것은 아니다.10) 반드시 앞의 담화에서 언급이 된 요소일 경우에만 가능하다.11) 다음은 이러한 명사의 情報性과 限定性의 관계에 대해 구체적으로 살펴보자.

명사의 정보성은 화자가 발화하는 순간 청자의 의식 내에 같은 명사가 있는가 없는가를 점검하는 것이라면, 명사의 한정성은 화자가 발화한 명사의 指示體를 청자가 알고 있는가 하는 점을 점검하는 것이다.

Chafe(1976)에서는 "화자가 자신의 마음에 있는 특별한 항목을

---

9) 국어의 주제 논의에서 한정성을 주제화의 가장 중요한 요인으로 생각하는 견해는 상당히 많다. 그 가운데 蔡琬(1976)에서는 한정성을 가진 대상과 그렇지 않은 대상을 다음과 같이 분류하고 있다.

   1. 한정성을 가지는 대상
    ⅰ.해, 달, 불변의 진리 등을 가리키는 말
    ⅱ.총칭적(generic) 유개념(類槪念)으로 쓰이는 일반명사
    ⅲ.고유명사, 대명사 및 특정 대상을 가리키는 수사
    ⅳ.앞서의 대화나 문맥에서 언급된 사항
   2. 한정성을 가지지 못하는 대상
    ⅰ.의문사나 부정사
    ⅱ.화자가 모르는 것으로 여겨지는 대상
    ⅲ.서술어가 "있다"일 경우
    ⅳ.일시적 존재 상태 등을 나타내는 표현
    ⅴ.불완전 용언, 보어 등
    ⅵ.내포문의 주어

10) 만약 모든 한정적 명사구가 주제어로 기능할 수 있다면, 이들 뒤에는 반드시 주제를 나타내는 '-은/-는'만이 결합되어야 할 것이다. 다음을 보자.
   ㄱ. 방금 전에 <u>인혜가</u> 널 찾았어.
   ㄴ. 나는 <u>전에 같이 공부를 했던 친구를</u> 서점에서 만났어.
   ㄱ)의 '인혜'는 화자와 청자가 서로 알고 있는 정보이고, ㄴ)의 '친구' 역시 한정적인 용법의 명사구이지만 이들에는 각각 '-가'와 '-를'이 결합되어 있다.

11) 정주리(1992:140-143)에서는 주제를 한정된 기존정보와 일치시키는데 문제를 제기하고, 발화할 때 택할 수 있는 주제는 이미 습득된 지식이나 오래된 정보, 기존의 지식일 수도 있고, 새로이 도입되는 지식 또는 신정보일 수도 있다고 보았다. 그리고 주제의 특성으로는 '대하여성'만을 지적하였다.

청자가 알고 있고 또 확인할 수 있다"고 생각하는 것, 즉 '정체확인 가능성(identyfiable)'을 한정성이라고 보았다.

이와 같이 명사의 정보성과 한정성의 배합방식에 따라 다음과 같은 네 가지 유형을 생각할 수 있다.

　　13) 명사의 정보성과 한정성의 배열 유형
　　　ㄱ. 구정보성 : 한　정　성
　　　ㄴ. 구정보성 : 비한정성
　　　ㄷ. 신정보성 : 한　정　성
　　　ㄹ. 신정보성 : 비한정성

이들 4유형 가운데 13ㄴ), 13ㄷ), 13ㄹ)의 유형들은 모두 청자에게 알려지지 않은 요소로서 주제로 기능할 수 있는 자격을 얻지 못한다. 따라서 13ㄱ)의 유형만이 주제로 기능함을 알 수 있다. 몇 가지 예를 더 들어보기로 하자.

일반적으로 고유명사는 한정성을 나타낸다는 이유로 쉽게 주제가 될 수 있다고 생각할 수 있다. 그러나 다음의 예에서 보듯 고유명사는 주제의 역할을 하지 못한다.

　　14) ㄱ. 철수는 어제 미국에 갔다.
　　　　ㄴ. 철수가 누군데?
　　　　ㄷ. 철수는 내 친구야.

14ㄱ)에서 문두의 '철수'는 고유명사로서 한정적인 요소이다. 그러나 처음 언급된 요소로 청자에게는 주제의 指示體에 대한 확인이 되지 않고 있다. 따라서 주제가 되기 위해서는 앞선 문맥에서 '철수'에 대한 언급이 있어야 할 것이다. 즉 '철수'라는 성분이 구정보성을 띠고 있어야 한다.

이정민(1992:399)에서도 처음부터 한정성을 지닌 것으로 취급되는 고유명사도 그것이 듣는 이에게 친숙한 이름이라는 가정이 화자에게 없으면 곧바로 화제로 등장하기가 어렵고, 그 가정이 없을 때에는 그 고유명사를 화역(domain of discourse)에 새롭게 도입하는 발화가 선행되어야 한다고 하였다.

다음으로 非限定性을 띠는 것으로 의문사 '누구'가 있다. 이 외에도 부정사 '아무, 무엇, 어디, 어떤, 언제' 등이 이에 속한다. 일반적으로 이들 비한정 명사구들은 주제의 특성상 주제성분이 될 수 없다. 화자가 알고 있는 요소가 주제로 나타난다고 했을 때, 이들 의문사와 부정사 등이 지니는 의미 속성상 화자가 동일지시화 할 수 없는 특징들을 가지고 있기 때문이다. 그러나 다음과 같이 주제로 기능하고 있는 예도 찾아볼 수 있다.

15) ㄱ. 누구는 학교에 공부하러 가더라.
    ㄴ. 어떤 사람은 그렇게 믿지.

15)에서 문두에 쓰인 '누구, 어떤'의 의문사와 부정사는 형태상으로는 분명 非限定性을 나타내고 있다. 김영선(1988)에서는 '어떤'과 '누구'가 非限定的임에도 불구하고 주제가 가능한 이유는 주제의 의미적 속성이 特定的임을 말해 주는 것이라고 보았다. 그는 '-은/는'의 고유의미가 주어진 정보 또는 한정성과 관련이 있다고 볼 수 없음을 지적하고 있다.

결국 위의 문장들은 화자가 담화상황 속에서 '누구'와 '어떤 사람'으로 대체된 지시대상을 청자도 이해할 수 있다고 생각하여 어떠한 특정적인 명사구를 대신 가리키고 있다고 보아야 할 것이다.

任洪彬(1987:21-22)에서는 주제의 의미론적 특징을 다음과 같이 설명하고 있다. 첫째, 주제는 문장의 나머지 부분 혹은 화자의 의도와 관련하여 '언급대상성(aboutness)'이라는 의미론적 특징을 가진다. 둘째, 주제는 옛 정보나 한정적인 성격을 가지는 성분만이 될 수 있는 것이 아니다. 話者의 의도와 관련하여 새 정보나 비한정적인 성분이라고 하더라도 特定性(specificity)을 가지는 성분이면 주

제가 될 수 있다고 하였다. 본고에서도 주제의 중요한 의미적 특징
으로 특정성을 지적하고자 한다.

이와 같이 주제를 나타내는 명사구의 의미자질인 總稱性, 舊情報
性, 限定性, 特定性에 대하여 살펴보았다. 그 결과 이들 의미적인
성질들이 각각 나름대로의 타당성을 지닌다고는 할지라도 이 자체만
으로는 국어 주제의 성격을 완벽하게 정의내릴 수 없다. 다만 주제
의 구정보성과 한정성이 서로 보완적인 관계를 형성하거나 특정성을
드러낼 경우에 이들 명사구의 주제성12)에 대해서는 의심의 여지가
없다.

3) 談話的 측면의 특성

국어에서 주제라는 개념은 사실상 명확히 밝혀져 있지 않다. 각
언어에 따라 주제의 기능이 달리 나타나는가 하면, 연구자에 따라서
도 각기 다른 개념 규정이 드러나고 있는 실정이다. 주제라는 개념
은 본시 談話分析과 관련하여 도입된 개념이었다. 그 후, 이 주제가
의미론적 관점이나 통사론적 관점에서도 다루어짐으로써 오늘날 문
법연구의 한 과제로 여겨지게 되었다. 그래서 어떤 이는 이를 談話
論的 관점에서 다루기도 하며, 어떤 이는 基底的인 의미표시와 관련
된 것으로도 보고 있다.

본고에서는 담화구조 속에서 주제의 개념을 정리해보고, 주제는
주로 '-은/-는'을 통해 드러남을 밝히기로 하겠다.

---

12) 임규홍(1993:53-54)에서는 총칭적 의미를 확정적과 특정적 의미와는 다
   른 층위의 것으로 주제어의 가능성이 제일 높다고 하고, 주제의 총칭적,
   확정적, 특정적 의미특성에 따라 다음과 같은 차례로 주제어 순위가 매겨
   진다고 보았다.
   ㄱ. 총칭적 〉 비총칭적
   ㄴ. 확정적 〉 비확정적
   ㄷ. 특정적 〉 비특정적
   ㄹ. 확정적, 특정적 〉 확정적, 비특정적 〉 비확정적, 특정적 〉 비확정적, 비특
     정적

첫째, 주제는 담화에서 화자만이 결정할 수 있고, 화자의 의도에 따라 달라질 수 있다. 즉 화자는 자신의 담화목적에 따라 주제를 결정한다.

> 1) ㄱ. 나는 어제 책장을 만들었다.
>   ㄴ. 책장은 어제 내가 만들었다.

1ㄱ-ㄴ)은 동일한 명제를 나타내고 있다. 그러나 1ㄱ)이 행위자를 주제 성분으로 선택한 반면 1ㄴ)에서는 피행위자를 선택하였다.

둘째, 주제는 정보의 전달구조와 의사소통역량과 관련되어 있다. 그러나 주제의 의사소통역량은 규정되어 있는 절대적인 것이 아니라 정도의 개념으로 이해된다. 주제는 화역설정 이외에 별다른 정보를 전하지 못하는, 의사소통역량이 낮은 주제 및 화역설정과 '指定, 對照' 등의 의미를 전하는 의사소통역량이 보다 높아지는 주제가 있다. 따라서 주제가 담화에서 전달하는 정보량은 동일할 수 없다.

> 2) ㄱ. 서울은 한국의 수도이다.
>   ㄴ. 서울은 복잡한 도시이다.

2ㄱ)에서 '서울은' 단지 評言의 내용, 즉 '한국의 수도'가 어느 곳인가를 나타내는 화역을 설정하는 무표주제이다. 그러나 2ㄴ)의 '서울은'에는 강세가 주어지고 짧은 쉼(pause)이 따르며, 다른 도시가 아닌 '서울'이라는 '지정, 대조' 등의 의미가 나타난다. 따라서 국어는 전형적인 무표의 주제표지로 '-은/-는'을 가진 것으로 볼 수 있다.

셋째, 주제의 표현은 생략되기도 한다. 표현이 생략되는 주제는 담화상황이나 선행문맥으로부터 주제를 예측할 수 있거나 회복이 용이해서 청자의 주제 확인에 어려움이 없는 경우에만 허용된다. 이것은 주제의 구정보성과도 관련이 있다. 곧 주제란 말 듣는 이의 의식 속에 이미 존재한다고 생각되는 기존정보 또는 구정보를 전제로, 언급되는 대상이다.

> 3) ㄱ. 어떤 가수가 노래를 부른다.
> ㄴ. 그 가수는 한국에서 제일 유명하지.

3ㄴ)의 '그 가수'는 3ㄱ)의 '어떤 가수'처럼 처음 등장하는 사항, 곧 新情報의 대상과 구별되는 이미 알려진 舊情報에 속한다. 이 때 'NP은'의 '-은/-는'은 前述的 指稱의 의미를 지니고 있다.

이와 같이 주제는 말하는 이와 듣는 이 사이에 이미 이해되고 있는 구정보에 속한다. 결국 주제는 화자와 청자가 공유한다고 여겨지는 화제의 대상으로 '-은/-는'에 의해 표시된다는 점을 확인할 수 있다.

> 4) ㄱ. (너는) 어디에 가니?
> ㄴ. (나는) 은행에 가는 중이야.
> ㄷ. 동생은 어디 갔니?
> ㄹ. (동생은) 친구집에 갔어.

넷째, 주제는 서술어에 대한 통사적 제약이나 의미적 선택제약을 받지 않는다.

다섯째, 주제는 한 문장 안에서만 결정되는 것이 아니라, 그 문장을 둘러싸고 있는 담화구조에 따라 결정된다.

> 5) ㄱ. 철수는 강아지를 어떻게 했니?
> ㄴ. (철수는) 강아지를 팔았어.

> 6) ㄱ. 강아지를 누가 때렸니?
> ㄴ. 강아지는 철수가 때렸어.

5ㄱ)의 주제는 '철수'이고, 6ㄴ)의 주제는 '강아지'이다. 이들 주제

의 선정은 선행하는 문장의 구조에 따라 정해지는 것이다.

이상으로 談話의 개념으로 주제의 특성을 살펴보았다. 그리고 그러한 주제의 성분이 특수조사 '-은/-는'에 의해 드러나고 있음을 확인할 수 있다.

3. '주제-평언' 구문

국어의 문장구조를 서구 인구어의 경우처럼 '주어-서술어'의 구조로 고정관념화 하는 한, 문장구조를 설명할 수 없는 문장들이 있다.13)

> 1) ㄱ. 시계는 오메가가 튼튼하다.
>   ㄴ. 꽃은 장미가 예쁘다.
>   ㄷ. 낚시는 바다낚시가 재미있다.
>   ㄹ. 차는 작은 것이 좋다.
>   ㅁ. 생선은 도미가 맛있다.

지금까지 주제는 국어의 기저구조라고 생각되는 '주어-서술어'의 구조의 문장에서, 서술어에 대하여 고유한 관계기능을 가졌던 성분이 주제로서의 부가적인 기능을 부여받은 것에 불과한 것으로 인식되었을 뿐, 기저에서의 존재는 부정되어 온 것이다.

그러나 국어에서 주제를 이렇게 단순하게 파악하는 것은 논의의 여지가 남는다. 가령, 국어는 주제표시 기능의 형태소 '-은/-는'을 갖고 있으며, 관계화(relativization)에 따른 제약을 수반하고, 기

---

13) 李翊燮·任洪彬(1983:18)에서는 현대의 변형생성문법이 아무리 보편성 (universals)을 전제로 하는 것이라고 하여도, 그 대부분 영어에 대해서 이루어진 성과라는 점에서 한계를 가지는 것이며, 그렇기 때문에 그것이 곧 국어에서도 동일하게 성립할 것이라는 가정은 반드시 옳다고는 할 수 없는 것이다. 영어에 대해서는 아무리 의심의 여지가 없이 받아들여지는 정당한 것이라고 하더라도 국어에 대해서는 다시 검증되지 않으면 안된다고 하였다.

저구조와 표면구조간에 의미상 차이가 발생한다는 사실 등은 국어에
서의 주제는 변형에 의해 파생된 것이 아니라, 기저에서 실현된 것
으로 인식하게끔 하는 이유이다.14)

　그러면 '주제-평언' 구조가 기저에서부터 인정되는 경우를 관계화
와 관련시켜 생각해 보자.

　문장은 그 자체가 하나의 성분으로 변형되어 보다 큰 상위의 문장
에 포함될 수 있는데, 그 절차로는 보문화(Complementation)와
관계화를 들 수 있다. 문장 내부의 한 NP를 표제명사(head noun)
로 선택하고, 문장의 다른 요소들이 그 표제명사를 한정해주는 변형
절차가 관계화이다. 이에 따르는 제약이 일어나면, '주제-평언'의 문
장구조를 기저에서부터 존재한다고 생각해야만 한다.15)

　일반적으로 단문의 관계화에 있어서 서술어를 중심으로 관계변형
을 맺고 있는 명사구는 모두 표제명사로 선택될 수 있다.

　　2) ㄱ. 영희가 밥을 먹었다.
　　　　ㄴ. 밥을 먹은 영희(주어)
　　　　ㄷ. 영희가 먹은 밥(목적어)

　　3) ㄱ. 철수가 총으로 새를 쏘았다.
　　　　ㄴ. 철수가 새를 쏜 총(구격)

　그런데 국어에서는 관계대명사가 없기 때문에 관계화가 이루어지
면서 생성되는 관계절에서는 표제명사로 선택된 명사구의 본래의 위
치가 그냥 공백으로 남게된다. 그래서 관계화 이전의 문장과 같은
문장으로 환원되지 않는다.

　1)의 예문들을 관계화 변형시켜 보면, 그러한 변형이 불가능하다

---

14) 국어 문장구조를 '주제-평언'의 관계로 보는 대표적인 업적으로는 任洪彬
　　(1972) 및 蔡琬(1976)을 들 수 있다.
15) 鄭仁祥(1980:21-27) 참조.

는 것을 쉽게 알 수 있다.

    4) ㄱ. 시계는 오메가가 튼튼하다.
       ㄴ. 오메가가 튼튼한 시계
       ㄷ. 시계가 튼튼한 오메가

    5) ㄱ. 꽃은 장미가 예쁘다.
       ㄴ. 장미가 예쁜 꽃
       ㄷ. 꽃이 예쁜 장미

    6) ㄱ. 생선은 도미가 제일 맛있다.
       ㄴ. 도미가 제일 맛있는 생선
       ㄷ. 생선이 제일 맛있는 도미

  이들 문장들은 NP_1이 표제명사로 선택될 수 없고, 관계절 속에서 서술어와 직접 통합할 수 없다. 따라서 이들은 기저에서부터 '주제-평언'의 구조를 가진 문장이나, 아래 문장의 구조는 '주제-평언'이라고 말할 수 없다.

    7) ㄱ. 코끼리는 코가 길다.
       ㄴ. 코가 긴 코끼리

    8) ㄱ. 철수는 키가 크다.
       ㄴ. 키가 큰 철수

    9) ㄱ. 영희는 머리가 좋다.
       ㄴ. 머리가 좋은 영희

  위 7-9) 문장에서 각 NP_1은 관계화 구문의 표제명사로 선택될 수 있다는 점에서 문 외부적인 성분이 아니고, 문 내부적인 성분이었던 것으로 생각된다. 그리고 이들 문장에서 NP_2를 표제명사로 선택하게 되면, NP_1이 속격으로 실현되는 관계화 구문이 만들어진다.

> 10) ㄱ. 코끼리의 긴 코
> ㄴ. 철수의 큰 키
> ㄷ. 영희의 좋은 머리

결국 7-9)의 각 NP_1은 서술어와 관계를 맺고있는 문장 내부의 한 요소이다. 따라서 기저에서부터 주제문장을 형성한 것이라고 할 수 없다.

4. 특수조사 '-은/-는'의 기능

문장에서 '-은/-는'은 특수조사라는 그 이름의 성격 그대로 문법적 기능은 담당치 않고, 여러 성분 뒤에 붙어 특별한 의미를 더해주는 기능을 하는 의미 부담어이다.[16)]

'-은/-는'은 전통문법에서도 '-도, -만, -부터' 등과 함께 묶어 특수조사로 처리하여 '-이, -을, -에' 등의 격조사와 대립하는 것으로 파악하였다. '-은/-는'을 이렇게 본 것은 다른 특수조사와 그 분포와 기능면에서 같았기 때문이다.

이들 '-도, -만, -부터'와 '-은/-는'은 아래의 예문에서 보는 바와 같이 어느 문장성분에나 비교적 제약 없이 붙을 수 있으며, 하나의 특수조사 대신에 다른 특수조사를 대치하여도 그 문장의 문법성에는 차이가 없음을 알 수 있다. 이러한 사실은 특수조사가 격기능과는 아무런 관계가 없음을 잘 나타내준다.

---

16) 국어에서 조사는 한 문장 내에서 주로 체언이나 체언상당어에 연결되어, 그것이 이루는 통사적인 구성에 참여하는 다른 문장성분들과 가지는 문법적 관계를 표시하여 주거나 또는 의미요소를 첨가해주는 기능을 가지고 있는 형태이다. 이 조사는 일반적으로 격조사와 특수조사(보조사)로 분류된다. 전통문법에서 특수조사 '-은/-는'은 격기능과 관계가 없고, 특별한 뜻을 더해주기만 하는 조사로, 격조사와 대립하는 것으로 파악했다.

1) ㄱ. 영미는 학교에 간다.
   ㄴ. 철수는 사장이 되었다.
   ㄷ. 나는 그 친구가 재벌처럼 산다는 소문을 들었다.
   ㄹ. 그 곳에서는 연기가 난다.
   ㅁ. 사보의 수효가 늘어가고는 있다.

예문과 같이 특수조사 '-은/-는'은 자리를 가리지 않고, 문장의 여러 성분, 주어, 보어, 목적어, 부사어, 서술어에 붙을 수 있음을 알수 있다.

1ㄱ-ㄴ)에서 '-은/-는'이 결합한 명사구들은 모두 통사적으로 주어의 기능을 보이고 있다. 그러나 이 주어의 기능을 '-은/-는'이 가지는 고유한 기능이라고 보기는 어렵다. 주격을 나나내는 격조사가 생략되어 있다고 보면, '-은/-는'은 단지 주제나 대조의 기능만을 맡는다고 볼 수 있는 것이다. 그리고 그들 문장의 격기능은 생략된 격조사가 맡는다.

2) ㄱ. 철수(가)는 내일 서울에 간다.
   ㄴ. 철수(를)는 어제 내가 보았다.
   ㄷ. 서울(에/에서)는 눈이 많이 왔다.
   ㄹ. 콩(으로)은 메주를 만든다.
   ㅁ. 삼국사기까지는 못 읽는다.

2ㄱ-ㅁ)에서 보듯이 '-은/-는' 앞에는 '-가, -를, -에/에서, -으로' 등의 여러 격조사가 생략되어 있고, 그러한 통사적인 기능을 대신하고 있는 것이 '-은/-는'이다. 그러나 이러한 생략된 문맥을 통해 생략된 격조사의 기능을 알아볼 수 있을 때에만 가능하다. 2ㅁ)의 경우는 문맥을 통해 생략된 조사를 짐작할 수 없기 때문에 '-까지'가 생략될 수 없는 것이다.

다음은 '-은/-는'의 의미적 기능에 대해 알아보고자 한다.

일반적으로 주어진 문장에서 서술부와 함께 전체 내용과 관련된 화제의 중심 대상이 NP일 때 NP에 결합된 '-은/-는', 즉 'NP는'은 주제의 의미를 띠며, 여러 同類 가운데 하나를 들어내어 화제를 삼는 경우에는 대조의 의미를 지닌다고 볼 수 있다.

전통적으로 '-은/-는'의 의미는 대조 또는 이와 유사한 의미를 가진 것으로 분석되어 왔다. 이러한 의미기능 가운데 '-은/-는'의 고유한 의미는 '대조성'이라 할 수 있고, 나머지는 상황적 의미에서 드러나는 것이다. 그러면 대조라는 것은 구체적으로 어떤 의미를 갖는 것인지 알아보자.

먼저 'NP-은/는'이 주제를 표시하지 않을 때에는 '대조'의 의미를 나타낸다. 곧 문장 첫머리에서 강세를 받고 있는 체언, 문장 중간에 있는 체언 그리고 일부 부사어 등에 덧붙으면 모두 대조의 의미를 나타낸다.

  3) 철수는 학생이다.

3)의 '철수'는 강조됨으로써 다른 사람과의 대조를 부각시키고 있다. 강조되지 않을 때에는 '학생이다'라는 평언에 새로운 정보로서의 초점이 놓이므로 '철수'는 주제가 된다.

  4) ㄱ. 경희가 막걸리는 마신다.
     ㄴ. 그가 김치는 먹는다.
     ㄷ. 신부가 손은 예쁘다.

위의 문장에서 '-은/-는'이 결합된 NP들은 '-은/-는'의 의미기능에 의해 각각 '막걸리, 김치'가 아닌 것들과 대조성을 띠고, 마지막 문장의 '손'은 기본적으로 다른 신체 부위와의 대조적인 의미를 지니고 있다는 것을 알 수 있다.

대조의 의미를 가지는 '-은/-는'은 문장에서 여러 가지 기능을 보인다. 다음을 보자.

　5)　ㄱ. 비는 오고 있지만, 바람은 불지 않는다.
　　　ㄴ. 철수는 이 책을 읽었다. 철수는 영리하다.

　예문 5ㄱ)에서 대조를 이루고 있는 명사구는 '비'와 '바람'이고, 이 것이 동시에 주어의 구실도 하고 있음을 알 수 있다. 그리고 5ㄴ)은 철수를 제외한 다른 사람은 책을 읽지 않았지만 철수는 읽었다는 의 미해석으로 역시 '대조'의 뜻을 나타내고 '철수는'은 문구조상 주어의 기능도 하고 있다.
　그러나 이와는 달리 '-은/-는'이 문장에서 대조의 의미는 나타내지 만 주어라고 볼 수 없는 예도 있다.

　6)　ㄱ. 선생님이 책은 주셨다.
　　　ㄴ. 영희는 철수가 사랑한다.
　　　ㄷ. 낮말은 새가 듣는다.
　　　ㄹ. 그 책은 영수가 나에게 주었다.

　6ㄱ) 문장에 쓰인 '-은/-는'은 앞의 명사 '책'에 결합되어 여러 동 류 중에서 '책'을 화제로 삼아 대조의 뜻을 나타내고 있다. 원래의 이 문장은 목적어로 쓰인 '책을'에서 '-을'을 빼고 여기에 '-은'을 결합 시킨 경우로 다음과 같은 문장이었다. 6ㄴ-ㄹ)의 예문도 이와 마찬 가지로 원래의 목적어인 '낮말을, 영희를, 그 책을'을 문두로 도치시 키면서 특수조사 '-은/-는'이 결합되었다.

　7)　ㄱ. 선생님이 책을 주셨다.
　　　ㄴ. 철수가 영희를 사랑한다.
　　　ㄷ. 새가 낮말을 듣는다.
　　　ㄹ. 영수가 그 책을 나에게 주었다.

　따라서 6)의 '책은, 영희는, 낮말은, 그 책은'은 문장에서 주어의 역할을 하는 것이 아니고, 다만 목적어라는 성분으로 주제어의 역할

을 띠고 있음을 충분히 알 수 있다. 또한 'NP-은/는'이 주제의 기능
을 할 때가 있다.

앞에서 살펴본 것처럼 '-은/-는'의 기본 의미는 '대조성'이라 할 수
있는데, 그 대조대상의 범위가 막연하거나 넓어지면 그 대조성이 잘
감지되지 않게 된다. 이런 경우가 바로 비대조성, 보편성 등으로 해
석되는 경우이다. 흔히 '-은/-는'이 주제를 나타내는 경우로 알려지
는 것이다.17) 다음을 보자.

8) ㄱ. 지구는 둥글다.
　　ㄴ. 사람은 불완전하다.
　　ㄷ. 사람이 불완전하다.

위에서 '지구'는 전형적인 비대조의 문장에 쓰인 것으로 '지구'에
대조되는 특별한 대상이 전제되지 않는 경우를 가리킨다. 다음 문장
도 마찬가지로 '사람은'은 사람에 대한 일반적 속성 따위를 나타내는
경우이기 때문에 어떤 특정한 사람을 나타내는 '사람이'는 많이 쓰이
지 않는다. 만일 어떤 특정한 사람을 가리키는 경우라면 '사람이'가
더 적절할 것이다. 이렇게 순수하게 주제의 의미로만 나타나는 '-은
/-는'이 주격조사 '-이/-가'로 전환이 되면 어색한 문장이 된다. '-
은/-는'이 어떤 특정한 상황(때, 장소, 대상)에서만 나타나는 것이
아니고, 그 개체가 속하는 범주 전체를 나타내면서 총체적 대상을
가리킬 때도 있다. 이 때는 문장에서 주제어의 역할을 한다.

이와 같은 예는 다음에서도 확인할 수 있다.

9) ㄱ. 고래는 포유동물이다.

---

17) '-은/-는'과 주제에 대한 그 동안의 견해는 대략 두 가지로 대별될 수 있
　　다. 첫째는 '-은/-는'의 의미와 관계없이 이것을 주제표지로 보려는 견해로
　　서, 任洪彬(1972), 申昌淳(1975) 등이 이 범주에 속한다. 둘째는 비대조
　　및 소위 총칭성의 '-은/-는'만을 주제표지로 보려는 입장으로 양동휘
　　(1975), 蔡琬(1976), 박승윤(1981) 등으로 대표된다.

ㄴ. 사람은 이성적 동물이다.

예문 9)에서 '고래'와 '사람'은 '-은/-는'과 결합되어 다음과 같은 의미 해석으로 나타난다. 이 때의 'NP-은/는'은 문 내용상 주제이면서 주어로 나타나는 것이다.

10) ㄱ. 고래로 말하면, 그것은 포유동물이다.
ㄴ. 사람으로 말하면, 그것은 이성적 동물이다.

예문 10)은 문두의 'NP-은/는'을 'NP에 대하여 말하면'으로 해석하는 경우이다. 한 문장의 구조가 주제에 대하여 평언이나 설명을 하는 것으로 이루어짐을 의미하는 것이다.

'대하여성'(aboutness)이라는 성질이 그대로 주제의 의미가 될 수는 없지만, 의미와 관련된 한 특성을 잘 반영해주고 있음에는 틀림없다. 주제의 이러한 '대하여성'이 모든 언어를 초월해서 나타나는 기본적 특성이라고 하는 주장에는 거의 같은 견해를 보이고 있다. 그리고 이러한 주제의 문제에 중요하게 영향을 미치는 것이 바로 다음과 같은 예문에서 보듯이 어순에 관한 문제이다.

11) 고산에서는 이 식물이 잘 자란다.

이 문장은 문두에 나타나 있는 '고산에서는'이 '이 식물이' 뒤에 올 경우, '-은/-는'은 주제의 의미에서 대조의 의미로 나타나게 된다. 다음과 같은 문장에서도 문두의 주제성은 변함이 없다.

12) 서울은 교통이 혼잡하다.

이 문장의 주제를 결정한다고 할 때, '서울'이 일차적인 대상이 된다는 것은 두말할 필요가 없다. 그리고 상황에 따라서는 '교통'이 주제로 인정될 수 있지만 이러한 경우에는 '서울'의 경우보다 2차적인 성격을 지닌다고 보아야 한다.

이와 같이 '-에 대하여'라는 의미 특성의 측면에서 볼 때, 주제와 주어는 모두 '대하여성'과 관련시킬 수 있어 주제와 주어는 명확하게 구분되지 않는다. 이것은 '주제-평언', '주어-서술어'가 가지는 구조와 관련지어 생각해볼 때, 주제와 주어가 가지는 의미론적 공통성이라고도 할 수 있겠다. 다만 주어가 그러한 특성을 가지는 것은 주로 문장의 머리에 올 때 두드러진다.

> 13) ㄱ. 영희는 말이 많다.
> ㄴ. 서울은 명동이 거리가 복잡하다.

예문에서 '영희'와 '말'은 둘 다 '-에 대하여'라는 의미 속성을 부여받을 수 있지만, 문두에 오는 '영희'가 '말'보다는 그런 속성이 두드러진다는 것을 알 수 있고, 마찬가지로 13ㄴ)도 '서울은 〉 명동이 〉 거리가'의 순서로 나타남을 알 수 있다.

이와 같이 국어에서는 어순에 따라 주제성의 정도 차이가 나타난다. 또한 주제성은 성분에 따라서도 정도의 차이가 있는데, 주어는 문장에서 어떠한 성분보다도 주제성이 높다.[18]

---

18) 국어의 주제 또한 주제 일반의 보편성에서 크게 벗어나지 않는다. 이러한 관점에서 한 문장에서 주제가 될 수 있는 성분은 주어라는 특정한 성분 하나에 한정되지 않는다.
> ㄱ. 철수는 내가 보았다
> ㄴ. 학교는 나도 간다
'철수는'과 '학교는'은 모두 문장의 주제이지만 문장에서의 성분은 목적어와 부사어가 된다. 이렇게 보면 주제는 대체로 문장의 성분과는 관련이 없이 성립될 수 있다. 그러나 성기철(1985:19)에서는 서술어 성분과 보격은 주제가 될 수 없고, 다음과 같은 수식 성분도 주제가 될 수 없다고 하였다.
> ㄱ.영희의 선물은 큰 성경책이다.
> ㄴ.이 집은 새 건물이다.
> ㄷ.저 집은 우리 할아버지의 집이다.

주어, 목적어, 부사어의 경우를 예로 들면서, 이들 성분이 문장에 나타나는 위치에 따라 주제성에 어떠한 영향을 끼치는지 알아보자.

14) ㄱ. 철수가 서울을 떠나버렸다.
　　 ㄴ. 서울을 철수가 떠나버렸다.
　　 ㄷ. 서울을 떠나버렸다 철수가.

15) ㄱ. 나는 고향을 가고싶다.
　　 ㄴ. 고향에 나는 가고싶다.
　　 ㄷ. 고향에 가고싶다 나는.

14), 15)에서 각각의 ㄴ)은 ㄱ)의 문장의 주어를 문중으로 옮긴 것이고, ㄷ)은 ㄱ)의 주어를 문말로 옮긴 것이다. 각각의 ㄴ), ㄷ)에서도 주어의 주제성을 부정할 수는 없지만, ㄱ)에 비하면 그 주제성은 약하게 드러나며, ㄱ) 〉 ㄴ) 〉 ㄷ)의 순서로 정도의 차이가 나타난다.
다음은 목적어의 경우를 살펴보자

16) ㄱ. 영수가 바둑은 잘 둔다.
　　 ㄴ. 바둑은 영수가 잘 둔다.
　　 ㄷ. 영수가 잘 둔다 바둑은.

17) ㄱ. 나도 소설은 쓴다.
　　 ㄴ. 소설은 나도 쓴다.
　　 ㄷ. 나도 쓴다 소설은.

위 각각의 ㄴ)은 ㄱ)의 목적어를 주제화시켜 문두로 옮긴 것이고, ㄷ)은 ㄱ)의 목적어를 문말로 옮긴 것이다. 16), 17)에서는 목적어가 ㄱ)과 같이 문중에 위치한 것보다 ㄴ)처럼 문두에 위치한 것이 주제성을 더 강하게 드러냄을 알 수 있다.

부사어는 장소부사어, 시간부사어, 여격부사어, 조격부사어로 나
누어 생각해볼 수 있다.

18) ㄱ. 안개가 김포공항에는 많다.
　　 ㄴ. 김포공항에는 안개가 많다.
　　 ㄷ. 안개가 김포공항은 많다.
　　 ㄹ. 김포공항은 안개가 많다.
　　 ㅁ. 안개가 김포공항에 많다.
　　 ㅂ. 김포공항에 안개가 많다.

19) ㄱ. 공기가 새벽에는 무척 맑다.
　　 ㄴ. 새벽에는 공기가 무척 맑다.
　　 ㄷ. 공기가 새벽은 무척 맑다.
　　 ㄹ. 새벽은 공기가 무척 맑다.
　　 ㅁ. 공기가 새벽에 무척 맑다.
　　 ㅂ. 새벽에 공기가 무척 맑다.

위와 같이 시간부사어와 장소부사어가 문두에 왔을 때, 주제성의
정도가 가장 뛰어나다는 것을 알 수 있다. 그러나 그 외의 부사어가
문두에 올 때는 주제의 의미가 희박하거나 어색한 문장이 된다.[19]

20) ㄱ. 철수가 볼펜으로는 글씨를 잘 쓴다.
　　 ㄴ. 볼펜으로는 철수가 글씨를 잘 쓴다.
　　 ㄷ. 나도 그에게는 빵을 주었다.
　　 ㄹ. 그에게는 나도 빵을 주었다.

---

19) 주제의 특성 중에서 문두성이 중요한 자리를 차지한다고 보았는데, 다음과
　　 같은 문두의 부사는 주제로 쓰이지 않는다.
　　 ㄱ.조금은 머리가 아프다.
　　 ㄴ.우선은 청소를 시작하자.
　　 성기철(1985:21)에서도 부사구가 문두에 와서 주제성을 가지는 것은 대
　　 체로 장소나 시간을 나타내는 경우라고 보고 있다.

그러나 문두가 주제의 절대적 위치라고 해서, 주제가 어순에 의하여 개념규정이 되는 것은 아니다. 주제는 무엇보다도 대하여성에 의해서 규정되어야 하는데, 이 속성 때문에 자연적으로 발화의 시발점이 되는 것이고, 이에 따라 문두에 오게 마련인 것이다. 이렇듯이 주제의 문두 어순도 많은 사람에 의해 지지를 받고있는 주제의 중요한 특성이다.

마지막으로 주제를 파악하는 기준으로는 '기존정보성'을 들 수 있다. 이는 청자가 이미 알고 있거나 알려진 사항을 가리키는 것으로 화자가 믿는 경우를 가리킨다. 곧 주제란 말 듣는 이의 의식 속에 이미 존재하거나 생각되는 기존정보 또는 구정보를 전제로 하고 언급되는 대상이라는 것이다.

> 21) ㄱ. 어떤 가수가 노래를 부른다.
> ㄴ. 그 가수는 한국에서 제일 유명하지.

21ㄴ)의 '그 가수'는 ㄱ)의 '어떤 가수'처럼 처음으로 등장하는 사항, 이른바 신정보의 대상과는 구별되는 이미 알려진 구정보에 속한다고 볼 수 있다. 이 때 'NP-는'의 '-는'은 전술적 지칭의 의미를 지니고 있다. 21ㄱ)의 뜻으로 보아, 21ㄴ)의 '-는'은 NP를 문 내용상 주제, 또 문장 구조상 주어의 역할을 하고 있다.

이와 같이 주제는 말하는 이와 듣는 이와의 사이에 이미 이해되고 있는 구정보 속한다. 이는 결국 화자와 청자가 공유한다고 여겨지는 화제의 대상으로 한정성을 가진다는 것이다. 따라서 한정성을 가진 대상이 문두에 놓일 때는 주제가 되고, 이 주제에 덧붙여지는 것이 '-은/-는'이다.[20]

---

20) 蔡琬(1976, 1979)에서는 Topic은 화자와 청자가 이미 잘 알고 있는 한정적 요소이며, Copmment는 화자가 새로이 전달하고자 하는 Topic에 관한 정보라 했다. 즉 Topic은 화자, 청자가 공유하고 있는 한정된 지식이라 했다.

지금까지 '-은/-는'은 그 주된 기능이 '대조'의 의미를 지니는 특수조사로 쓰여 왔고, 그 이외에 문두에서는 주제의 의미를 나타냄을 알았다. 결국 대조대상의 범위 확대로 말미암아 대조성이 중화되어 잘드러나지 않는 특수한 상황에서 주제로 쓰인다는 것을 알았다.

5. 결론

지금까지 특수조사 '-은/-는' 문제와 관련하여 이의 주제 문장에 대하여 살펴보았다. 결론으로 각 장의 내용을 요약하면 다음과 같다.

첫째, 주제는 국어의 기저구조라고 생각되는 '주어-서술어'의 구조의 문장에서 서술어에 대하여 고유한 관계기능을 가졌던 성분이 주제로서의 부가적인 기능을 부여받은 것이 아니라, 기저에서부터 실현된 것이다. 가령, 국어는 주제표시 기능의 형태소 '-은/-는'을 갖고 있으며, 관계화(relativization)에 따른 제약을 수반하고, 기저구조와 표면구조간에 의미상 차이가 발생한다는 사실 등은 국어에서의 주제는 변형에 의해 파생된 것이 아니라, 기저에서 실현된 것으로 인식하게끔 하는 이유이다.

둘째, 주제가 드러내는 일반적인 특성에 따라 '-은/-는'은 그 주된 기능이 '대조'의 의미를 지니는 특수조사로 쓰여 왔고, 대조대상의 범위 확대로 말미암아 대조성이 중화되어 잘 드러나지 않는 특수한 상황에서 '주제'로 쓰인다.

현대국어의 주어와 주제*

— '-이/-가'와 '-은/-는'을 중심으로 —

1. 서론

국어는 언어 유형상 첨가어에 속하는 언어로 인구어처럼 모든 문법적인 형태의 변화가 굴절에 의하지 않고, 체언에 결합하는 조사의 곡용과 용언에 붙는 어미의 활용에 의한다. 따라서 국어에서의 조사와 어미의 중요성은 크다 할 것이며, 수많은 연구자들에 의해 폭넓게 다루어져 온 이유도 동일한 원인에서였다.

국어의 조사는 문장에서의 쓰임에 따라 격조사와 특수조사1)로 구분한다. 이 가운데 조사 '-이/-가'와 '-은/-는'의 경우, '주어-서술어'의 문장구조 하에서 매우 복잡한 양태를 보이고 있다. 1960년대 후반 국내에 소개된 변형생성문법의 영향 아래 주어문제와 관련된 이중주격 문제 그리고 주제화 논의와 맞물려 그 동안 이들에 대한 많

---

* 본고는 「경원어문논집」 2집(1998. 12)에 실린 것을 수정한 것임.
1) 본고에서 사용하는 '특수조사'는 그 용어상 여러 가지로 불릴 수 있다. '도움토씨(보조사), 한정조사, 후치사' 등이 있다. '특수조사'라는 용어가 최초로 사용된 것은 이희승(1949)으로 그는 조사 중에서 여러 가지 격에 두루 쓰이는 뜻으로 정의하고 있다. 그러나 '특수조사'는 격관계와는 무관하며 체언에 직접 결합되는 경우에도 이 앞에 격조사가 생략된 것이거나 또는 부정격에 '특수조사'가 연결된 것으로 보는 것이 일반적이다. 따라서 용어는 이를 사용하되 오히려 개념으로는 '일정한 의미 부담기능을 가진다'는 최현배(1937)의 견해를 따름을 밝히어 둔다.

은 논의들이 있어 왔었다. 특히, 주제라는 개념의 도입으로 인해 우리 국어문장이 주제성이 강한 면을 보이고 있어 국어의 문장구조를 인구어의 '주어-서술어' 구조가 아닌 '주제-설명어'의 구조로 분석하기에 이르렀다. 그리하여 대체로 '-이/-가'는 주격조사로 그리고 '-은/-는'은 주제를 표시하는 특수조사 내지 주제조사로 보고 있다. 이러한 문제는 국어 문장의 올바른 분석을 위해서도 반드시 정확하게 규명되고 넘어가야 할 문제이다.

본고는 기존 전통문법에서 다루어온 주어와 주제의 개념을 명확히 구분하고, 그에 따라 현대 국어에 나타나는 이들의 양상에 대해 살피고자 한다. 논의의 순서는 다음과 같다. 먼저, 2장에서는 이들에 대한 선행연구를 살피고, 3.1에서는 주어의 개념과 주격조사 '-이/-가'의 기능을, 3.2에서는 주제의 개념과 특수조사 '-은/-는'에 대해 살피기로 한다.

2. 선행연구

전통문법적인 입장에서 국어의 주어 개념은 제대로 정립되지 못하였다. 뿐만 아니라 주제와도 명확히 구별되지 않아 주격조사 '-이/-가'와 특수조사 '-은/-는'을 동일 부류에 포함시키는 연구자들도 많았다.[2]

전통문법의 대표서라고 할 수 있는 최현배(1937)에서는 '-이/-가'만을 주격조사로 보았고, '-은/-는'은 주격조사와 보조조사의 양 기

---

2) 俞吉濬(1909)에서 주격조사의 부류에 '가, 이, 는, 은'을 들었고, 그러던 것이 주시경(1910, 1913)에서 최초로 '은, 는'을 구별하여 이들을 주어와 목적어에 공용됨을 지적하고 그 의미기능이 다름을 나타낸다 하였다. 한편, 朴勝彬(1935:380)에서는 "코끼리는 코가 길다", "장사는 머리털이 관을 찌른다"의 첫 번째 명사구인 "코끼리, 장사"를 文主라 하고, 두 번째 명사구인 "코, 머리털"을 主語라고 하였다. 그가 말한 文主의 개념이 명확하지는 않지만 오늘날 주제의 개념과 매우 흡사한 것만은 사실이다.

능을 지니고 있다고 보았다. 특히 보조조사로의 쓰임에서는 '서로 다름'과 함께 '논술의 제목'을 표시한다고 하였다.

한편, 1960년대 후반 변형생성문법의 도입 이후, 국어의 조사 문제에 대한 연구가 활발히 이루어지면서 '-이/-가'와 '-은/-는'에 대한 연구도 활기를 띠게 되었다. 그러나 대부분의 연구가 각각 독립적인 방향에서 진행되었다.3) 그렇지 않으면 이들 한 조사의 통사적, 의미적인 특징을 뚜렷이 보이기 위해 나머지 조사와 비교하여 왔다. 또한 주격조사 '-이/-가'와 특수조사 '-은/-는'을 연구함에 있어 통사론적인 측면에서보다는 주로 의미론적인 측면에서 그 차이를 드러내려는 경향이 있어 왔다. 이 시기에 이들 조사에 관한 최초의 연구로 李基用(1969)을 들 수 있다. 이후 대표적인 연구로 임홍빈(1972), 申昌淳(1975), 李弼永(1982) 등이 있다.

李基用(1969)에서 조사 '-이/-가'는 주격, '-은/-는'은 중성독립격조사로 보고 있다. 종전의 대조라는 의미적 성격을 부정하고 '-은/-는'의 용법을 새로이 보았다는 점이 특이하다.

국어의 주제 문제와 관련하여 조사 '-이/-가'와 '-은/-는'의 의미기능에 대해 고찰한 임홍빈(1972)에서는 전자를 '배타적 대립'으로, 주격조사 '-이/-가'와 결합되는 체언은 서술부와 의미론적으로 동일한 차원에 드는 체언과의 관계에서 성립된다고 보았다. 반면 조사 '-은/-는'이 첨가되는 체언은 의미론적으로 그와 동차원에 드는 다른 체언들과 '대조적 대립'의 의미적 특성을 지니고 있다 하여 이들을 구별하고 있다. 그러나 '-이/-가'나 '-은/-는' 모두 주제화 첨사가 될 수 있다고 하였다.4) 어떤 언어요소가 주제화된다는 것은 주제화된

---

3) 특수조사 '-은/-는'의 연구 가운데 의미적 특징을 논한 연구는 매우 세분화되어 있다. 이석규(1987)에서는 이의 의미를 '주제', '한정, 제한', '차이, 상이', '대조', '감탄', '비교', '강조', '지시, 지적, 지정', '표별, 분간, 분별'과 같이 9종류로 나누고 있다. 이들 가운데 유사한 의미설들을 묶어 재정리해 보면 크게 '주제', '대조', '한정', '강조', '지적'으로 나눌 수 있다.

4) Sohn(1980)에서도 국어에서의 몇 가지 특징을 들고, 주제를 나타내는 문법요소로 '-은/-는' 뿐만 아니라 주격조사 '-이/-가'와 아울러 한정사인 '만,

요소와 주제화되지 않은 것 사이에 성립되는 대립관계에 의한 것으로 다만, 전자는 거의 모든 문장성분을 주제화하지만 후자는 체언에만 국한된다고 보았다.

申昌淳(1975)에서는 '-은/-는'이 결합하는 명사구의 경우 여러 동류 가운데 하나를 들어내어 주제의 역할을 하는데, 이는 '-은/-는'의 어휘적인 의미에 따른 통사적인 관계의미를 나타낸다고 보았다. 그리고 서술문, 의문문, 명령문 및 청유문과의 환경에 나타나는 '-이/-가'의 의미를 '지정선택'과 '선택지정'으로 구분하였다. 이 가운데 '-이/-가'가 '선택지정'의 의미로 쓰일 경우에 그 명사구는 강세와 쉼5)이 따르고 반드시 주격을 나타낸다. 따라서 이 경우의 '-이/-가'는 주격의 주제화로서의 역할을 하는 것이다.

李弼永(1982)에서는 지정의 '-가'가 주제의 '-는'과 함께 문장 앞에만 쓰이고, 선택지정의 '-가'는 대조의 '-는'과 마찬가지로 문장 앞, 문장 가운데 어디에서나 쓰인다 하였다. 그리고 전자가 강세를 가지지 않는데 반해 후자는 강세를 갖는다는 점에 주목하였다. 그리하여 지정의 '-가'는 주제의 '-는'과, 선택지정의 '-가'는 대조의 '-는'과 각각 동일한 의미반응을 나타낸다고 보았다.

3. 주어와 주제

지금까지 우리는 국어의 문장구조를 인도-유럽어와 동일한 '주어-서술어' 구조로 인식하여 왔었다. 그러나 이러한 태도를 국어의 모든

도, 까지' 등도 그 자리에 나타날 수 있다고 하여 주제와 관련된다고 보고 있다.

5) 임규홍(1993)에서는 주제의 일반적 특성 가운데 음운론적 표지로 '약강세(weak stress)'와 '쉼(pause)'이 필수적이라고 하였다. '쉼(pause)'은 담화에 있어서 의미 덩이를 갈라주는 기능을 하며 화자의 표현의도가 반영된 현상으로, 주제표지가 실현되지 않을 경우에도 '쉼'의 기능에 의해 선행 명사구를 주제화시킬 수 있다.

문장에 적용하려는 것은 지양되어야 한다는 인식을 하게 되었고, 문장의 구조분석에서 변형생성문법과 화용론적 인식에 따라 주제라는 개념이 도입되기에 이르렀다. 그리하여 국어의 문장은 '주제-설명어'와 같은 구조를 띠고 있다는 주장이 생겨나게 되었다.

국어문장 구조에서 주어와 주제는 엄격히 구분되어야 할 요소이다. 주어는 문장층위 구조상 통사론 측면에서 다루어지고, 주제는 담화론적 층위의 요소를 가리킨다.

따라서 본 장에서는 전통적인 주어와 주제의 개념 정리 가운데 그들의 표지, 즉 '-이/-가'와 '-은/-는'의 기능에 대해 살피고자 한다.

1) 주어의 개념과 주격조사 '-이/-가'의 기능

(1) 주어의 개념

주어는 체언이나 체언상당어에 주격조사가 결합되어 나타난다. 외국인이 쓴 국어문법서는 접어둔다 하더라도 兪吉濬(1909)[6]과 같은 초기 문법서에서 이러한 주어의 기능은 널리 인정되어 왔다. 그러나 인구어를 중심으로 전개, 발전된 서구 문법이론에 따라 현대국어의 주어는 뚜렷한 개념정의 없이 쓰이고 있다. 본 절에서는 주어의 개념을 새롭게 정의내린다기보다 선행 연구자들의 견해를 종합하기로 한다.

지금까지 국어의 주어에 대한 연구는 크게 두 가지 방향에서 이루어졌다. 즉 전통문법과 구조주의 문법의 테두리 안에서 문장의 표면구조를 위주로 하는 입장과 변형문법적 이론에 입각하여 문장의 내면구조를 위주로 하는 입장이 바로 그것이다. 전자는 다시 대개의 문장은 주어를 갖는다는 견해와 주어 없이 문장이 성립될 수 있다는 주장이 있다. 그러나 이것은 형태적, 통사적 기능의 고려 없이 의미

6) 兪吉濬(1909)에서는 "主語라ᄒᆞᄂᆞᆫ者ᄂᆞᆫ思想을發顯케ᄒᆞᄂᆞᆫ主格의體言이니一切 名詞되는者ᄂᆞᆫ主語됨을得ᄒᆞ고恒常文章中初位에居ᄒᆞ나니"라 하고, 형식상 '單主語, 複主語, 總主語, 修飾主語'로, 성질상 '文法上主語, 論理上主語'로 구분하였다.

적 기능에 의해서만 주어의 개념을 파악한 것이다. 다음으로 변형문법에서는 문장의 직접성분을 "S→NP+VP"로 설명하고, 이 가운데 문장의 직접지배를 받는 NP[7]를 그 문장의 주어로 규정하고 있다. 이 역시 주어와 서술어에 대한 외형적 정의에 불과하다. 그러면 의미론적 접근외국어의 주어 개념에 필요한 조건을 살피기 위해 세계 언어를 바탕으로 주어의 일반적인 통사적 성격을 살핀 Keenan(1976)[8]을 국어에 적용해 보기로 한다.

첫째, 주어는 서술어가 표시하는 동작이나 특성에 대하여 다른 명사구보다 독립적인 존재다.

주어는 서술어에 의해 종속적으로 연결되기보다 대등적인 관계에 있는 것으로, 목적어나 부사어 등과 달리 더 격상된 자리에서 서술어와 결합된다는 것이다.

    1) ㄱ. 철수가 공을 찬다.
        ㄴ. 철수가 학교에서 공을 찬다.

예문 1)에서 목적어 '공'과 부사어 '학교에서'는 각각 서술어 '찬다'는 동작으로부터 독립된 것이 아니지만, 주어인 '철수가'는 독립적으로 존재하고 있다.

둘째, 주어는 문장 구성에서 불가결한 요소로, 다른 명사에 비하여 생략되는 것이 불가능하다.

국어에 주어 없는 문장이 일상 언어에 많이 나타나는 사실을 들어

---

7)

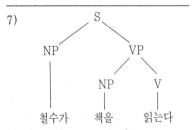

8) 鄭仁祥(1980:11) 참조.

李承旭(1969)과 金宗澤(1973)에서는 '무주어설'을 주장9)하기도 한다. 그러나 이는 문법적으로나 의미적으로 주어가 필요하지 않다고 할만한 충분조건은 되지 못한다.

    2) ㄱ. 무슨 일이죠?
       ㄴ. 철수가 물에 빠졌어요.
       ㄷ. * Ø   물에 빠졌어요.

  질문 2ㄱ)에 대한 답변으로 2ㄴ)과 같이 주어를 갖추어야 함에 비해 2ㄷ)은 주어가 생략되어 올바른 문장이 되지 못한다.

  한편 국어문장에서 주어의 생략이 가능한 일정한 환경적 요인도 있다. 즉, 문맥적 관계나 대화 상황 등에서 주어가 어떤 것인지 화자와 청자 사이에 서로 이해될 경우에만 가능하다. 그렇지 않을 경우에는 주어는 반드시 표면화되어야만 한다. 전혀 이해될 수 없는 경우에 주어가 나타나지 않는다면 의사전달이 될 수 없기 때문이다. 말을 처음 꺼낼 때라든지, 대화 환경의 도움이 없을 경우 주어는 필수적으로 갖추어져야 한다.

    3) ㄱ. 철수가 무엇을 하고 있나요?
       ㄴ. 철수는 축구를 하고 있어요.
       ㄷ. Ø   축구를 하고 있어요.

  3ㄱ)의 질문의 초점은 목적어 '무엇을'에 놓인다. 따라서 이 경우 적절한 대답으로 반드시 목적어 성분이 밝혀져야만 한다. 그러나 문장의 주어는 이미 전제되어 있기 때문에 3ㄷ)과 같이 생략이 가능하다. 이때 주어와 주제는 명확히 구별되지 않는다. 이러한 이유를 李

---

9) 남기심(1985)에서도 기존의 주어 정의에 문제점을 지적하고 있다. 즉 "둘에 둘을 보태면 넷이다", "비가 와서 큰일이다", "미운 놈 떡 한 개 더 준다" 등은 주어가 없거나 무엇인지 지적할 수 없다고 하였다.

翊燮·任洪彬(1983:136)에서는 이들 조사가 국어의 조사 중 가장 순수하게 문법적(통사적) 기능을 담당하는 조사들인데서 연유하는 것으로 보았다. 따라서 주어는 의미론적 측면뿐만 아니라 '-이/-가'라는 형태론적 측면과 그에 따르는 여러 통사론적 측면도 동시에 고려되어야 한다.

결국 주어는 서술의 주체를 나타내는 문장성분으로 서술어가 거느리는 자리가 아닌 서술어가 되는 용언의 종류와 관계없이 주어진 자리로, 격조사 '-이/-가'를 취한다.

(2) 주격조사 '-이/-가'의 기능

조사 '-이/-가'는 선행하는 명사나 명사구에 결합하여 문장 속에서 주어와 보어10)라는 일정한 격자리를 부여한다.

> 4) ㄱ. 철수가 학교에 간다.
> ㄴ. 철수는 학생이 되었다(아니다).

예문 4)에서 '-이/-가'는 선행하는 명사를 각각 주어와 보어라는 통사성분으로 나타내주고 있다. 그 외에 목적어, 부사어, 관형어, 서술어 뒤에는 결합될 수 없다. 이러한 주격조사 '-이/-가'의 통사적 성격을 의미적 기능과 연관해 살펴보자.

---

10) 국어에서 조사 '-이/-가'는 각각 주격과 보격을 나타낸다. 보어는 문장에서 불완전 용언을 도와 완전한 서술기능을 갖추게 하는 성분인데, 이에 따르면 '같다, 다르다, 삼다' 등의 선행성분들도 보어로 취급될 수 있다. 그러나 부사어와 그 형식이 매우 유사해져 문법적 처리에 어려움이 생기게 된다. 따라서 金敏洙(1971)에서는 보어를 구별하는 다음과 같은 기준을 제시하였다. ①가장 넓게 잡으면, 술어를 보충하며 완전한 문의 술부를 이루게 하는 요소, 객어와 부사도 이에 널리 포함된다. ②좀 넓게 잡으면, 객어만 제외된다. ③좀 좁게 잡으면, 술어에 필요한 것으로 그것이 없으면 술어의 뜻이 불완전하게 되는 요소, 객어와 부사가 다 제외된다. ④가장 넓게 잡으면, 주보어와 객보어로만 제한된다.

　5) ㄱ. 철수가 공부를 한다.
　　　ㄴ. 학생들이 노래를 부르고 있다.
　　　ㄷ. 이 개가 짖는다.

　이들은 모두 대화의 현장에서 관찰한 어떤 대상이나 사실에 대해 느꼈거나, 인지한 사실 그대로를 단순하게 서술하고 있다. 이러한 주격조사 '-이/-가'의 의미를 '중화적 의미'라 하고, 이때 자연스러운 문장이 되고, 특수한 문맥을 필요로 하지 않는다. 즉 공부를 하고 노래를 부르는 대상이 다른 것이 아닌 '철수, 학생들'이라는 뜻이 아니고, '철수, 학생들'에 대해 특별한 강조 없이 행동주를 지칭하고 있는 것이다.

　이와 같이 주격조사 '-이/-가'가 중화적 의미를 나타낼 때는 일시적 동작이나 상태, 의문사 및 수사와 명사가 통합될 때로 문장에서 주어임을 확실히 드러낸다.

　'-이/-가'의 두 번째 의미적 기능으로 '배타적 지칭의 의미'를 지적할 수 있다. 이 경우 정태상태, 상습적 행위를 나타내는 서술어와 결합된다.

　6) ㄱ. (여럿 가운데) 누가 영어를 잘한다.
　　　ㄴ. 철수가 영어를 잘한다.
　　　ㄷ. (?)철수는 영어를 잘한다.

　위의 예는 영어를 잘하는 사람이 있기는 하나 그가 누구인지 의문의 대상이 될 경우에, 그 사람은 새로운 정보로 초점을 받게된다. 이와 같이 새 정보의 대상을 도입할 때에는 6ㄴ)처럼 주격조사 '-이/-가'가 첨가되고, 6ㄷ)처럼 특수조사 '-은/-는'이 결합되면 질문에 어색한 문장이 된다. 이 경우 '-이/-가'는 여럿 가운데 선택되는 대상 또는 다른 여러 대상 가운데서 '배타적'으로 선택되는 의미를 지닌다. 일종의 대조적 강조로 아래와 같은 의미라 할 것이다.

7) 영어를 잘하는 사람은 다름 아닌 철수이다.

여기에 한 가지 주의해야할 점은 '-이/-가'가 중화적 의미를 드러낼 때 배타적 의미로도 해석할 수 있다는 것이다. 즉, 앞 5)의 예문들은 8)과 같은 의미를 가진 문장이라고 할 수 있다.

8) ㄱ. 공부를 하는 것은 다름 아닌 철수이다.
   ㄴ. 노래를 부르는 것은 다름 아닌 학생들이다.
   ㄷ. 짖고 있는 것은 다름 아닌 이 개다.

이상으로 주격조사 '-이/-가'가 지니는 두 가지 의미기능에 대해 알아보았다. 그러나 이러한 두 가지 의미기능은 어디까지나 '-이/-가'의 부차적인 기능인 것이다. 이에 앞서 이들의 주된 기능이 통사적인 측면에서 드러난다는 점에는 이견이 없을 것이다.

2) 주제의 개념과 특수조사 '-은/-는'의 기능

(1) 주제의 개념

주제는 본시 담화분석과 관련하여 도입된 개념으로, 의미론적 관점과 구문론적 관점에서 다루어짐으로써 오늘날 문법연구의 한 과제가 되었다.

주제의 연구는 1920년대 이후부터 프라그(prague)학파를 통하여 시작되었다. 이들은 언어활동을 전달기능면에서 보아 두 측면으로 고찰하였다. 한쪽은 문장의 형식적 구조면에서 주제(Theme)와 평언(Rheme)으로 구성된다 하여, 전자는 '무엇에 관하여 말하려는 그 무엇'(something that one is taking about)이고, 후자는 '그것에 관하여 말하는 것'(what one says about it)이라고 설명하였다. 다른 한쪽은 정보전달구조면에서 보아 발화의 출발점이 되는, 오래된 그리고 이미 알고 있는 요소와 발화의 핵심이 되는 새정보를 전해주는 요소로 구성된다고 보았다. 그리하여 'Theme-구정보', 'Rheme-

신정보'는 대체로 일치한다.

한편, 문장의 구조분석에 변형생성문법과 화용론적 인식이 도입되면서 국어의 특수조사 '-은/-는'을 주제와 관련시켜 연구하기에 이르렀다. 그러나 사실 국어문법에서 주제라는 개념은 명확히 밝혀져 있지 않다. 또한 각 언어에 따라 주제의 기능이 달리 나타나며, 연구자에 따라 각기 다른 규정으로 쓰이고 있는 것이 현실이다.11) 따라서 선행 연구들에서 주제의 일반적인 특징으로 다루었던 것을 중심으로 국어의 주제개념을 살피기로 한다.

주제의 일반적인 특성 가운데 많은 연구자들이 '대하여성'(aboutness)을 제1차적이고도 기본적인 의미라고 보았다. 즉 '~에 대하여 말하면' 또는 '~라고 하는 것은'과 동일한 의미에서였다.

　　9) ㄱ. 고래는 포유동물이다.
　　　 ㄴ. 사람은 사회적 동물이다.

예문 9)는 다음과 같은 의미를 나타낸다.

　　10) ㄱ. 고래에 말하면, 그것은 포유동물이다.

---

11) 주제에 대한 서구 학자들의 견해는 蔡琬(1979)에 정리되어 있다. 몇 이론을 살펴보면 다음과 같다. Danes(1964)에서는 언어를 세 가지 측면에서 설명하고 있다고 했는데, 언술적(utterance) 측면으로는 주제, 즉 알려진 정보(known information)와 새로운 정보(new information) 등이 여기에 속하며, 주제란 '언술의 시발점'이라 하였다. Firbas(1964)에서는 의사소통역량(communicative dynamism:CD)의 정도로 주제와 평언을 설명하였다. 의사소통역량이란 문장의 각 요소가 의사소통에 기여하는 정도를 말한다. 그에 따르면 주제는 의사소통역량이 낮고 평언은 의사소통역량이 높은 것으로 보고, 정보량이 적은 주제는 문 앞에 놓이고, 큰 평언은 문 뒤에 온다고 하였다. Dahl(1970)에서는 한정성(definiteness)과 총칭성(genericness)을 주제의 의미특성으로 규정하였다. Segall et al(1973)에서는 주제를 '문맥에 묶인 요소'라고 하였는데, 이는 문맥이나 상황 혹은 주어진 언술의 일반적 조건에 의해 청자가 알고 있는 요소로서 문맥에 묶이지 않는 요소보다 어순에 있어 선행하며 통보 기능량이 가장 낮다고 하였다.

ㄴ. 사람으로 말하면, 그것은 사회적 동물이다.

주제의 '대하여성'은 모든 언어를 초월해서 나타나는 주제의 기본적 특성으로 이것이 그대로 주제의 의미가 될 수는 없지만, 의미와 관련된 한 특성을 잘 반영하고 있음에는 별다른 이의가 없을 것이다.

한편, '대하여성'이라는 측면에서만 본다면 주제는 주어와도 의미론적 공통성을 지닌다. 따라서 여기에 한 가지 더 추가되어야 할 것으로 어순을 들 수 있다. 이것이 문두성이다. 주제의 문두성은 주제는 반드시 문두의 위치에 나타난다는 것이다.[12]

11) ㄱ. 서울은 교통이 혼잡하다.
　　 ㄴ. 영희는 말이 많다.

11)에서 각각의 명사구들에 대하여 '대하여성'의 의미 속성을 부여할 수 있다. 그러나 11ㄱ)의 '교통'보다는 문두의 '서울'에, 11ㄴ)의 '말'보다는 '영희'에 대하여성의 정도가 두드러짐을 알 수 있다. 이러한 성격에 따라 국어의 문장성분 중 주어의 주제성이 가장 높게 나타난다. 아래의 밑줄 친 명사구가 주어인 문장성분이 주제화 표현된 것이다.

12) ㄱ. <u>철수는</u> 책을 읽는다.
　　 ㄴ. <u>나는</u> 학교에 간다.
　　 ㄷ. <u>그 꽃은</u> 매우 아름답다.

마지막으로 '기존 정보성'을 들 수 있다. 이는 청자가 이미 알고

---

12) 주제의 문두성에서 주의해야 할 것은 본디 주제는 문장의 성분에 관계없이 문두에서 특수조사 '은/-는'과 결합하면 주제성분을 나타낸다. 그러나 모든 문장성분에 적용되는 것은 아니다. 즉 서술어 성분, 보격 그리고 수식성분들은 문두에서도 주제가 될 수 없다.

있거나 알려진 사항을 가리킨다. 말 듣는 이의 의식 속에 이미 존재 한다고 생각되는 기존정보 또는 구정보를 전제로 하고 언급되는 대 상을 의미한다.

13) ㄱ. 철수는 어디에 있니?
　　ㄴ. 철수는 학교에 있어요.

　13ㄴ)의 문두 명사구 '철수'는 13ㄱ)에서 이미 언급된 요소로 주 제의 역할을 하고 있다. 이와 같이 담화상황 속에서 화자는 한정적 인 명사구를 주제로 사용하는 경우가 많다. 그 이유는 한정적인 명 사구는 청자의 확인이 용이한 반면, 비한정 명사구가 주제로 표현될 경우 청자의 주제 확인이 어렵기 때문이다.

　그러나 주제의 이러한 특징들과 함께 반드시 고려되어야 할 것은 주제적 의미를 드러내는 일정한 형태적 표지일 것이다. 국어에서는 '-은/-는'이라는 형태적 표지가 대표적이다. 이 외에 임규홍(1993) 에서는 '(이)란'을 들고 있다. 이는 '-(이)라고 하는 것(뜻, 말, 의 미)은'이 줄어서 굳어진 주제말 표지로 이것은 '-을 말하다(뜻하다, 의미하다), -(라)는 뜻(의미, 말, 것)이다'와 같은 풀이말과 호응이 되면서 주로 주제말의 '뜻넓이(definition)'를 표현할 때 쓰인다고 하였다.

　통사론적 측면에서 주어와 달리 주제는 서술어와 직접적인 의미관 계를 이루지 못한다. 즉 서술어에 의해 선택되지 않는 문장 밖의 요 소가 바로 주제이다.

14) ㄱ. 코끼리는 코가 길다.
　　ㄴ. 토끼는 앞발이 짧다.

　14)의 서술어 '길다'와 '짧다'에 제약을 받고 있는 명사구는 각각 주어인 '코'와 '앞발'이다. 즉 이는 다음과 같은 문장에서 이해된다.

15) ㄱ. 코가 긴 코끼리
　　ㄴ. 앞발이 짧은 토끼

따라서 주제는 서술어와 독립적인 관계에 있음을 확인할 수 있다. 그렇지 않다면 다음의 문장도 성립되어야 함에도 불구하고 비문이 되는 이유를 설명할 수 없다.

16) ㄱ. *코끼리가 긴 코
　　ㄴ. *토끼가 짧은 앞발

지금까지 주제에 대한 여러 이론과 일반적 성격에 비추어 주제의 개념을 정리하면 다음과 같다.

17) 국어의 주제
　　국어의 주제는 담화의 출발점으로 통보기능량이 낮은 문두의 명사구에 비강세의 특수조사 '-은/-는'이 결합된다. 그리고 서술어와 독립적인 의미관계를 지닌다.

(2) 특수조사 '-은/-는'의 기능

특수조사 '-은/-는'은 '-도, -만, -부터' 등과 함께 문법적 기능은 담당치 않고, 여러 문장성분 뒤에 결합하여 특별한 의미만을 더해주는 기능을 하는 의미부담어이다.

18) ㄱ. 철수는 밥을 먹는다.
　　ㄴ. 철수가 사장은 되었다.
　　ㄷ. 철수가 사과는 먹는다.
　　ㄹ. 철수가 학교에서는 공부를 한다.
　　ㅁ. 철수가 밥을 먹고는 있다.

위의 예문은 각각 주격, 보격, 목적격, 부사격, 서술격에 '-은/-는'

이 결합될 수 있음을 보이고 있다.

이와 같이 '은/-는'이 결합되는 분포는 매우 다양하게 나타난다. 대체로 체언 아래에서는 어떠한 격자리와도 결합이 가능[13]하다. 용언 하에서는 전성어미의 명사형과 부사형 그리고 접속어미의 일부에 국한되고, 종결어미와 전성어미 중 관형사형어미와는 결합될 수 없다. 다음으로 부사와는 그 종류에 따라 제약이 수반된다.

특수조사 '-은/-는'이 마치 격관계를 보이는 것처럼 보이는 아래의 문장에서 이들은 통사적 기능을 담당하지 못한다.

> 19) ㄱ. 철수는 서울에 간다.
> ㄴ. 철수는 내가 보았다.
> ㄷ. 서울은 눈이 많이 왔다.
> ㄹ. 콩은 메주를 만든다.

이들의 첫 번째 명사구들에는 모두 '-은/-는'이 결합되어 있다. 사실 이들은 모두 본래의 문장에서 각기 다른 성분으로 기능하고 있다. 19ㄱ)은 주격, 19ㄴ)은 목적격, 19ㄷ)과 19ㄹ)은 부사격이었던 것이 각각의 격조사 '-가, -를, -에, -으로'가 생략되어 마치 그러한 격기능을 '-은/-는'이 하는 것처럼 보이는 것이다. 그러나 특수조사 '-은/-는'은 격조사와 결합될 때 반드시 격조사가 생략된다는 특징을 지니고 있다. 그리고 이러한 생략도 문맥을 통해 생략된 격조사의 기능을 알아볼 수 있을 때에만 가능한 것으로 '은/-는'에는 격관계를 나타내는 기능이 존재하지 않는다.

전통적으로 '-은/-는'의 의미를 대조 또는 이와 유사한 의미를 가진 것으로 분석해 왔다. 최근에는 이 외에 '주제', '한정, 제한', '차

---

13) 다만 공동격조사, 격조사 그리고 부정칭 대명사 및 '겸, 바람, 김' 등과 같은 의존명사와의 결합에는 제약이 수반된다. 한편, 蔡琬(1977)에서는 "누구는 도둑질을 하고 싶겠느냐?", "언제는 네가 얌전했니?"와 같은 반어적인 표현에서는 예외적으로 '-은/-는'이 결합한다고 보았다.

이, 상이', '감탄', '비교', '강조', '지시, 지적, 지정', '표별, 분간, 분별'로도 파악하고 있다는 것을 살폈었다. 이들 각각의 의미자질들은 나름대로 그 타당성을 지니고 있다. 그러나 본고는 국어의 주제 정의에서 '-은/-는'을 주제를 나타내는 형식적 표지라고 하였다. 따라서 전통적으로 다루어왔던 대조적 의미와 주제적 의미에 대해 이들의 상관관계를 밝히기로 한다.

최수영(1984)에서는 '-은/-는'이 주제를 표시하며, 이에 연결된 체언이 문장 앞에서 강세를 받지 않고 쓰였을 때 그 체언은 주제가 된다고 하였다. 반면 강세를 받는 체언, 문장 중간에 있는 체언 그리고 일부 부사어 등에 덧붙으면 모두 대조의 의미를 나타낸다 하였다. 앞의 예 18)을 다시 보자.

> 20) ㄱ. 철수는 학생이다.
> ㄴ. 철수가 사과는 먹는다.
> ㄷ. 철수가 학교에서는 공부를 한다.

예문 20ㄱ)의 '철수'는 강세를 받음으로써 대조를 띠고, 나머지 문장의 명사구인 '사과', '학교에서'도 대조의 기능을 보인다. 이들은 각각 다음과 같은 자매항목의 존재를 전제하고, 그들과의 차이를 의미한다. 자매항목의 전제는 조사 '-은/-는'만의 특징이 아니고, 특수조사 전반에 공통되는 자질이다.

> 21) ㄱ. 철수 이외의 다른 사람이 있다.
> ㄴ. 다른 사람들은 학생들이 아니다.

> 22) ㄱ. 사과 이외에 다른 과일이 있다.
> ㄴ. 다른 과일들은 먹지 않는다.

> 23) ㄱ. 학교 이외에 다른 장소가 있다.
> ㄴ. 다른 장소에서는 공부를 하지 않는다.

다음으로 '-은/-는'의 대조 대상의 범위가 막연하거나 넓어지면 그 대조성이 쉽게 감지되지 않게 된다. 이러한 비대조 및 소위 총칭성의 '-은/-는'만을 주제로 다루려는 대표적인 태도는 Yang(1975), 蔡琬 (1976), Bak(1981) 등이 있다.

> 24) ㄱ. 지구는 둥글다.
>   ㄴ. 사람은 불완전하다.
>   ㄷ. 사람이 불완전하다.

문장 24ㄱ)과 24ㄴ)의 명사구인 '지구'와 '사람'은 그에 대조되는 별다른 자매항목을 전제하고 있지 않다. 특히 24ㄴ)의 '사람은'은 사람에 대한 일반적 속성 따위를 표현하는 경우이기 때문에 어떤 특정한 사람에 대해 표현하는 24ㄷ)과는 그 성격이 다르다. 이와 같이 특수조사 '-은/-는'이 어떤 특정한 상황에서만 나타나는 것이 아니고, 그 개체가 속하는 범주 전체를 대표하면서 총체적 대상을 가리킬 때 주제의 역할을 한다. 물론 총칭성만이 주제의 완벽한 조건은 아니다. 주제의 특성에서 보았듯이 여러 가지 조건들이 있으나, 이 경우 주제의 성격이 훨씬 강하게 나타난다는 점에서는 이견이 없을 것이다.

4. 결론

본고는 주격조사 '-이/-가'와 특수조사 '-은/-는'을 중심으로, 현대국어의 주어 및 주제의 개념과 그 기능에 대해 몇 가지를 살폈다. 이를 요약하면 다음과 같다.

첫째, 형태론적이나 통사론적인 바탕 없이 의미론적 접근방법에 치우치다보니, 주어와 주제의 개념이 모호하기도 했다. 그러나 이 둘은 문장층위가 다른 엄격히 구분되어야 할 요소이다. 결국 주어는 서술의 주체를 나타내는 문장성분으로 서술어가 되는 용언의 종류와 관계없이 주어진 자리로, 주격조사 '-이/-가'를 취한다. 따라서 '-이/-가'의 주된 기능은 어디까지나 통사론적인 격관계를 표시하는 것으로 이들에 나타나는 의미는 '-이/-가'의 부차적인 기능일 따름이다.

둘째, 주제는 문장의 구조분석에 변형생성문법과 화용론적 인식이 도입되면서 국어의 특수조사 '-은/-는'과 관련해 연구하기에 이르렀다. 주제에 대한 여러 이론과 일반적 성격에 비추어 주제의 개념을 다음과 같이 정리하였다. "국어에서의 주제는 담화의 출발점으로 통보기능량이 낮은 문두의 명사구에 비강세의 특수조사 '-은/-는'이 결합된다. 그리고 서술어와 독립적인 의미관계를 지닌다."

특수조사 '-은/-는'은 의미한정어로 '주제' 및 '대조' 외에 다양한 의미를 보인다. 자매항목의 전제하에 대조의 의미를 지니고, 그 대조성이 감지되지 않는 총칭성의 명사에서 주제의 성격이 강하게 나타난다.

국어의 주제 유형에 관한 연구[*]

1. 서론

국어뿐 아니라 모든 언어의 문장은 談話的인 측면에서 무엇에 대하여 무엇을 말하는 '主題-評言'의 구조를 갖추고 있다. 주제는 화자와 청자가 주고받는 정보에서 가장 기본적이고 중요한 정보요소로서, '話題對象'(to say something about something의 후자 something)이 된다.

국어의 주제는 '-은/-는'을 취하지 않고 독립적으로 나타날 수도 있고, 구의 짜임으로 나타나는 등 그 실현방법이 매우 다양하다. 그러나 본고에서는 특수조사 '-은/-는'에 의한 주제로 한정한다. 이러한 관점에서 볼 때, 국어의 문장은 주어 중심의 문장과 함께 '-은/-는'에 의해 이끌리는 주제 중심의 문장을 기본으로 한다.

따라서 국어의 주제에 대한 연구는 문맥의 핵심적인 요소를 밝혀내는 일인만큼 그 의의가 크다 할 것이다. 또한 이에 대한 명확한 해결은 특수조사 '-은/-는'의 종합적인 연구뿐만 아니라 주어 및 주제의 개념 규정에도 커다란 도움이 될 것으로 생각한다. 문두에서 '-은/-는'은 주격조사 '-이/-가'와 결합하는 명사구와도 결합함으로써

---

* 본고는 「경원어문논집」 3집(1999.12)에 실려 있음.

매우 복잡한 양태를 나타내어 왔기 때문이다.

지금까지 국어에서도 변형생성문법 이후 활발히 연구가 진행되어 주제 유형에 대한 많은 진전이 있어 왔으나, 대다수의 연구들이 단순히 두 명사구 사이의 의미적 관계로만 다루어왔다는 문제를 안고 있었다.

따라서 본고에서는 서술어에 의해 결정되는 논항구조와 의미역의 기준을 통해 주제문장을 통사적 주제화와 담화적 주제로 유형화하고자 한다. 즉 論項構造와 意味域을 통해 문장구성상 다른 통사자격을 가진 요소가 주제화로 자리바꿈을 하는 것이 統辭的 主題化인 반면, 문장 밖의 위치에서 화자의 의도에 따라 도입되는 것이 談話的 主題이다.

2. 이론적 근거 : 논항구조와 의미역 관계

우리는 전통적으로 '행위의 주체', '행위의 목표' 등과 같은 개념이 의미기술(意味記述:semantic description)에서 중요한 역할을 하는 것으로 생각해 왔으며, 최근에 와서 이러한 개념에 대한 중요한 연구가 이루어지고 있다. 이는 실제로 의미기술을 위한 여러 이론에서 널리 사용되고 있다. 이러한 개념에는 Jerrold Katz의 의미관계(意味關係:semantic relation), Jeffrey Gruber와 Ray Jackendoff의 의미역 관계(意味役關係:thematic relation), Charles Fillmore의 격관계(格關係:Case relation), 그리고 John ran quickly(존이 빨리 뛰었다)와 같은 문장을 "John이 행위자인 달리는 사건 e가 있고 e가 빠르다"로 분석하는 Donald Davidson의 사건논리학(事件論理學:event logics)의 원초적 개념(原初的 概念:primitive notion)이 있다. the man, John, he와 같은 표현은 논리 형식에서 의미역이 부여된다고 즉, 의미역 관계에서 명사(名辭:term) 자격을 부여받는다고 가정하자. 우리는 이러한 표현을 "논항"(論項:argument)

이라고 부르겠다.(chomsky 1981, 이홍배 옮김 1987:54).

먼저 논항구조에 대한 연구는 Fillmore(1971)에서 제시되었다. 이 시기에는 논항의 수에 관심이 모아져 서술어를 그것이 취하는 논항의 수에 따라 기술하였다. 논항이란 어떤 최대투사의 핵(head)에 의해 주어나 보어 등에 배당되는 행위자(Agent), 대상(Theme), 도달(Goal) 등과 같은 의미자질을 요구하는 요소라 할 수 있다.

영어와 국어의 예를 한가지씩 보이면 다음과 같다.

    1)ㄱ. give: 범주자질 : [+V, -N]
               논항구조 : [동작주(Actor), 대상(Theme), 도달점(Goal)]
     ㄴ. 주다: 논항구조 : [동작주(Actor), 도달점(Goal), 대상(Theme)]

예문 1)과 같은 논항구조에서 국어의 서술어 '주다'의 의미역은 모두 서술어 자체의 의미로부터 분리될 수 없는 고유논항이다. 이들은 항상 문법기능과 관련을 맺고 있다. 한편 문법기능과 관련이 없는 논항은 부가 논항으로 어휘항목에 등재되지 않는다.

국어의 논항구조의 경우, 3가지 유형의 구조가 상정된다. 이는 문장이 성립하기 위해 서술어가 요구하는 최소한의 요소와 같다.

    2) ㄱ. 1항구조 : [동작주(Actor)]
             : [대상(Theme)]
     ㄴ. 2항구조 : [동작주(Actor), 대상(Theme)]
     ㄷ. 3항구조 : [동작주(Actor), 도달점(Goal), 대상(Theme)]

래드포드(1981)에서도 과거 수많은 연구에서 어떤 서술어의 각 논항(즉, 주어나 보어)은 일정한 '의미역(thematic role)'[1](달리는,

---

1) 그가 제시하고 있는 의미역은 다음과 같다.
  Theme(Patient) : 어떤 행동의 영향을 입는 개체.
  Agent(Actor) : 어떤 행동의 시발자.
  Experiencer : 어떤 심리적인 상태를 경험하는 개체.

그 서술어에 대한 theta-역할 또는 θ-역할)을 가지는 것으로, 그리고 논항이 수행하는 '의미역 기능(thematic function)'의 집합은 고도로 제약되고 한정된, 보편적인 집합에서 도출하게 되는 것으로 논의되어 왔다고 하였다. 이러한 의미역을 받기 위해서 Chomsky에서는 Aoun의 제안에 따라 격(Case)이 반드시 있어야 하는 것으로 가정한다. 즉 격을 할당받는 요소만이 의미역 표시에 가시적(Visible)이게 된다는 것이다. 가시조건은 다음과 같다.

> 3) 가시조건
>   의미역 표시를 위하여는 격이 할당되어 있어야 한다.

위의 가시조건을 만족시키기 위해 격을 할당받을 수 있는 것은 무엇인가? 다음을 보자.

> 4) a. It is likely that John is here.
>   b.*Bill is likely that John is here.
>   c.*She is likely that John is here.

4)의 예 a, b, c에서 오직 차이를 드러내고 있는 것은 주어 위치의 성분이다. 즉 4a)에서는 It, 4b)는 Bill, 4c)는 She가 나타나고 있다. 그런데 이들 중 4a)만 정문이 되고, 나머지는 비문이 된다. 동사구 'is likely'가 주어 위치에 아무런 의미역도 부여하지 않기 때문이다. 이는 Bill과 She와 같이 의미역을 받아야 하는 명사류가 나와서는 안됨을 의미하는 것이다. 그러나 이와 동일한 의미적 문장으

Benefactive : 어떤 행동에서 혜택을 입는 개체.
Instrument : 그것으로 어떤 것이 생겨나게 되는 수단.
Locative : 어떤 것이 위치해 있거나 (사건이) 일어나는 위치.
Goal : 어떤 것이 그리로 이동해 가는 실재.
Source : 어떤 것이 그곳으로부터 이동하는 실재.

로 생각해볼 수 있는 것은 다음의 문장이다.

5) John is likely to be here.

이 경우, 4a)와 5)의 문장의 심층구조는 다음과 같다.

6) a. △ is likely that John is here.
   b. △ is likely John to be here.

6b)에서는 △의 자리에 4a)처럼 'it'을 사용하여 "It is likely John to be here."로 표현하면 비문이 되는데, 이를 해결하기 위해서 격을 할당받을 수 있는 위치로 움직여야 한다. 그리고 6a)에서 John이 문 두로 이동하게 되면 두 개의 격을 받는 자리가 되므로 역시 비문이 된다. 따라서 다음의 격여과 조건이 필요하게 된다.

7) 격조건(Case Filter)
   모든 어휘적 명사구는(Lexical NP) 격을 그것도 단 하나의 격을 할당 받아야 한다.

따라서 가시조건(Visibility Condition)을 가정할 경우 어휘적 NP가 격 조건에 의해 격을 받아야 하는 이유는 그 NP가 의미역(θ-role)을 받기 위해서이다. 즉 각 논항은 반드시 단 하나의 의미역을 할당받아야 하며 각 의미역은 반드시 단 하나의 논항에 할당되어야 한다.

국어의 주제화와 관련해 특히 談話的 主題는 의미역을 가지고 있지 않다. 이를 가시성 조건에 비추어 해석하면 국어의 주제는 격이 할당되지 않아야 함에도 불구하고 담화적 주제에는 격이 할당되어 있다. 이 점에 관해 강명윤(1992:25-26)은 무정격(無定格:default case)으로 설명하고 있다. 그는 어느 명사구에 실제적으로 의미역이 부여되기는 하지만 그것이 격을 받지 못할 경우 격여과를 피하기 위해 부여되는 격을 무정격이라 하고, 이것이 격여과의 효과를 쓸모없게 만든다고 하였다.

　　8) ㄱ. 나는 철수가 싫다.
　　　　ㄴ. 생선은 도미가 맛있다.

　8ㄱ)에서 '철수'는 의미역을 받고 있지만 격을 할당받지 못한 無定格이라는 것이다. 그러나 이와는 달리 8ㄴ)의 '생선'에는 격여과 현상이 그대로 지켜지고 있음을 보여 주고 있다.

　한학성(1995)에서도 가시성 조건의 타당성을 살피기 위해 '격은 없지만 의미역이 있는 경우'와 '격은 있지만 의미역이 없는 경우'의 예를 살피고 있다. 먼저 격을 할당받지 않고서도 의미역을 할당받을 수 있음을 보여주는 다음의 예를 들고 있다.

　　9) a. John is believed [t_i to be intelligent]
　　　　b. John's attempt [PRO to finish on time]
　　　　c. John is proud [that he succeeded]

　예문 9)에서 [ ] 안의 구성소는 모두 의미역을 할당받아야 하는 요소들이다. 그러나 이들에게는 격할당 능력이 없을뿐더러 격양도도 불가능하다. 따라서 가시성 조건에 따르면 이들이 비문법적이라는 오류를 범하게 된다. 다음은 그 반대, 즉 의미역을 받을 수 없는 요소로 격을 반드시 받아야 하는 경우이다.

　　10) It was raining.

　10)의 'it'은 격위치를 차지하고 있다. 만약 격조건이 가시조건으로부터 도출된다는 조건을 인정한다면 이의 문법성을 설명할 길이

없게 된다. 왜냐하면 의미역 할당을 받지 못하는 비논항인 'it'이 격을 할당받았기 때문이다.

이와 같이 의미역을 할당받지 못하는 NP에는 be 동사의 보어, 주제 위치의 NP, 강조의 대명사 등이 있는데, 이들 요소들은 격이 필요치 않다고 하였다(Chomsky, 1986:95).2) 그러나 국어의 모든 주제가 동사로부터 의미역을 배당받지 못하는 것은 아니다.3) 따라서 국어는 가시성 조건과 별개의 원리로 격에 따르는 논항과 의미역의 관계가 형성된다고 할 것이다.

이러한 결과에 따라 국어에서의 주제유형은 크게 두 가지, 즉 '統辭的 主題化'와 '談話的 主題'로 구분할 수 있다.

3. 국어의 주제 유형

본고에서 국어 주제의 유형을 아래의 예문을 통해 나누고자 한다.

  1) ㄱ. 철수가 내일 서울에 간다.
     ㄴ. 철수는 내일 서울에 간다.

  2) ㄱ. 철수가 바둑을 잘 둔다.
     ㄴ. 바둑은 철수가 잘 둔다.

  3) ㄱ. 안개가 김포공항에 많다.
     ㄴ. 김포공항에는 안개가 많다.

---

2) a. John is [a fine mathematician]
   b. [John] , I consider [a fine mathematician]
   c. John did it [himself]
3) 국어의 주제는 심층구조에서 의미역을 할당받은 하나의 요소가 격자질을 가지는 경우가 있다. 반면, 비록 문장구조에서 의미역을 할당받지는 못하였지만 격을 부여받을 수도 있다.

　　4) ㄱ. 공기가 새벽에 무척 맑다.
　　　　ㄴ. 새벽에는 공기가 무척 맑다.

　　5) ㄱ. 내일 날씨는 비가 온다.
　　　　ㄴ. 사과는 능금이 맛있다.

　예문 1ㄴ)-4ㄴ)까지의 주제어는 1ㄱ)-4ㄱ)에서 일정한 통사성분
의 자리를 차지하고 있던 요소이다. 즉 주제화로 표현된 각각의 ㄴ)
문장은 ㄱ)의 '주어, 목적어, 부사(장소, 시간)'라는 문장의 통사적
성분을 화자의 특수한 발화 목적을 효과적으로 달성하기 위해 문두
의 위치로 옮긴 것으로 생각할 수 있다. 따라서 이들 주제는 원래
통사상의 문장성분이었던 것으로 '統辭的 主題化'라 할 수 있다. 그
러나 예문 5)의 첫 명사구는 이와 그 성격을 달리한다. 이들은 통사
적인 성분이 아닌 요소로 담화적으로 도입되는 것이다. 따라서 이러
한 유형을 '統辭的 主題化'와 구별하기 위해 '談話的 主題'라고 한다.

17 統辭的 主題化

　국어의 주제 유형 가운데 統辭的 主題化는 서술어가 지니고 있는
의미적 자질과의 관련성, 즉 문장 속의 특정 요소가 서술어와 의미
적 관련성을 유지한다. 달리 말하면 통사상의 격자리를 차지하는 요
소가 화자의 의미전달에 의해 기저에서 지니고 있던 고유의 격자리
를 이탈하여 문두에 위치하는 것을 의미한다.
　統辭的 主題化를 논의하기 위해서 가장 먼저 필요한 것은 문장성
분(주어, 서술어, 목적어, 부사어 등)에 따르는 주제화의 문제이다.
왜냐하면 국어에서는 문장성분에 따른 주제화 정도의 차이가 나타나
기 때문이다.
　주제의 일반적인 특징과 관련하여 문장성분 중 주제화의 기능을
가장 잘 드러내는 요소는 주어이다. 국어의 주제 또한 주제 일반의
보편성에서 크게 벗어나지 않는다. 그러나 이러한 관점에서 문장의

통사성분 중 주제가 될 수 있는 것이 주어라는 특정한 성분 하나에
만 한정되지 않는다.

    6) ㄱ. 철수는 내가 보았다.
        ㄴ. 학교는 나도 간다.

  6)의 예문에서 첫 번째 명사구인 '철수'와 '학교'는 주제가 지니는
모든 통사상의 자질과 의미상의 자질을 포함하고 있다. 모두 문장의
첫머리에 그리고 주제를 표시하는 조사 '-은/-는'의 결합에 의해 주
제로 기능하고 있다. 또한 이들 요소들은 다음과 같은 관계화 구문
에서 표제명사로 쓰일 수 있다.

    7) ㄱ. 내가 본 철수
        ㄴ. 나도 간 학교

  따라서 이들 첫 번째 명사구는 원래 기저의 문장구조에서 어느 일
정한 격을 담당하고 있었음을 알 수 있다. 이들이 기저에서 가지고
있었던 격의 자리는 서술어 '보았다'와 '간다'의 의미관계를 생각할
때, 각각 목적어와 부사어의 자리에 있었음을 쉽게 알 수 있다. 그
러나 그렇다고 해서 국어의 모든 통사성분들이 다 주제로 쓰일 수
있는 것은 아니다. 다음의 예에서 보듯, 서술어 성분과 보격 그리고
수식 성분들은 주제가 될 수 없다.

    8) ㄱ. 철수가 그 영화를 보았다.
        ㄴ.*철수가 그 영화를 어찌한 봄
        ㄷ.*보았다는 철수가 그 영화를
    9) ㄱ. 철수가 매우 성숙해졌다.
        ㄴ.*철수가 성숙해진 매우
        ㄷ.*매우는 철수가 성숙해졌다.

주제의 의미기능이나 통사기능을 살펴보더라도 이들 성분들이 주제가 될 수 없음은 당연하다. 주제란 '말하고 있는 대상으로서의 사람이나 사물'을 가리킨다. 그리고 주제의 가장 기본적인 의미특성으로 '대하여성'을 들 수 있다[4]. 따라서 어떠한 무엇에 관하여 말하는 (something) 것이 주제이고, 그러한 주제로 표현될 수 있기 위해서는 구체적인 실체를 지니고 있어야 하는데 이들은 그렇지 않다. 그리고 다음과 같은 관형사들도 주제화 될 수 없다.

10) ㄱ. 철수의 선물은 큰 인형이었다.
ㄴ. 이 집은 아주 오래된 건물이다.

---

4) 프라그 학파에서는 문장이란 "to say something about something"의 구조를 지니고 있다. 그 가운데 그 대상으로서의 "something"을 주제로 보고 있다. 그리고 주제전개의 유형을 5가지로 구분하였다.(클라우스 브링커 지음(이성만 옮김), 1994:53-55 참조).

(1)단순 선형식 전개유형

$$T_1 \rightarrow R_1$$
$$\downarrow$$
$$T_2 \rightarrow R_2$$
$$\downarrow$$
$$T_3 \rightarrow R_3$$
$$[...]$$

(2)주제 순환식(관통식) 전개유형

$$T_1 \rightarrow R_1$$
$$\downarrow$$
$$=T_1 \rightarrow R_2$$
$$\downarrow$$
$$=T_1 \rightarrow R_3$$
$$[...]$$

(3)상위주제 파생식 전개유형

$$(HT)$$
$$T_1 \rightarrow R_1 \quad T_2 \rightarrow R_2 \quad T_3 \rightarrow R_3 \ [...]$$

(4)설명부 분열식 전개유형

$$T_1 \rightarrow R_1(=R'_1 + R''_1)$$
$$\downarrow$$
$$=T'_2 \rightarrow R'_2 \downarrow$$
$$T''_2 \rightarrow R''_2$$

(5)주제 비약식 전개유형

$$T_1 \rightarrow R_1$$
$$\downarrow$$
$$T_2 \rightarrow R_2$$
$$\downarrow$$
$$T_4 \rightarrow R_4$$

따라서 주어, 목적어, 부사어를 중심으로 이들의 주제화 과정을 살피기로 한다.

(1) 주어의 주제화

국어 문장성분 가운데 주제화의 가능성이 가장 높은 요소는 주어이다.[5] 일반적으로 주어는 문장의 첫머리에 위치한다. 국어에서의 주어는 다른 문장성분보다 문두성이라는 주제적 성격에 밀접히 관련되기에 주제화 가능성이 높은 것 같다.[6] Givon(1979:58)에서도 주어가 위치하는 자리가 주제가 실현되는 자리이며, 주제 자리에는 행위자(agent)가 많이 실현된다고 하였다.[7]

    1) ㄱ. 철수가 축구공을 찬다.
       ㄴ. 축구공을 차는 철수
       ㄷ. 철수는 축구공을 찬다.

    2) ㄱ. 철수가 영희를 그리워한다.

---

5) Chafe(1976:43) "The best way to characterize the subject function is not very different from the ancient statement that **the subject is what we are talking about**."(밑줄 및 강조는 필자에 의한 것임).
   이와 같이 Chafe에서는 주어를 대하여성이라는 의미특성과 관련시키고 있다. 이러한 특징은 주제와 주어가 가지는 의미적 공통성이라 할 수 있다. 그리하여 문장의 성분 중 주어의 주제화 가능성이 가장 우선하는 것으로 이해할 수 있다.

6) 윤재원(1989:73)에서는 문제의 정보가 topic이냐 아니냐 하는 것은 담화 구조 속에서만 결정될 수 있다고 보고, topic이 될 수 있는 조건을 다음과 같이 정리하였다. 그가 제시한 표현적 조건에는 문장 성분 주어가 주제화의 조건을 이룰 수 있는 충분한 조건임을 나타내고 있다. 첫째, 심리적인 면에서 '주어'로 인식될 수 있는 표현이어야 한다. 둘째, 주어로 인식되기 쉽도록 문장의 첫 머리에 위치하고 있어야 한다.

7) 한편 T. Givon(1984)에서도 문장 성분 중 목적어와 함께 주어의 주제화 역할을 강조하였다. 그 가운데 주어의 주제화를 '일차적 주제어'라 하고, 목적어의 주제화를 '이차적 주제어'라 하였다. 이러한 그의 주장 역시 주어의 주제화 가능성이 높다는 것을 의미한다.

    ㄴ. 영희를 그리워하는 철수
    ㄷ. 철수는 영희를 그리워한다.

1ㄱ)과 2ㄱ)의 표현에서, 첫 번째 명사구 '철수'는 통사상의 표면
구 조에서 모두 주어의 역할을 담당하고 있다. 이들은 1)과 2)의
'ㄴ'에서처럼 관형구조의 변형시에 표제명사로도 정상적인 문장구조
를 형성할 수 있다. 그리고 무엇보다도 주어인 '철수'가 주제의 기능
을 보인다는 점은 1ㄷ)과 2ㄷ)의 표현처럼 주격조사 '-이/-가'의 자
리에 특수조사 '-은/-는'이 결합되어 자연스러운 문장을 이끌어 내고
있다는 것으로 설명 가능하다. 이 경우, 1)의 서술어 '찬다'와 2)의
'그리워한다'가 주어로서 요구하는 의미적 자질은 각각 움직임의 주
체인 동작주로 한정되고, 내적인 심리상태를 나타내는 의미적 주체
가 선택되어진다. 즉 주제와 서술어가 독립관계에 있는 것이 아니라
서로 의존관계에 있음을 나타낸다.[8]

주제가 된 주어는 주제문장에서의 서술어가 부여하는 하나의 논항
(argument)의 자격을 지니게 되며, 의미적으로도 둘간의 선택관계
를 벗어날 수는 없다.

이들 서술어가 취하여야 하는 논항으로는 대상으로서의 대상물과
그것을 움직이게 하는 대상물 또는 생물이 요구되는 것이다. "철수
는 사과를 먹는다."의 서술어 '먹다'가 취할 수 있는 논항으로 이의
의미 자질을 만족시켜줄 수 있는 행위자와 그러한 행위의 대상물이
필수적으로 요구된다. 그리고 그러한 구조 속에서 서술어에 대한 하
나의 논항의 자격을 가지는 주어가 주제화되는 데에는 별다른 어려
움이 없다.

---

8) 이상태(1982)와 김동석(1983)에서도 주제말이 서술어를 어느 정도 제한한
다고 하였다. 한편 이석규(1987)에서도 국어의 주어가 주제어가 되는 원인
이 서술어에도 있다고 하였다. 그는 동작문과 상태문을 예로 들고 그 가운
데 단순한 동작문에서 특수조사 '-은/-는'의 결합이 부자연스러움에 비해 상
태문의 경우에서는 자연스럽다고 하였다.

이와 같은 입장으로는 임규홍(1993)과 최규수(1990) 등이 있다.

임규홍(1993:99-104)에서는 주제말과 설명말이 서로 의존관계에 있음을 밝혔다. 그는 이들이 독립적인 관계라고 주장하는 문장 역시 통사·의미론적으로 호응관계에 있던 것이 화용요소에 의해 통사정보가 빠진 것으로 해석하였다.

　3) 철수는 짜파게티이다.

우리의 언어 현실에서 3)과 같은 문장 표현은 일반적이지 않다. 이 문장을 표면구조에 드러난 그대로 해석한다면 '철수=짜파게티'라는 이상한 관계가 형성된다. 따라서 이 경우, '철수'와 '짜파게티'는 행위자와 먹을 수 있는 대상의 관계에 있는 것으로 다음과 같이 서술어 '선택했다(주문했다)'가 생략된 것으로 볼 수 있을 것이다.

　4) 철수는 짜파게티를 선택했다(주문했다).

이상과 같이, 국어에서 주제는 어떠한 요소를 중심으로 전달할 것인가에 대한 화자의 판단에 의해 실현되는, 즉 정보전달과 관련되는 것으로 문장성분 중 주어만이 주제로 기능하는 것은 아니다. 다만 주제의 가능성이 가장 높다는 점에는 이견이 없다.

최규수(1993)에서는 주제를 무표의 주제와 유표의 주제로 구분하고 있다. 이 중 전자는 주어의 문장성분이 주제로 쓰이는 경우이고, 후자는 주어 이외의 성분이 주제로 나타나는 경우를 지시한다. 주어는 인식의 원리, 주제는 전달의 원리로 해석하였다. 그리고 이들이 일치현상을 나타내는 문장구조일 때, 즉 주어가 주제로 기능할 때가 가장 자연스러운 문장이 된다고 하였다.

　5) ㄱ. 영희는 그 영화를 보았다.
　　 ㄴ. 그 영화는 영희가 보았다.

예문 5)의 두 문장이 지니는 명제 단계에서의 구조는 다음과
같다.

　　6) 영이(주체)　영화(대상)　보다.

그리고 문장 6)의 구조에 나타난 주체와 대상 가운데 어느 것을
주어로 선택하느냐에 따라 다음과 같은 기저문장이 생성된다.

　　7) ㄱ. 영이가 영화를 보았다.
　　　　ㄴ. 영화가 영이에게 보였다.

7ㄱ)은 주체인 '영이'를 주어로 선택하여 표현한 문장이다. 7ㄴ)은
대상인 '영화'를 화자가 주어로 인식하여 표현한 것으로 수동의 형태
를 띠고 있다. 따라서 이에서 보듯 어떤 요소를 주어로 선택하느냐
는 화자의 인식에 의해 결정되고, 그러한 '인식의 원리'에 따라 주어
화가 지배된다고 하였다.

반면 주제화는 화자의 '전달의 원리'에 기초한다고 할 수 있다. 따
라서 주어화와 주제화는 다르다. 그러나 어떠한 정보를 전달하는 화
자의 입장에서 가장 바람직한 문장구조는 어떤 일을 인식하고 그것
을 전달하는 방향이 일치를 이룰 때 가능하고, 그것은 바로 여러 문
장성분 가운데 주어가 주제로 쓰이는 경우이다. 따라서 그것이 일치
하는 주어의 주제화는 무표의 주제이고, 일치하지 않는 주제는 유표
의 주제가 성립된다.

　(2) 목적어의 주제화
　한 문장의 논항구조에서 목적어 성분은 주어와 마찬가지로 서술어
에 대한 행동의 대상으로서 하나의 논항을 갖게 된다. 따라서 목적
어는 정도 차이는 있을지언정 주제화 가능성에 있어서 문장성분 주
어와 별반 차이가 없다. 다음을 보기로 하자.

8) ㄱ. 철수가 바둑을 잘 둔다.
　　ㄴ. 철수가 잘 두는 바둑
　　ㄷ. 바둑은 철수가 잘 둔다.

9) ㄱ. 철수가 소설을 좋아한다.
　　ㄴ. 철수가 좋아하는 소설
　　ㄷ. 소설은 철수가 좋아한다.

　문장의 통사구조상 주어와 목적어는 이와 같이 서술어의 의미자질을 만족시켜줄 수 있는 행위자(agent)와 대상(object)으로 주제의 가능성이 다른 문장성분과 비교해 볼 때 높게 나타난다.

　그러나 주어의 주제화와 달리 목적어의 경우 주제화에 따른 몇 가지 제약이 수반되는 점에 차이를 드러낸다. 즉 목적어가 주제화한 경우 의미적으로 대조적인 느낌이 상당히 강하게 나타난다.9) 또한 사동문의 목적어 성분은 주제가 되기 위한 통사적 변형이 불가피하고, 명사에 따른 주제화의 정도도 달라진다.

10) ㄱ. 포수가 사슴을 잡았다.
　　ㄴ. 사슴은 포수에게 잡혔다.(사슴은 포수가 잡았다)
　　ㄷ. 포수가 잡은 사슴

11) ㄱ. 포수가 돌을 잡았다.
　　ㄴ.*돌은 포수에게 잡혔다.(돌은 포수가 잡았다)
　　ㄷ. 포수가 잡은 돌

　예문 10)과 11)은 오직 목적어로 사용된 명사 성분의 성격에서

---

9) '철수가 밥을 먹었다.'에서 주어가 주제화된 '철수는 밥을 먹었다.'와는 달리 목적어가 주제화된 '밥은 철수가 먹었다.'에 대조적 의미가 매우 강화되어 나타나거나 주제적 조건에 부합되지 않는 것처럼 보인다. 즉 이는 주제의 한 가지 특징인 한정성을 확보하지 못했기 때문에 주제적 기능이 드러나지 못한 것으로 볼 수 있다. 그러나 '밥' 앞에 한정성을 부여한 '그 밥은 철수가 먹었다.'에는 주제적 의미가 충분히 드러난다.

차 이를 드러낸다. 10)의 '사슴'은 有情體言이고, 11)의 '돌'은 無情
體言이다.

이와 같이 동일한 문장구조에서 목적어의 종류에 따른 주제화의
성격이 틀리다는 것은 목적어의 주제화에 대한 제약이 나타난다고
볼 수 있다. 이에 따르는 또 다른 제약은 복합문의 구조에서 발생한
다. 즉 단언적인 서술어를 포함하는 복문구조에서 상위문의 목적어
는 주제화될 수 없다.

> 12) ㄱ. 철수가 수학을 쉽다고 생각했다.
> ㄴ.*수학은 철수가 쉽다고 생각했다.
> ㄷ. 철수가 쉽다고 생각한 수학

이와 같이 주어가 주제화되는 것과 비교해 본다면 목적어 성분이
주제화되는 데에는 여러 제약이 따른다. 따라서 문장성분 중 목적어
는 주어보다 주제화의 가능성에 있어서 후자에 위치한다고 봄이 타
당할 것이다.

(3) 부사의 주제화

본 절에서는 주제화의 가능성이 상대적으로 높은 장소부사, 시간
부사를 중심으로 살피고자 한다.

물론 이들도 주어나 목적어가 주제화되는 것만큼 주제화 가능성이
높다는 의미는 절대 아니다. 먼저 장소부사의 경우부터 살피기로 한
다.

> 13) ㄱ. 사람이 서울에 많다.
> ㄴ. 서울에는 사람이 많다.
> ㄷ. 서울은 사람이 많다.
> ㄹ. 사람이 많은 서울

　　예문 13ㄱ)의 '서울에'는 장소의 의미를 지니는 부사이다. 이 문장 구조에서 부사를 문두로 옮겨 특수조사 '-은/-는'을 결합시킨 것이 13ㄴ)이고, 13ㄷ)은 부사격조사 '-에'를 생략하고 명사에 직접 '-은/-는'을 결합한 것이다. 그리고 관형의 변형과정을 보이고 있는 13ㄹ)에서 주제의 성격이 드러난다. 다만 주어나 목적어의 주제화에서는 특수조사 '-은/-는'과의 결합에서 주격표지나 목적격표지가 반드시 탈락하는 반면에 장소부사의 주제화에서는 그 탈락이 수의성을 띤다는 점이 특이하다. 다음을 보기로 하자.

　　14) ㄱ. 철수가 김포공항에서 친구를 만났다.
　　　　ㄴ.*김포공항은 철수가 친구를 만났다.
　　　　ㄷ. 김포공항에서는 철수가 친구를 만났다.
　　　　ㄹ. 철수가 친구를 만난 김포공항.

　　14ㄱ)의 장소부사 '김포공항'의 경우, 예문 13)과는 달리 부사격조사 '-에서'가 생략된 상태로 특수조사 '-은/-는'이 결합될 수 없고, 반드시 부사격조사의 뒤에 결합되어야 정상적인 문장을 형성한다는 것을 알 수 있다.

　　한편, 장소부사의 주제화에는 서술어의 의미적 특성이 큰 영향을 미치고 있다. 다음 예문들의 서술어는 모두 존재나 상태성을 나타내는 형용사이다. 15)에서 보듯, 이러한 서술어와 함께 등장하는 장소부사는 주제로서의 쓰임에 손색이 없다. 이러한 유형의 용언으로는 '있다, 없다, 많다, 적다…' 등이 대표적이다.

　　15) ㄱ. 여선생님이 이 학교에 없다.
　　　　ㄴ. 소나무가 저 산에 빽빽하다.
　　　　ㄷ. 단골들이 이 가게에 늘 붐빈다.

　　16) ㄱ. 이 학교에는 여 선생님이 없다.
　　　　ㄴ. 저 산에는 소나무가 빽빽하다.

ㄷ. 이 가게에는 단골들이 늘 붐빈다.

다음은 동작동사가 서술어로 쓰인 문장의 경우를 보기로 하자.

17) ㄱ. 사람이 사람에 갔다.
ㄴ.?서울은 사람이 갔다.
ㄷ.?서울에는 사람이 갔다.
ㄹ.?사람이 간 서울

이처럼 동작동사가 서술어로 쓰인 문장에서는 장소부사의 주제화에 제약이 따르고 있다.

부사 유형 가운데 장소부사에 못지 않게 주제화의 가능성이 높은 것은 시간부사이다. 그리고 예문 18)은 부사격조사의 생략여부가 수의적인 관계에 있음을 보여주고 있다.

18) ㄱ. 공기가 새벽에 무척 맑다.
ㄴ. 새벽은 공기가 무척 맑다.
ㄷ. 새벽에는 공기가 무척 맑다.
ㄹ. 공기가 무척 맑은 새벽

일반적인 시간부사보다는 좀 더 특징적이고 한정적인 시간부사일 경우, 다음에서 보듯 주제화의 가능성이 더 높게 나타난다.

19) ㄱ. 철수가 가을에 소풍을 갔었다.
ㄴ.*가을은 철수가 소풍을 갔었다.
ㄷ. 가을에는 철수가 소풍을 갔었다.
ㄹ. 철수가 소풍을 간 가을

20) ㄱ. 철수가 작년 가을에 소풍을 갔었다.
ㄴ. 작년 가을은 철수가 소풍을 갔었다.
ㄷ. 작년 가을에는 철수가 소풍을 갔었다.

ㄹ. 철수가 소풍을 간 작년가을

19ㄱ)과 20ㄱ)의 문장을 비교해 볼 때, 주제화의 조건에 더 부합하는 문장은 20)이다. 이 두 문장의 차이점은 오직 시간부사의 특징에 있다. 즉 전자에 비해 후자의 부사가 좀더 한정적인 성격을 지니고 있다는 것이다. 이러한 성격은 주제의 일반적 성격과 매우 흡사하다. 또한 장소부사의 경우에서 보았듯이, 시간부사에는 특정성 못지 않게 존재나 상태성의 용언이 결합될 때에도 이의 주제화 가능성은 높게 나타난다.

21) ㄱ. 철수가 어렸을 때에 장난꾸러기였을 것이다.
    ㄴ. 어렸을 때는 철수가 장난꾸러기였을 것이다.
    ㄷ. 어렸을 때에는 철수가 장난꾸러기였을 것이다.
    ㄹ. 철수가 장난꾸러기였던 어렸을 때

다음은 여격의 의미를 지니는 부사의 주제화에 대해 살펴보자. 이의 주제화에서도 서술어의 의미자질과 관련이 있다.

22) ㄱ. 철수가 영수에게 책을 주었다.
    ㄴ. 영수는 철수가 책을 주었다.
    ㄷ. 영수에게는 철수가 책을 주었다.
    ㄹ. 철수가 책을 준 영수

22ㄱ)의 문장구조는 수여구문이다. 부사 '영수에게'라는 성분이 예문 22ㄴ)과 22ㄷ)에서는 주제어로 사용되고 있다. 그러나 이 경우에 다른 문장성분들이 주제화 될 경우보다 훨씬 더 대조적인 의미를 드러내고 있다. 이러한 성격은 이들과 결합하는 서술어의 의미특성, 즉 반드시 타동성의 의미를 지닌 서술어와 호응이 되기 때문에 나타나는 현상이라 할 것이다. 이 역시 주제의 일반적 성격과 일치하는 면이 있다. 또한 일반적이거나 비특정적인 성격을 지니는 성분보다

는 한정적이고 특정적인 의미를 지닐 때 주제화로의 쓰임이 자연스 럽다.

23) ㄱ. 철수가 동생에게 책을 주었다.
    ㄴ.?동생은 철수가 책을 주었다.
    ㄷ. 동생에게는 철수가 책을 주었다.
    ㄹ. 철수가 책을 준 동생

24) ㄱ. 철수가 여동생에게 책을 주었다.
    ㄴ. 여동생은 철수가 책을 주었다.
    ㄷ. 여동생에게는 철수가 책을 주었다.
    ㄹ. 철수가 책을 준 여동생

특히, 이러한 문장에서 23ㄴ), 24ㄴ)과 동일한 의미를 지니는 다음의 문장표현을 본다면, 여격부사의 경우도 주제의 일반적 성격에 부합하고 있다는 것을 충분히 알 수 있다. 즉 피동의 변형과정을 생각해 보자.

25) ㄱ. 동생은 철수에게 책을 받았다.
    ㄴ. 여동생은 철수에게 책을 받았다.

예문 25)는 23ㄴ), 24ㄴ)과 동일한 의미를 가지고 있지만 통사 구조는 다르다. 이 경우, 일반적인 속성의 '동생'보다는 특정적이고 확정적인 명사구 '여동생'이 주제화에 더 합당함을 볼 수 있다.

다음에서는 주제화의 가능성이 그리 높지 않은 부사 부류에 대해 이해하는 차원에서 한 가지 정도만을 예로 들어 설명하기로 한다.

26) ㄱ. 철수가 정회원으로서 학회에 참가했다.
    ㄴ.*철수가 학회에 참가한 정회원
    ㄷ.*정회원은 철수가 학회에 참가했다.

27) ㄱ. 철수가 귓속말로 이야기했다.
　　 ㄴ.*철수가 이야기한 귓속말
　　 ㄷ.*귓속말은 철수가 이야기했다.(귓속말로는 철수가 이야기했다.)

28) ㄱ. 철수가 감기로 결석을 했다.
　　 ㄴ.*철수가 결석한 감기
　　 ㄷ.*감기는 철수가 결석을 했다.(감기로는 철수가 결석을 했다.)

26)의 '정회원'은 서술어에 대해 자격의 의미를 지니고, 27)의 '귓속말'은 도구의 의미를 지니고 28)의 '감기'는 원인의 의미를 지니고 있다. 이들 역시 주제화가 불가능한 것은 아니지만 다른 문장성분이 주제화되는 것과 비교할 때 상대적으로 매우 낮게 나타난다.

한편, 통사구조상에서 주어, 목적어, 부사 등이 문두에서 조사 '-은/-는'과 결합하여 주제화로 기능함을 알았는데, 이 경우 문장성분에는 아무런 영광을 주지 않는다.

29) ㄱ. 철수가 축구공을 찬다.　 →　철수는 축구공을 찬다.
　　 ㄴ. 철수가 바둑을 잘 둔다.　 →　바둑은 철수가 잘 둔다.
　　 ㄷ. 사람이 서울에 많다.　 →　서울에는 사람이 많다.
　　 ㄹ. 공기가 새벽에 무척 맑다. →　새벽에는 공기가 무척 맑다.

위 예문의 문두 성분들은 모두 문장구조상 주어(ㄱ), 목적어(ㄴ), 부사(ㄷ-ㄹ)의 역할을 하는 통사상의 요소들로 주제화 문장구조에 새로운 문법적 기능이 부여되는 것은 아니다. 즉 주제화되었다고 해서 '-가, -을, -에'가 수행하는 관계기능이 변하지 않는다.

이상으로 국어의 통사성분 가운데 주어, 목적어, 부사 등을 중심으로 주제화의 가능성에 대해 알아 보았다. 그러나 이들 성분이 주제화를 이루는데 있어 동일한 가치를 지니고 있다기보다는 성분에 따라 어느 정도 차이를 나타내고 있다. 그리하여 대부분의 연구들은 이들 성분사이의 주제화 가능성에 대해 거의 일치된 견해를 보이고

있다.10)

27 談話的 主題

統辭的 主題化가 문장의 기저구조에서 의미역을 받고 이동한 것임에 비해 談話的 主題는 의미역 할당의 대상이 아니기 때문에 의미역을 가지지 않는다. 따라서 통사적 문장성분이 아닌 요소가 문두에서 특수조사 '-은/-는'과 결합하여 주제성을 획득하고 있는 경우이다.

柳亨善(1995)에서는 모든 주제를 의미역의 유무로 삽입주제와 기저주제로 구분하고 있다.11) 그는 의미장(semantic field)의 도움으로 다음과 같이 설명하고 있다.

　　1) ㄱ. 사과는 능금이 맛있다.
　　　 ㄴ. 코끼리는 코가 길다.

1)의 문장구조는 표면상 동일한 모습을 띠고 있다. 이들의 첫 번째 명사구 '사과'와 '코끼리'는 모두 의미역을 가지고 있지 않다. 그러나 이들은 첫 번째 명사구와 두 번째 명사구 사이의 관계에서 그 차이를 드러내고 있다. 즉 포함관계 또는 하의관계를 이루느냐 그렇지 않느냐는 점이다. 주제의 기능을 보이는 1ㄱ)의 '사과'와 '능금'은 하의관계를 형성함에 반해 1ㄴ)의 두 명사구 사이에서는 그러한 포함관계를 발견할 수 없다. 그 의미관계의 계층적 구조는

---

10) 문장에서의 성분에 따라 주제화 가능성을 살핀 연구들은 다음과 같은 일치된 의견을 보이고 있다.
　　이상태(1982:570):주어 〉목적어 〉매김말 〉장소 〉도구 〉수여 〉출발 〉 공동
　　Given(1984:139):행위 〉여격/수혜, 대격 〉장소 〉도구 〉태도
　　최규수(1990:122):임자말 〉부림말 〉방편말 〉위치말 = 견줌말 〉상대말
11) '삽입주제'와 '기저주제'라는 용어는 본고에서 사용하는 '統辭的 主題化'와 '談話的 主題'와 동일한 명칭이다. 또한 김영선(1988)과 김일웅(1991)에서는 이들을 '자리옮김의 주제'와 '덧붙임의 주제'로 구분하고 있으나 모두 그 의미하는 바는 동일하다.

2)와 같다.

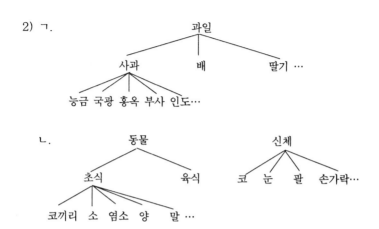

2) ㄱ.

ㄴ.

그에 따르면 1ㄱ)의 '사과'가 주제어가 되고 '능금'이 주어가 된다. 그러나 1ㄴ)의 두 명사구는 주어의 역할을 한다고 하고, 주제 문장인 1ㄱ)의 의미는 "사과 중에서 능금 품종이 맛있다."라고 하였다.

談話的 主題가 지니는 가장 큰 특징은 서술어와의 관계에 있다. 統辭的 主題化가 기저적 성분으로서 서술어와의 선택관계에서 자유로울 수 없는 반면, 談話的 主題는 서술어와 의미적인 격관계를 가지지 않는 요소이다.

3) ㄱ. 철수는 그 영화를 보았다.
　　ㄴ. 그 영화는 철수가 보았다.

4) ㄱ. 꽃은 장미가 예쁘다.
　　ㄴ. 생선은 도미가 제일 맛있다.

예문 3)과 4)의 문장구조는 전적으로 틀리다. 3ㄱ)의 경우는 "철수가 그 영화를 보았다."라는 문장구조에서 주어인 명사구 '철수'가 주제화 과정을 거쳤다. 3ㄴ)은 목적어 명사구인 '그 영화'가 주제화로 나타난 것이다. 그리고 '철수'나 '그 영화'는 각각 서술어인 '보았다'와의 관계에 있어 '행위자'와 '대상'이라는 의미역을 부여받고 있다.

그러나 4ㄱ)의 서술어 '예쁘다'에 대해 의미역을 가지는 성분은 문두에 있는 '꽃'이 아니고, '장미'로서 상태의 주체임을 나타낸다. 4ㄴ)에서도 '맛있다'에 의해 의미역을 받고 있는 성분은 바로 '도미'이다. 문두의 '생선'이 아니다. 즉 의미적으로 '맛있다'와 '생선'은 연결되지 않는다. 또한 이것은 동일한 서술어에 대하여 두 개의(또는 그 이상의) 의미역을 가질 수 없다는 의미역 기준에도 부합되지 못한다.

따라서 이들은 문장 기저구조의 한 성분이 주제화 이동을 한 경우라고 볼 수 없다. 다음에서와 같이 격을 지닌 성분으로서는 적당한 문장을 생성할 수 없기 때문이다.

5) ㄱ. 꽃이 장미가 예쁘다.
   ㄴ. 생선이 도미가 제일 맛있다.

6) ㄱ.*장미가 꽃을 예쁘다.
   ㄴ.*도미가 생선을 제일 맛있다.

7) ㄱ.*장미가 꽃에 예쁘다.
   ㄴ.*도미가 생선에 제일 맛있다.

따라서 예문 5)의 첫 번째 명사구 '꽃'과 '생선'은 화자가 담화상황의 필요에 의해 삽입한 주제임을 암시하는 것이다. 즉 '꽃으로 얘기하자면 장미가 예쁘다'나 '생선으로 말하자면 도미가 제일 맛있다' 정도의 의미를 나타낸다고 하겠다.

한편, 統辭的 主題化가 서술어 자리에 대한 하나의 의미역을 지닌 논항으로서 서술어와 관형화 구조에서 표제명사로 사용될 수 있음에 비해 의미역 관계를 형성하지 못하는 談話的 主題 성분은 관형화의 표제명사로 기능할 수 없다. 일반적으로 의미역이 있는 경우 당연히 격을 할당받아야 한다. 그럼에도 불구하고 이러한 주장은 주제화 구문에서 그 사정이 다르게 나타난다.

  8) ㄱ. 꽃은 장미가 예쁘다.
     ㄴ. 내일은 철수가 온다.

  위의 첫 번째 명사구 '꽃'과 '내일'에는 의미역이 없음에도 불구하고 격이 부여되어 있다. 이는 가시성 조건에 위반되는 현상이다. 이 가시성 조건은 의미역을 할당받지 않는 명사구에는 격을 강요하지 않으므로 의미역을 할당받지 않은 명사구는 격을 할당받지 않아도 된다는 것이다. 그러나 국어의 이러한 현상은 격여과 현상으로써 설명이 가능해진다. 즉 "어휘적 명사구는 격을 가져야 한다"라는 조건에 따라 국어에서는 의미역을 받지 못하는 명사구도 반드시 격을 받을 수 있다고 할 것이다. 다음을 보자.

  9) ㄱ. (사과는) 능금이 맛있다.
     ㄴ. (생선은) 도미가 맛있다.
     ㄷ. (꽃 은) 장미가 예쁘다.

  10) <u>사과는</u>   <u>능금이 맛있다.</u>
       주 제   설 명
                     ↓
              〔맛있다＋<u>능금이</u>〕
                  초 점

  이 경우 '사과'와 '생선', '꽃'은 서술어 '맛있다', '예쁘다'와의 의미 선택적인 관계에서 독립적인 성분들이다. 따라서 이들은 문장에서 생략이 되어도 무방하다.

4. 결론

본고에서는 국어의 주제가 담화적 현상임을 지적하고, 두 유형의 주제를 설정하였다. 그러한 구분의 기준은 격이론에서 논항구조와 관련된 의미역이었다. 이에 따라 가시성 조건과 별개로 적용되는, 즉 논항에 따르는 의미역을 할당받지 않고서도 격을 부여받을 수 있는 주제가 있고, 다른 한 가지는 이미 심층구조에서 의미역을 할당받은 후에 이동을 통해 주제화로 쓰이는 경우이다.

統辭的 主題化는 문장에서 의미역을 가지고 있던 성분이 주제화로 나타나는 경우이다. 따라서 통사적 주제화의 구체적인 면을 살피기 위해서 문장성분(주어, 목적어, 부사 등)에 따르는 주제화 가능성에 대한 고찰이 필요하였다.

한편, 의미역 할당의 대상이 아니기 때문에 통사적 성분이 아닌 요소가 주제성을 획득하여 나타나는 것이 談話的 主題이다. 이러한 유형의 주제가 통사적 주제화와 비교해 가지는 커다란 차이점은 바로 서술어와의 관계에 있다. 통사적 주제화가 서술어자리에 대한 하나의 의미역을 지닌 논항으로서 관형화 구조의 표제명사로 사용될 수 있음에 비해 의미역 관계를 형성하지 못하는 담화적 주제 성분은 관형화의 표제명사로 기능할 수 없다.

참고문헌

강명윤. 1992. 「한국어 통사론의 諸問題」, 서울:한신문화사.

_____. 1996. 「이중주격어 구문에 대한 최소주의적 접근」, 『한국어학』(한국어학 학회) 4.

姜馥樹. 1968. 「문법」(共), 大邱:螢雪出版社.

康允浩. 1971. 「(정수)문법」, 서울:지림출판사.

高永根. 1983. 「國語文法의 硏究-그 어제와 오늘-」, 서울:塔出版社.

_____・남기심 공편. 1983. 「국어의 통사・의미론」, 서울:탑출판사.

_____. 1989. 「북한의 말과 글」, 서울:을유문화사.

_____. 1989. 「國語形態論硏究」, 서울大出版部.

김귀화. 1994. 「국어의 격 연구」, 서울:한국문화사.

김기혁. 1995. 「국어 문법 연구-형태・통어론-」, 서울:박이정.

김동석. 1983. "화제의 기능과 통어 현상." 경북대 박사논문.

김두봉. 1916. 「조선말본」, 京城:新文館.(歷代文法大系 ①22)

_____. 1922. 「깁더 조선말본」, 京城:匯東書館.(歷代文法大系 ①23)

김미형. 1995. 「한국어 대명사」, 서울:한신문화사.

金敏洙. 1955. 「국어문법」, 서울:永和出版社.(歷代文法大系 ①97)

_____. 1960. 「國語文法論硏究」, 서울:通文館.(歷代文法大系 ①98)

_____. 1971. 「國語文法論」, 서울:一潮閣.

_____ 편. 1993. 「현대의 국어연구사」, 서울:서광학술자료사.

김선희. 1983. "조사 '가'의 의미와 '주제'."「연세어문학」 16.

김수열. 1988. "월엮기에서 {은} {을} 이 지닌 구실뜻." 연세대 석사논문.

김승곤. 1996. 「현대나라말본」, 서울:박이정.

_____ 엮음. 1996. 「한국어 토씨와 씨끝의 연구사」, 서울:박이정.

김영선. 1988. "우리말 주제화 연구." 부산대 석사논문.

김영희. 1974. "한국어 조사류어의 연구-분포와 기능을 중심으로-."「문법연구」1.

_____. 1978. "겹주어론."「한글」162.(김영희. 「한국어통사론의 모색」. 1988.

　　　　서울:(주)탑출판사.)

金元燮. 1984. "助詞 {는} 의 硏究-意味特性 및 機能을 중심으로-. 仁何大 碩士論文.

김윤경. 1948 「나라말본」, 동명사.(歷代文法大系 ⊡54)

김일웅. 1980. "국어의 '주제-설명' 구조."「언어연구」(부산대 어학연구소) 3.

金宗澤. 1972. "主題格助詞의 表現機能에 대한 硏究-특히 '이/가' '은/는'의 기능 비교를 중심으로-."「常山 李在秀博士 還曆紀念論文集」, 大邱:螢雪出版社.

_____. 1973. "無主語文과 主語省略文."「國語敎育論志」(大邱敎育大 國語科) 1.

_____. 1977. 「國語의 表現構造에 관한 硏究」, 大邱:螢雪出版社.

_____. 1982. 「國語話用論」, 大邱:螢雪出版社.

金鎭浩. 1996. "현대 국어의 주어에 관한 연구-주제 및 이중주어 문장을 중심으로-." 曝園大 碩士論文.

_____. 1998. "현대국어의 주어와 주제-'-이/-가'와 '-은/-는'을 중심으로-."「경원어문논집」 2.

남기심. 1972. "주제어와 주어,"「어문학」 26.

_____. 1985. "주어와 주제어,"「국어생활」(국어연구소) 3.

_____. 1996. 「국어문법의 탐구」, 서울:탑출판사.

柳龜相. 1968. "國語의 後置詞."「語文論集」(高麗大) 11.

_____. 1980. "국어 조사 {는} 에 대한 연구-주로 체언에 결합되는 {는}을 중심으로-."「한글」170.

_____. 1981. "부사와 {는}의 결합관계."「한글」173-174.

_____. 1983. "국어 후치사에 대한 재론."「慶熙語文學」(慶熙大) 6.

_____. 1983. "國語의 主題助辭 {는} 에 對한 硏究." 慶熙大 博士論文.

_____. 1985. "주제개념에 대하여."「어문논집」(고려대) 24, 25.

_____. 1987. "주격조사에 대하여."「國語學新硏究」(若泉 金敏洙敎授 華甲 紀念論文集), 서울:塔出版社.

_____. 1995. "국어 격조사에 대하여."「한국어학」(한국어학회) 2.

박기덕. 1976. "변형문법 적용시에 나타나는 '-은'의 문제점."「연세어문학」7-8.

박병수. 1983. "문장술어(Sentential Predicate)의 의미론:중주어구문(Double Subject Constructions)의 의미 고찰." 「말」(연세대 한국어학당) 8.

朴相埈. 1932.「改定綴字準據 朝鮮語法」, 平壤:東明書館.(歷代文法大系①51)

朴舜咸. 1970. "格文法에 立脚한 國語의 겹主語에 對한 考察."「語學研究(서울대) 6-2.

朴勝彬. 1935.「朝鮮語學」, 京城:朝鮮語學研究會.(歷代文法大系 ①50)

박승윤. 1986. "담화의 기능상으로 본 국어의 주제."「언어」11-1.

朴鍾禹. 1946.「한글의 文法과 實際」, 釜山:衆聲社出版部.(歷代文法大系①64)

박창해. 1946.「쉬운 조선말본」, 서울:계문사(啓文社).

白恩璟. 1990. "國語 限定助詞의 意味機能-俗談文에 나타난 限定助詞 {는/은} 을 中心으로-." 淑明女大 碩士學位論文.

서울大 大學院 國語研究會 編. 1990.「國語研究 어디까지 왔나」, 서울:東亞 出版社.

서정수. 1991.「현대 한국어 문법 연구의 개관」, 서울:한국문화사.

서태길. 1993. "조사 연구사 "「현대의 국어연구사」(김민수편), 서울:서광학술 자료사.

_____. 1997. "'-는' 주제화에 대한 HPSG적 분석."「한국어학」(한국어학회) 5.

徐泰龍. 1988.「國語活用語尾의 形態와 意味」, 서울:塔出版社(國語學叢書 13)

成光秀. 1974. "國語 格文法 試論(Ⅰ)-格設定, 主題化, 目的語 및 補語에 대하여-." 「人文論叢」(高麗大) 19.

_____. 1974. "國語 主語 및 目的語의 重出現象에 대하여-格文法論的 考察 을 中心으로." 「문법연구」(문법연구회) 1.

_____. 1979.「國語助辭의 研究」, 서울:螢雪出版社.

성기철. 1985. "국어의 주제 문제."「한글」188.

손남익. 1995. "국어 부사 연구." 고려대 박사논문.

손호민. 1981. "Multiple Topic Construction in Korean."「한글」173, 174.

송부선. 1995. "국어 담화문에서 주제 연속성." 부산외국어대 석사논문.

송석중. 1993.「한국어 문법의 새조명」(통사구조와 의미해석), 서울:(주)지식 산업사.

시정곤. 1992. "국어 논항구조의 성격에 대하여."「한국어문교육」(고려대 사범대) 6.

申昌淳. 1975a. "국어 助詞의 研究-그 分類를 中心으로-."「국어국문학」67.

_____. 1975b. "國語의 '主語問題' 研究." 「문법연구」(문법연구회) 2.

_____. 1976. "國語 助詞의 研究(Ⅱ)-格助辭의 意味記述-." 「국어국문학」 71.

沈宜麟. 1949. 「改編 國語文法」, 서울:세기과학사.

양정석. 1987. "이중주어문과 이중목적어문에 대하여." 「연세어문학」 20.

_____. 1989. "이중주어문의 네 가지 유형." 「士林語文研究」(창원대) 6.

염선모. 1978. "한정사 연구." 「배달말」(경상대) 3.

兪吉濬. 1905. 「筆寫 朝鮮文典」.(歷代文法大系 ①02)

_____. 1909. 「大韓文典」, 漢城:陸文館.(歷代文法大系 ①06)

柳東碩. 1987. "국어의 目的語 移動과 主題化." 「國語學新研究」(若泉 金敏洙 敎授 華甲紀念 論文集), 서울:塔出版社.

柳亨善. 1995. "국어의 주격 중출 구문에 대한 통사 · 의미론적 연구." 高麗大 博士論文.

_____. 1996. "주어와 주제 구문의 유형에 대한 고찰." 「한국어학」(한국어학회) 3.

_____. 1997. "명사의 한정성." 「한국어학」(한국어학회) 5.

尹萬根. 1980. "國語의 重主語는 어떻게 生成되나?." 「언어」(한국언어학회) 5-2.

윤재원. 1989. 「국어 보조조사의 담화분석적 연구」, 대구:형설출판사.

이광정. 1986. "국문법초기의 서양인의 품사연구." 「경원대논문집」 5.

_____. 1987. "國語品詞分類의 歷史的 發展에 관한 研究." 고려대 박사논문.

李珖鎬. 1988. "國語格助詞 '을/를'에 대한 研究." 서울대 박사논문.

李奎榮. 1920. 「現今 朝鮮文典」, 京城:新文館.(歷代文法大系 ①27)

李奎浩. 1993. "特殊助詞 {는} 에 관한 研究." 韓國外國語大 碩士論文.

李基白. 1972. "國語 助詞의 分類에 對하여." 「常山 李在秀博士 還曆 紀念論文集」, 大邱:螢雪出版社.

_____. 1975. "國語 助詞의 史的 研究." 「어문론총」(경북대) 9 · 10.

李基白 · 洪思滿. 1976. "Postposition의 副詞的 機能 研究.", 「文理學叢」(慶北大) 2.

이길록 · 이철수. 1979. 「문법」, 서울:삼화출판사.

이명권 · 이길록. 1971. 「문법」, 서울:삼화출판사.

李秉根 · 徐泰龍 · 李南淳 編. 1991. 「文法」, 서울:太學社.

이병모. 1995. 「의존명사의 형태론적 연구」, 서울:學文社.

李常春. 1925.「朝鮮語文法」, 開城:崧南書館.(歷代文法大系 ①36)

이상태. 1981. "국어매김법에 대한 연구."「국어교육연구」13.

_____. 1982. "주제말 접근 가능성 계층."「국어학논총」(긍포조규설 교수 화갑 기념), 서울:형설출판사.

이석규. 1987. "'은/는'의 의미 연구-주어 뒤에 쓰인 경우를 중심으로."「건국 어문학」11 · 12.

_____. 1988. "현대국어 정도 어찌씨의 의미연구." 건국대 박사논문.

_____. 1996. "현대국어 도움토씨의 의미 연구."「한국어 토씨와 씨끝의 연구사」, 서울:박이정.

이숭녕. 1956.「고등국어문법」, 서울:乙酉文化社.(歷代文法大系 ①90)

_____. 1961.「中世國語文法」, 서울:乙酉文化社.

李承旭. 1957. "國語의 포스트포지션에 대하여-그의 品詞定立에 대한 試考-." 「一石 李熙昇先生頌壽紀念論叢」, 서울:一潮閣.

_____. 1969. "主格의 統辭에 關한 考察."「國文學論叢」(檀國大) 3.

李胤杓. 1990. "空主題 空範疇와 主題化의 關係."「韓國語學新研究」(韓國語學究 會), 서울:翰信文化社.

_____. 1996.「韓國語 空範疇論」, 서울:태학사.

李乙煥·李喆洙. 1981.「韓國語文法論」, 서울:開文社.

李翊燮·任洪彬. 1983.「國語文法論」, 서울:學研社.

李廷玟. 1973. *Aspect Syntax and Korean with Reference to English* Seoul:Pan Korea Book Co.

_____. 1992. "(비)한정성/(불)특정성 대 화제(Topic)/초점-개체층위/단계층위 술어와도 관련하여-."「國語學」(國語學會) 22.

이주행. 1991. "이른바 특수조사 {은/는} 에 대한 고찰."「玄山 金鍾損 博士 華甲 紀念論文集」, 서울:집문당.

李喆洙. 1985.「韓國語音韻學」, 仁荷大學校 出版部.

_____. 1993.「國語文法論」, 서울:開文社.

李弼永. 1982.「조사 '가/이'의 의미분석」,『冠嶽語文研究』7.

_____. 1994.「國語形態學」, 仁荷大學校 出版部.

이홍배. 1987. 「지배 · 결속이론」, 서울:한신문화사.(Noam Chomsky. *Lectures on Government and Binding: The Pisa Lectures.*)

이희승. 1949. 「초급 국어 문법」, 서울:博文書館.(歷代文法大系 ①85)

임규홍. 1990. "국어 '주제'에 대하여." 「배달말」(경상대) 15.

_____. 1993. "국어 주제말 연구." 경상대 박사논문.

임은하. 1997. "국어의 구정보-신정보 구조." 「태릉어문연구」(서울여대) 7.

任洪彬. 1972. "國語의 主題化 硏究." 「國語硏究」 28.

_____. 1974. "主格重出文을 찾아서." 「문법연구」(문법연구회) 1.

_____. 1986. "國語의 再歸詞 硏究." 서울대 박사논문.(신구문화사, 1987).

張奭鎭. 1982. "비정상 질문:극성과 대조." 「語學硏究」(서울대)18-1.

_____. 1993. 「話用과 文法」, 서울:塔出版社.

장하일. 1947. 「중등 새 말본」, 서울:敎材硏究士.(歷代文法大系 ①74)

鄭仁祥. 1980. 現代國語의 主語에 대한 硏究. 「국어연구」 44.

정인승. 1949. 「표준 중등 말본」, 서울:雅文閣.(歷代文法大系 ①79)

_____. 1956. 「표준 중등 말본」, 서울:新丘文化社.(歷代文法大系①81)

정정덕. 1986. "국어 접속어미의 통사, 의미론적 연구." 한양대 박사논문.

정주리. 1992. "국어의 주제와 주제화." 「한국어문교육」(고려대 사범대) 6.

周時經. 1910. 「國語文法」, 京城:博文書館.(歷代文法大系 ①11)

蔡 琬. 1976. "助詞 '-는'의 意味." 「國語學」 4.

_____. 1977. "現代國語 特殊助詞의 연구." 「국어연구」 39.

_____. 1979. "話題의 意味." 「冠嶽語文硏究」 4.

_____. 1984. "화제와 총칭성, 특정성, 한정성." 유창균 박사 환갑기념논문집.

_____. 1993. "특수조사 목록의 재검토." 「國語學」 23.

최규수. 1990. "우리말 주제어 연구." 부산대 박사논문.

최동주. 1997. "현대국어의 특수조사에 대한 통사적 고찰." 「국어학」 30.

최수영. 1993. "한국어 주제/주어 조사 '는', '가'의 패러다임." 「어학연구」(서울대) 29-1.

최재희. 1981. "주어 중출문의 문장구조에 대하여." 「한국언어문학」 19.

최태호. 1957. 「중학말본」, 서울:思潮社.(歷代文法大系 ①94)

최현배. 1937.「우리말본」,京城:延禧專門學校出版部.(1994, 열일곱번째 펴냄),
    (歷代文法大系 ①47).
최호철. 1993. "현대 국어 敍述語의 의미 연구-語素 設定을 中心으로-." 高麗大
    博士論文.
한영목 옮김. 1994.「형태·통사론의 이해」, 서울:한국문화사.(Benjamin Elson
    Velma Pickett. *Beginning Morphology and Syntax.*)
한학성. 1995.「생성문법론」, 서울:태학사.
허 웅. 1975.「우리 옛말본」, 서울:샘문화사.
洪起文. 1947.「朝鮮文法研究」, 서울:서울신문社.(歷代文法大系 ①39)
洪思滿. 1972. "國語 特殊助詞의 研究-「는」「도」「만」의 機能을 中心으로-."
    慶北大 大學院.
_____. 1974a. "助詞「-는/-은」과 「-도」의 意味機能 對比."「東洋文化研究」
    (慶北大 東洋文化研究所) 3.
_____. 1974b. "國語 Postposition의 下位 分類-相異的 特性 中心으로-."
    「東洋文化 研究」(慶北大 東洋文化研究所) 3.
_____. 1975. "國語 Postposition의 格에 對한 無標性研究."「語文學」(韓國語文
    學會) 33.
_____. 1980. "韓·日語 依存形態素의 對照研究(Ⅱ)-特殊助詞「는/은」과 副助詞
    「Wa(は)」와의 比較를 中心으로-."「語文論叢」(慶北大) 13.
_____. 1983.「國語特殊助詞論」, 서울:學文社.
_____. 1985.「國語語彙意味研究」, 서울:學文社.
洪允杓. 1990.「格助詞」,『國語研究 어디까지 왔나』(서울대 國語研究會). 서울:
    東亞出版社.
홍종선. 1983. "명사화 어미 '음'과 '기'."「언어」(한국언어학회) 8-2.
Bak, S-y. 1981. "Studies in Korean Syntax." Ph. D. dissertation, Univ.
    of Hawaii.
Chafe. 1976. "Givenness, Contrastiveness, Definiteness, Subjects, Topics,
    and Point of View." Subject and Topic, Li(ed.), Academic Press.
Chang, Namgui. 1989. "Topicality and Predication in the Acquisition

of Korean and Japanese," *Harvard Studies in Korean Linguistics* Ⅲ. Seoul:Hanshin Publishing Company.

Choi, Seung Ja. 1989. "A Reanalysis of the Postpositional Particle nun." *Harvard Studies in Korean Linguistics* Ⅲ. Seoul: Hanshin Publishing Company.

Chun, Soon Ae. 1985. "Possessor Ascension for Multiple Case Sentences," *Harvard Studies in Korean Linguistics* Ⅰ. Seoul: Hanshin Publishing Company.

Fillmore, C.J. 1968. "The Case for Case," *Universals in Linguistic Theory* (ed. by Emmon W. Bach & Robert T. Harms)

Fillmore, C.J. 1971. "Some Problem for Case Grammar." *Monograph Series on Language and Linguistics* 24.

Givon, T. 1979. *On Understanding Grammar*. Academic Press.

_____. 1984. *Syntax* Vol. 1. John Benjamins Publishing Company.

Halliday, M. A. K. 1976. Cohesion in English. London, Longman.

Hong, Yun Sook. 1985. "A Quantitative Analysis of Ka/I and (n)un as Subject Markers in Spoken and Written Korean," *Harvard Studies in Korean Linguistics* Ⅰ. Seoul: Hanshin Publishing Company.

Jespersen, O. 1924. Philosophy of grammar. London: Allen and Unwin. (이환무 · 이석무 공역. 1987. 「문법철학」 서울:한신문화사.)

John Whitman. 1989. "Topic, Modality, and IP Structure," *Harvard Studies in Korean Linguistics* Ⅲ. Seoul:Hanshin Publishing Company.

Kim, Han Kon. 1967. "A Semantic Analysis of the Topic Particles in Korean and Japanese." *Language Research*(Seoul Univ) 3-2.

Kim, Sung Uk. 1983. "Topic Realization in Korean : Sentence initial Position of the Particle nun." (dissertation, U. of Florida).

Kuno, S. 1973. *The Structure of the Japanese Language*, MIT Press.

_____. 1976. "Subject Raising," in Shibatani, ed. Syntax and Semantics vol 15, Academic Press.

Lee, Ki Young. 1969. "A Syntax Analysis of (-nun) and (-ka)." Chonbuk Univ. *journal* 11.

Li. C. N & Thompson. S. A. 1976. Subject and Topic:A New Typology of Language, *Subject and Topic*, Li. C. N(ed.), New York, San Francisco, London.

Oh, Choon Kyu. 1971. *Aspects of Korean Syntax*. Univ. of Hawaii.

_____. 1972. "Topicalization in Korean," Working Papers in Linguistics(U. of Hawaii.) 4.

Park, Young Bae. 1985. "Some Notes on Theme, Topic, and Subject in Korean." *Harvard Studies in Korean Linguistics* Ⅰ. Seoul: Hanshin Publishing Company.

Radford, A. 1981. Transformational Syntax, Cambridge University Press. 서정목·이광호·임홍빈 (역).1984. 「변형문법이란 무엇인가?」. 서울: 을유문화사)

Ramstedt. G. J. 1939. *A Korean Grammar*. Helsinki.

Ree, Jung No. 1974. Topics in Korean Syntax with Notes to Japanese, Seoul:Yonsei Univ. Press.

Shibatani, N. 1978. "Relational Grammar and Korean Syntax." *Language Rsearch* 12.

Sohn, Ho Min. 1980. "Theme-Prominence in Korea," *Korean Linguistics* 2.

Underwood. H. G. 1890. *An Introduction to the Korean Spoken Language*. Yokohama Seishi Bunsha.

Wee, Hae Kyung. 1995. "Meaning and Intonation Associated with the Subject Marker and Topic Marker in Korean," *Harvard Studies in Korean Linguistics* Ⅲ. Seoul:Hanshin Publishing Company.

Yang, Dong Whee. 1973. Topicalization and Relativization in Korean, ph.D. Dissertation, Indiana Univ. Reprinted in Pan Korea Book Corporation, 1975.

_____. 1980. "Topicality in Anaphora Revisited." 「언어」 (한

국언어학회) 5-2.

Yang, In Seok. 1972. Korean Syntax : Case Markers, Delimiters Complementation, and Relativization, Seoul:Paek Hap Sa.

_____. 1973. "Semantics of Delimiters in Korean." *Language Research* 9-2. Seoul National Univ.

Yim, Young Jae. 1985. "Multiple Subject Constructions," *Harvard Studies in Korean Linguistics* Ⅰ. Seoul:Hanshin Publishing Company.

Yoon, Jeong Me. 1989. "ECM and Multiple Subject Constructions in Korean." Harvard Studies in Korean Linguistics Ⅲ. Seoul :Hanshin Publishing Company.

Yun, Sung Kyu. 1991. "Topic-oriented Honorifics si in Korean," *Harvard Studies in Korean Linguistics* Ⅲ. Seoul:Hanshin Publishing Company.

찾아보기

저자소개

김진호(金鎭浩)

경북 구미 출생
경원대 국어국문학과 졸업
동 대학원 국어국문학과 졸업(문학석사)
동 대학원 국어국문학과 졸업(문학박사)
현재 경원대 국어국문학과 및 사회교육원 강사

연구 논문

현대국어의 주어에 관한 연구(1996),
16세기 국어의 형태주의 표기 연구(1997),
문학작품의 텍스트 분석(1998),
근대국어 표기법 연구에 관한 고찰(1999) 등

국어 특수조사의 통사 · 의미 연구

초판 인쇄 2000년 7월 25일
초판 발행 2000년 7월 31일

지은이 김 진 호
펴낸이 이 대 현
편 집 이 태 곤
펴낸곳 도서출판 역락
　　　　서울시 중구 필동3가 28-19
　　　　진성빌딩 306호
TEL　 2268-8656
FAX　 2264-2774

전자 YOUKRACK@hitel.net
우편 youkrack@hanmail.net

등 록 1999년 4월 19일 제2-2803호
　　　　ISBN 89-88906-30-6
정 가 10,000원